就此
别过

陈斌先 ◎ 著

中国文史出版社

图书在版编目（CIP）数据

就此别过 / 陈斌先著 . -- 北京 ：中国文史出版社，
2024. 12. --（锐势力 • 名家小说集）. -- ISBN 978-7
-5205-4908-0

Ⅰ. I247.5

中国国家版本馆 CIP 数据核字第 2024RV9248 号

责任编辑：全秋生

出版发行：中国文史出版社
地　　址：北京市海淀区西八里庄路 69 号　　邮编：100142
电　　话：010-81136602　　81136603　　81136606（发行部）
传　　真：010-81136655
印　　装：廊坊市海涛印刷有限公司
经　　销：全国新华书店
开　　本：787 毫米×960 毫米　　1/ 大 32
印　　张：9.875
字　　数：290 千字
版　　次：2025 年 1 月北京第 1 版
印　　次：2025 年 1 月第 1 次印刷
定　　价：68.00 元

C 目 录
ontents

条纹小鲃

1

周日，我在院子里给花施肥，接到一个电话，号码不太熟悉，想想诈骗电话太多，便掐了电话。乡下院子很大，我在里面种花种菜，反正一个人，种什么都是自己说了算。我丢下手上的花铲，打开手机，又看了看来电号码，还是不太熟悉，装起电话，才想起抬头看看天空。天上的堆积云层层叠叠，像老人的脸，也像奔跑的小狗抑或山丘，一溜溜铺排开来，煞是壮观。九月天，容易产生这样的云层。我把手机揣入口袋时，振铃声再次响起，这回响得急切而固执。我想可能是熟人电话，否则不会这么固执己见。于是我又掏出电话，不紧不慢摁上通话键。电话那头传来温文尔雅的说话声，不过说话的口气特别虚空，就像一朵朵白云，文局长，还记得我么？

叫出我曾经的职务，想必是旧人，儿子在外地，反复叮嘱说，遇到陌生电话，要有防范意识，儿子还固执说，骗子不按套路出牌，防不胜防呢。想起儿子的叮嘱，我没好声气地问，哪位？

对方却变得神秘起来，拖长声调说，你猜？

我很讨厌这种打哑谜，退休赋闲，没有心情猜来猜去，正想掐断电话时，对方才说，我知道你猜不出来，好多年了呢。说这话时，可以听出对方的羞涩和失望，当然还有一些无法免除的期待。我放缓语速说，正给院子里的花草施肥，最好有事说事。

对方这才长叹一口气说，忘记也好，就该把我忘记。

叹气声让我想起一个叫荣尚的人，他喜欢用这种口气说话，包括叹息。我问，是不是荣尚，荣总？想必是你。

对方呵呵笑了起来，而后说，还是想了起来，这就好，就好。

确认对方身份后，我想起荣尚的样子，短发、厚背，看上去特别敦实。他不是消失了么？咋想起我来？

见我半天没有说话，荣尚说，听人说，你在乡下租个房子养老，今儿天好，不行，你到我这里钓钓鱼？

钓鱼？钓鱼是我的至爱，从小我就爱钓鱼，小时候多半为了解决口馋，后来钓鱼，多半为了放松心情。企业家都知道我爱钓鱼，每个周末，他们都会想着法儿拉我出去垂钓。企业局长嘛，不烟不酒，人家总要找出接近的理由，钓鱼就是他们接近的最好方式。其他人多半请我去垂钓中心，唯有荣尚喜欢请我野钓，后来他在厂子的一侧，挖了一个鱼塘，投放买来的野生鱼，接到我后，悄悄说，往后钓鱼就到这里，安静，也没有外人。

都说荣尚憨厚，看他想出这招，只怕憨厚打了折扣。不过，想来还是荣尚仔细，已经有人喊我"钓局长"啦，想必他也有所耳闻，因此想出这么个主意。荣尚修建的鱼塘只有半亩地，四周之外栽上风景树，塘边专门修上三米宽的柏油路。从外面看，好像一块林地。到了里面，才知道大有学问，塘边有休闲的塑胶长椅，有亭阁，水边砌上石坡，每面石坡引出两个凸出的钓位。前几次钓了很多鱼，大桶、小桶都是，叮叮咣咣带回家，却被老婆骂了一顿，也是哈，钓得多，吃不掉，腌制还很麻烦。老婆讨厌我钓鱼，每次钓鱼回去，都会被她数落一番，以至于后来老婆不能听到"鱼"字，否则立马反胃。老婆后来得了胃癌，不知道是不是与反胃有关。如果说有关的话，我就是罪人。奇怪的是，老婆临终前，专门让我给她熬碗鱼汤，并咕咚咕咚喝了下去。很多事情，都是一个谜团，人生的谜团很多，一辈子就像猜谜。老婆得了胃癌后，钓鱼完全图个乐趣，钓来放，放来钓，兴致就在过程。好多时候，我都会想起诸葛亮七擒孟获，好像一直追问鲫鱼、鲤鱼、草鱼、鲢鱼到底服不服？鱼贪口，迷恋饵料。放了，还吃，甚至可以说，始终前赴后继。记得在荣尚的池塘中，突然钓出一条十几斤重的大鲤鱼，很少钓出那么大的鲤鱼，面对各种渔具，鲤鱼很少能长到十几斤的。那家伙上了岸来，始终圆睁眼睛，看上去特别不服气。遛鱼的过程中，有好几次濒临脱手，好在我是老手，放线、收线，张弛有度，一个多小时，大鲤鱼只能筋疲力尽地俯首就擒。它的不服气也是常理，按说长到如此身躯，不知道经历过多少危险，不知道怎么就败在我这个其貌不扬的老家伙手里。歇过劲儿，大鲤鱼不断跃动，不停翕动着厚实的嘴唇，好像念着一道道咒语似的。大鲤鱼确实很大，半人高，鱼鳍通红，鱼鳞铜钱一般。我见鲤鱼嚣张的样子，也来了气，对着那张硕大的鱼嘴，"啪啪"甩上几个耳光，我想，打得不疼，羞辱疼，好半天之后，我才煞有其事说，有本事别贪嘴呀？大鲤鱼好像血气上头，直挺挺又打了几个翻转，似乎想说，再把我放回水里试试。

那会，我丢下了放生的念头，对荣尚喊，这家伙执拗得很，中午红烧了去，分给职工吃。

荣尚说，你怎么说，我怎么做就是。

就在那会，鲤鱼好像软了脾气，垂下眼帘，闭上嘴，一副自认倒霉的样子。见大鲤鱼终于露出怂态，我又动了恻隐之心，想，它长到这么大，也算不容易，这么糟践了它的生命，委屈了这条鱼，罢了，跟鱼置什么气，还是放回池塘安生。

我对荣尚说，这家伙估计长到十来年了吧，买来的时候多大呢？

荣尚说，说来池塘中不可能有这么大的鲤鱼，一起放养的，其他的至多两三斤。

这么说，它是偷渡而来的产物？抑或跟着雨水漂来的，有人说，鱼会腾云驾雾，顺着暴雨落池。这种传说我是不信，荣尚也不信，见我疑惑，荣尚说，许是别人放生的，现在迷信的人多，放生求福是常事。

我半天没有吭声，再次看了看大鲤鱼，它的眼神有些黯淡，有些失去了光泽，我赶紧将它放回池塘，还特意说了声，咋来咋去吧，好自为之。大鲤鱼漫入水中，并没有急于离去，而是把头伏在浮萍边上，接连吐出几个气泡，缓过劲之后，吐出的气泡泡，又大又圆，像极了感恩。

这家伙，好像懂事呢。面对大鲤鱼的种种做派，我一直在想它的眼神，如果它懂得感恩的话，肯定会隐入池底，反思口需。由大鲤鱼，我想起大半辈子钓出的鱼，算来几十吨是有的。记得有人说，人和其他生灵之间都有冤冤相报的事，早年听说一个杀猪屠夫，白刀子进红刀子出，不知道杀了多少头猪，蹊跷的是，他最后被小偷抹了脖子，杀猪般捆了四肢。就在那一会，我断了钓鱼的念想，老婆生病，多做祈福之事，人间万物，皆有灵性。将要收竿之时，碰巧又有鱼口，鱼漂动静不大，一看就像大鱼上钩，提竿、手重，想遛上几圈时，发现鱼特别无力，根本不想扑腾。

拉到水边，一看，还是那条大鲤鱼。这家伙咋回事？为啥又吃饵料呢？想来，鱼还是不懂事，只知道满足口需，哪里知道杀身之祸就在诱饵呢。这次我没有将它拉上岸，摘钩之后，直接将它放回水里，记得我还特意说了句，饵料就那么香么？放生大鲤鱼后，我想赶紧收竿，奇怪事情出现了，收竿中，大鲤鱼再次吃钩，好像与我拼命似的，为啥会出现这种情况，一般情况下，大鱼放生后，绝无可能再次上钩，如此几次三番，什么意思？我赶紧摘钩，急忙收竿，想要快速离开之际，大鲤鱼却浮出水面，露出无法形容的眼神，那种眼神，我记住了，特别复杂和隐晦。

2

打那之后，我断了钓鱼的念想，人们喊我钓鱼，一律推托有事。

不久之后，老婆到了胃癌晚期。切除、化疗，癌细胞依然孜孜不倦地扩散，肝部、肺部直至直肠，好像连我都能想象出它们顽强生长的样子。我后悔沉迷钓鱼，忽略了对老婆的关心，我想，哪怕早一点发现，或许还能阻断癌细胞扩散的路径。专心致志照顾老婆时，我跟老婆说了大鲤鱼的故事，老婆不信那些东西，老婆说，它扩散它的，我乐观我的，我不信人战胜不了细胞。就在那几天，我接到改任非领导职务的文件。人总要退休，就像最终都得死去。可提前改非，我有点不服，老婆说，大半辈子，从来没有好好在家陪过我，退二线就是上天可怜见，让你提前回归家庭。那段时间我把所有心思都放到老婆身上，煲各种汤，做各种点心，老婆喜欢吃荔枝，我把荔枝皮剥了，含在嘴里面焐热，才送到老婆嘴里。有天老婆特别精神，喝了鱼汤之后，拉住我的手说，你让我感受到了人世间真正的幸福。看上去老婆特别知足，最后老婆说，我的幸福特别简单，就是丈夫孩子热炕头。感慨完之后，老婆才断断续续说，我走了之后，别再惦记我，最好找个老伴，日头好数，孤独难熬。那一会，我不知道为啥哭了，拉着老婆的手说，到现在我才体会到什么叫肝肠寸断。不几天，老婆真的撒手而去，整个房子就剩下我一人。过去没有体味过的孤独，突然扑面而来。无数个夜晚我都在倾听自己的心跳和脉搏。儿子见我窝在家里，便出面干预，坚持将我接到他生活的城市。我才不受那种煎熬呢？带孙子，烧火做饭，打扫卫生，想想手脚都麻。不知道哪天，散步到了郊外，突然趸摸到了一处房子，那是闲置下来的一处农房，单门独院，阳光特别充沛。最为相宜的是年租才一万，我租下种菜养花，算算比上养老院合算。儿子坚决不同意，怕人诟病。我对儿子说，你妈走了，让我终老经年，就算你最大的孝顺。儿子依然不肯，我央求说，假如我失去行走能力，就把我送到养老院，大小便失禁，也不用你管。

儿子火冒三丈，为啥这么固执？

我不想跟儿子啰唆，挂了电话。

当我享受安静和孤独时，没想到消失多年的荣尚突然出现。

想起荣尚的样子，我露出了笑容，呵呵说，钓鱼免啦，见见面，可以。

荣尚出事是偶然也是必然，荣尚的精米加工厂日产三百吨，在当时的乡镇企业中，算是规模较大的。效益好的时候，年产值能达到两个多亿，利税也在五六百万元。农副产品加工企业税率低，算起来收益特别可观。这还不算，有一年，粮食没有涨价时，荣尚捕捉到了商机，提前收购了几千吨稻谷，坐地涨价，赚了一大笔。此后，奔驰、别墅一应俱全，老婆和孩子也被送到了美国得克萨斯州休斯敦大学。那时，谁提起荣尚，都是一脸羡慕。荣尚呢，始终盯住每个商机，一直把生意做得风生水起。遗憾的是，老婆孩子都在国外，荣尚恰逢盛年，经常闹出一些花边新闻。好在他老婆不投诉，其他人不便指手画脚，花边新闻尘嚣日上时，很多人问起，他均摇头说，猜测，都是猜测，不过，我不在乎。好在没有女人争风吃醋，无人投诉，一切都埋在他的荣光背后。我退居二线后，他请我吃过几顿饭，身边始终都会坐着几个整容脸，整容脸看上去跟他特别亲密，不过该有的尊重还在。算起来，他比我小上十五六岁，比较起来，仿佛小得更多，见他长相，我喜欢打趣说，就你张飞样，咋长不出褶皱脸？荣尚笑而不语。

二〇〇六年九月的某天，一个秋风送爽的日子，荣尚再次邀约吃饭，那次吃饭，就在县城的一处农家乐园。都知道那家农业生态观光园菜品好、服务到位，甚至到了一桌难求的地步，可荣尚却出人意料地定下了最大的包厢，荣尚说，请文局长吃饭，起码的仪式要有。席间，荣尚信心满满地对我说，现在中小企业融资难，成立融资贷款担保公司，绝对是个机遇。说完背景，他哈哈大笑说，我是说干就干的性格，就叫"三通融资担保公司"。他掷地有声说，三通，通天通地通人，最后通江达海，财源滚滚。说话时，他摸了摸短发，那种短发像极了鬃毛刷子，浓密而板正，看上去硬戳戳的，仿佛抽出一根头发就能洞穿任何盔甲似的。十几个整容脸一律矜持而笑，想必都是融资担保中心的骨干成员。实际荣尚已经筹备差不多啦，跟我说下，就算顺便告知。我始终低头不语，不是不想说出意见，是人家根本不会听。喊你去，就是一种礼貌，说明他念旧情。我一直在喝酒倾听。他说，银行利率只有百分之七点八，现在市场融资利息一分二，只要贷款对象安全，中间利息差，哈哈。他很快说到了美国，说起资本的力量，又说，快速扩张就得学会撬动资本。最后，他细说小微企业的艰辛，银行嫌贫爱富啥的。见他红光满面时，我只说了一句话，我说，还记得那条大鲤鱼吗？

你说放生的那条？去年放了塘，就没有找到它，好像不曾有过似的。

放了塘也没有找到？它去了哪里？想来那条大鲤鱼确实奇怪，那种眼神也非同寻常。很多事情说不清，就像劫数这种东西，谁能想到，老婆得了胃癌就会走呢？胃癌治愈率稳定在百分之六七十以上，如果早点发现，肯定不会走的。钓鱼让人沉醉和痴迷，正是这种痴迷，让我忽略了最不该忽略的人。不知道谁说的，退休之后，沉默是金。这个道理我懂，并深深领会到了其中的玄妙。记得有一次吃饭，曾经的县人大主任还以过去腔调说话，结果被一个满嘴跑火车的家伙给怼了，他说，还以为你在台上？那些道理，留给自己回味去。气得老主任差点背过气去。

那次吃完饭之后，我再也没有见到荣尚，他也没有联系过我。很快到了二〇〇八年，华尔街打喷嚏，全世界都在咳嗽。很多小微企业纷纷倒闭。缺乏科技创新以及银行的支持，小微企业想生存下去，难上加难。有人说，小微企业，五年不扩张，注定将被市场无情淘汰。蝶变，考验的是创新能力，可小微企业指望什么去创新？据说荣尚替很多小微企业担了保，那些小微企业面对市场萧条，纷纷凋敝。银行回贷不力，只能起诉荣尚，结果，荣尚拍卖了米厂、别墅和车子，听说值钱的东西都被拍卖了，连变压器都被人无情地拉走抵债，就这样，依然还不了担保的贷款。后来听说荣尚一夜之间消失了。他到底去了哪里？银行不清楚，法院也弄不清。十好几年过去了，他突然露头，难道东山再起啦？这个荣尚，既然相邀钓鱼，想必又喘过了气。

他发了微信位置，我网约打的车，心想，对待荣尚，还得客气点。

颠颠簸簸，走了一个多小时，居然走到山区的一座山坳中，的士司机说，到地点啦。四周都是大山，可谓荒无人烟，再往前，没有一条可走的路。大山起伏连绵，眼前的山势陡峭，山林茂密。查看位置，确实到了地点，我只好付给网约车费用，一个人站在一棵树下。好在秋阳并不灼热，有点懒散地铺排开来，我再次看看四周，除去大山，眼前都是色彩斑斓的山林和尚未青枯的野草，当然间或也有扑棱棱飞出的山鸟。我只好摸出手机打荣尚电话。很快听到荣尚的说话声，他就在一棵杉树的后面，当他走到我的面前时，着实吓了我一跳。这哪是荣尚？活脱脱一个野人。先说头发，早已斑白，猛地看上去，曾经的硬戳，软绵绵糟乱下来，甚至遮住了眼帘。再说胡子，花白不说，足足有半尺多长，飘荡在胸前，苍虬而杂乱。再说衣着，不知道什么时候的一件秋衫，早已失去了本色，上面沾染上不知道浸染过多少次的绿汁和泥浆，看上去肮脏不堪。我急忙看向他的后背，过去的厚实变成了虚空，乃至成了严重的驼背，眼角更不干净，除了两坨米粒大小的眼屎，剩下的全是浑浊和黯淡。

　　荣尚为啥变成这样？

　　荣尚却很热情，上前拉住我的手说：走吧，山池就在山那边。

3

　　通向山的那边根本没有路，山路很陡，陡到无法站直身子。荣尚却如履平地，噌噌往前直蹿。我气喘吁吁地借助一棵又一棵树干，奋力攀爬。他见我特别吃力，走到我身后，顶着我的后腰，用力向前推行。

　　林间多是蕨类、茅草和藓类植物，风化的岩石上，多了一层湿滑的泥浆，一饬一滑，特别辛苦。我想问他咋到了这种地方，荣尚始终不解释。我已经七十多岁，即便有他推搡，依然双腿发软，只能靠在一棵树上喘息。山林确实茂密，细叶、宽叶、青叶、黄叶，还有说不清的藤蔓纠缠在一起，密不透天。空气中好像被人捏住一把气，到处都是昏沉和阴暗，我在极力寻找叶片漏下的光斑，希望那些许光斑能带来稍稍的安全。

见我恍惚不定，荣尚说，晃过半坡，便到了山那边。

山那边到底咋样？他承包了一座山？一切都是个谜。好在站在身边的是荣尚，换作别人，估计我早已回头走人。

荣尚消失后，前些年还有人漫不经心提起他，现在很少有人提他，时间容易让记忆消失，烂尾贷款估计也在慢慢地消化。说来荣尚也是受害连带者，当然也是主要过错责任人。我后来问过一些小微企业，他们说，要怪就怪市场，企业倒闭了，拿啥还银行钱？不跑人，难道等着蹲大牢？再说，跑人还有希望，一旦坐牢，彻底完蛋。我又问，你们跑了，银行怎么办？融资担保公司怎么办？

还能怎么办？一个想利息，一个想利率差价，有本事别放贷、别担保呀。

这确实是个纠结的连环题，银企对接，全面促进小微企业发展，是银行的责任，银行怕风险，借助担保，结果担保公司受牵连，跟着趴下，受害的是多方利益。很多问题仅靠诚信无法解决，面对无能为力，小微企业只能选择逃避。站在荣尚的角度思考，他不消失，当然要负全责，还不上银行贷款，等着的只能是法律审判。

很多话我一直想问荣尚，可惜他消失了。现在，他就在我的身后，我有一肚子话想问，譬如，这些年去了哪里？为啥糟蹋成这样？见他嘟嘟又再次走上前，样子利索，我始终不好意思提及，只能紧跟在他的身后。

终于到了山的这边，却见他又爬向另一座山。实在无法忍受啦，我问，还有多远？

荣尚说，不远，就在前面。

前面还是山，区别的是山势更加险峻和陡峭。我忍不住问，你消失后就躲在大山里面？

荣尚默不作答。

走走停停，我早已筋疲力尽。最后几乎变成挪步，或者说，属于爬行，到了荣尚说的地方。

确实有山池，不过不叫池塘，叫窝窝塘更为贴切。石头截留住一段山溪，变成了一处坑宕。山池的上方有个山洞，山洞朝阳，前面有块平整的地，地的一侧有爿小小的菜园，里面有葱有蒜，还有菠菜和芫荽，当然也有白菜。山洞的一边搭个茅草庵，里面是个简易的厨房，厨具倒还齐全。

看起来荣尚消失后，确实就住在山窝里面。他是如何找到这个地方的？又怎么安全地隐藏了十几年？一切都是个谜团。

荣尚见我疑惑，依然不想解释，随手指指渔竿说，过去帮你准备的，现在我常拿来钓劫。至于蚯蚓，山里没有，就用面团。喏，水池中，我捉放了一些小鱼，死活都是他们的劫数。

他说的啥，我一时没有听明白，只好打岔问，你如何买菜？包括米面油盐？

活下去简单，就像这些冷水小鱼，长不大，还在拼命戏水游玩。

想起当年的荣尚，以及那些整容脸，包括他美国的老婆和孩子，我突然涌出一股苍凉，很多事情他如何割舍干净的？躲在这里不想老婆孩子和亲人？疑惑太多，无从问起，见他始终不想回答，只能选择沉默。哑然无语中，内心时时涌出一道道沉重，就像大山扑面。那时，我看到了几簇野菊花，瘦弱、凌乱，可它们依然努力地绽放花朵，看上去特别鲜艳。

独居以来，我喜欢收拾花花草草，很多人不懂得花草的情感，实际花草的情感比人一点不差，它们会哭会笑也会忧伤。就说菊花吧，喜欢阳光，不喜欢暴晒。喜欢湿润，却又怕水肥过量。当一切恰到好处时，才会咯咯笑个不停。我常常跟花草树木说话，当你夸赞它们时，它们会高兴得手舞足蹈，当你修剪了不该修剪的花枝后，它们会惆怅不已。我院子里的花草和蔬菜，每天清晨都会主动跟我说话，我知道它们说什么，渴了、饿了、冷了、热了，常常姿态万千。梦里，有时候，那些花草和蔬菜排成队，依次上前说委屈，很多次，我亲眼看见它们泪流满面。当然它们的委屈，只有我懂。我知道，菊花到了冬天就会哭泣，连哭声也如人的暮年一般苍凉。玫瑰花、月季花到了冬天也会哽咽，不过那种哭声，更像幽怨，嘶嘶不停。牡丹到了夏天就会抱怨，别看它们绽放时，华丽无比，可它们怕热怕冷，娇贵得很。我常对牡丹说，春天才有几天？牡丹撒娇说，绽放只为一次，再短暂也要奋不顾身。蔬菜的情感更单纯和直接，就说白菜吧，如有菜虫侵袭，它就会卷起叶片自卫，甚至自残。菠菜、芫荽、萝卜、茄子、辣椒啥的，缺肥缺水就给你颜色看。

花草和蔬菜确实给了我很多慰藉。站在我的角度想荣尚，或许他的感受更多，我在城郊，他在山里。山里的风多么凄冷呀。不知道他隐藏之后，会不会跟花草树木说话？

我尊重荣尚的沉默，或者说，在这种环境下，说什么都是多余的。

我们一起到了山池边，我迎着太阳坐下，他蹲在一块石头上，把渔钩放进水里。

水清澈无比，小鱼不大，数量可观，大多都是柳根鱼和条纹小鲅，当然也有青鳞鱼、蓝眼灯鱼啥的。冷水鱼对水质要求极高，想必是荣尚无聊时从其他山溪中捞来的。小鱼游来游去，特别活泼可爱。

荣尚并没有在渔钩上捏上面团，光钩下底，浮漂倒是红黄相间。有小鱼顶着浮漂玩，就像淘气的孩子见到色彩斑斓的气球一般。见荣尚那么钓鱼，我特别奇怪。十几年的沉淀，或许荣尚早已明白，任何事情不在结果，而在过程。他耐心地蹙着眉头，好像沉浸在另外一种情绪里。

我也不想说话，甚至没问，中午吃什么？这么坐下去是否有意思？

山坳里特别安静，连风和鸟儿都在打盹。林荫倒映在石塘中，水面更显幽静。水池之外的世界，好像顷刻间素净起来。

谁也没有想到，真有一条小鱼上钩，或许它以为亮瓦瓦的渔钩就是一个玩具，便用嘴逗趣，焉知渔钩有倒刺，挨上就无法挣脱。荣尚将小鱼钓出石塘，轻轻摘去渔钩，而后说，很多事情不属于欲望。我曾经说过，鱼的馋嘴，才有了它们的灭顶之灾。人有欲望，常常闹得鸡犬不宁。荣尚如此说来，想必想起我说过的话，意在反驳欲望这种东西随着时空转换也会改变。是的，逗趣，包括好奇，都容易产生意外，那尾条纹小鲅做梦都没有想到，它会把光钩吞进嘴里。

荣尚放生了鱼，而后才说：这么多年，我只想一个问题，度己和度人。帮助小微企业，属于度人，隐藏起来，属于度己。

世上所有人都在一个节奏中跳舞，放贷收贷、担保赚钱，利润节奏，让人失去了理智，假如当初银行慎重点，荣尚小心点，那些小微企业主诚实点，估计就没有这些连环灾难。

荣尚突兀地说出两句话之后，又成了闷嘴葫芦。

我指指放生的小鱼问，它在哪个节奏中跳舞？它想没想过好奇也有风险？

4

很多事情无从说起，就像你为什么钓了放，放了钓？为什么甘愿一个人住进城郊养花种菜？看起来动机简单，实际都有复杂的情绪，面对苍茫，人的局限性随处可见。

荣尚这么多年读了什么书？想了什么问题？张口就是这等口气？

见我没有附和，他放下渔竿，指着那簇菊花说，这是九月，多少个冬天，我亲耳聆听它们的嘶喊和哭泣。记得你老婆走后的第二年，我请你吃饭吧，那时候我已经在读《道德经》《菜根谭》《墨菲定律》啥的，通天通地通人，"三通"的最初目的，就是度人和自度。没想到，灾难就在"三通"的后面。出事之后，能去的地方很多，譬如化名打工，抑或隐居到某个社区。最后走到这里，纯属偶然，也属必然。二〇〇九年的冬天出奇地冷，当时天空飘着冻雨，我匆匆用员工的身份证办了几个电话号码，揣上剩下的几万元。至于去哪里，不再选择，而是看天意。我随意拦住了一辆出租车，我说，往山里开。为什么去往山里？或许冥冥之中有种声音一直在说，你背负太多，需要一场修行，修行最好去处就是深山。也许当时我想起了这些话，也许就是无意识随口一说，才有了今天的结局。记得当时我见司机困惑，耐心解释说，油尽停下，不会找你麻烦。司机见我思维正常，迟疑不定向前开。行驶到大山的边沿，司机不敢跑了，说留点油，起码能往回开到加油站。司机丢下我，回头狂奔。

我站在黑漆漆的大山边上，冷雨交加，知道什么叫凄凉无比了吧。

实际我也可以选择归案，接受现实的惩罚，那时候我想，惩罚之后呢？烂尾贷款依然健在。我面对起诉，自然可以起诉那些小微企业主，结果呢？一堆乱官司，最后还是催促不了还贷。我已竭力履行了我的责任，资不抵债谁也没有办法。起诉小微企业，法律层面我能赢、必定会赢，可法院如何执行？能追回我担保的那些贷款吗？我没有任何精力打下一场又一场官司，只有把情况告诉企业的律师顾问，任由他自己处理。估计后来，律师送出起诉书，也打赢了所有官司，可见我无影无踪，他能怎么办？

好在我把老婆和孩子送到了休斯敦，临隐藏前，我对老婆说，败在太过自我，对不起的是你和孩子。你知道的，他俩要在国内的话，我或许走得不会那么彻底。老婆是个实在人，哭哭啼啼，好在之前我给了她一笔足够生活的钱。

那天真冷呀，冻雨就像腻歪歪的猪油，滴到哪儿就会冻成一团。打完老婆电话，我就抠掉手机中的电话卡片，随手将它丢进下水道。而后头也不回地拦住了出租车。

冻雨黏稠无比，从车内看去，它们就像一道道冰冷的绳索和鞭子，好像道路和田野都犯错似的，任由冻雨抽打。出租车司机估计一直在困惑，也许担心遇到了一个杀人犯，否则不会掉完头后，便狂奔起来。我一个人面对大山，面对冻雨的嘲笑和鞭打，不知道往哪儿走才叫合适？很快我便觉得，冷好像不是唯一的困局，所有的问题都集中在身往何处的茫然无措。冻雨抽打山林，发出噼里啪啦的响声，我只能顺着响声向上攀爬。那时候不仅仅是身往何处的问题啦，夹杂其间的还有突然而至的害怕。冷雨就像一道道阴飕飕的刀子，四处翻滚，危险不知道会出现在哪里？

风带上了哀号，辗转而出的"咔吧"声，就像上天不停地念叨一道道索命的咒语。更为怕人的是，那会感觉也出了问题，好像暗黑中，站立着一个又一个毛骨悚然的神秘生灵，抑或毛茸茸的大型肉食动物，它们目光如炬，好像随时都可以张开血盆大口，将我碎尸万段。腿就像发软的布偶，一步一颤。我战栗不定，再也不敢向前，面对漆黑的山林，只能孤立无援地靠在一棵树上。那时才知道，什么叫心如死灰。我知道如果就此靠下去，我会冻死在那棵树前，我得走，得不停向前，哪怕找到一处可以遮风避雨的山崖，也不能冻死在树前。我不停地给自己打气，自己对自己说，所有的一切，都是自我选择，你想活下去，就得战胜恐惧和害怕。就在那一会，我想起曾经的大山中，匍匐向前的一个个道士，想起了在山中打游击的红军战士，他们当初躲在大山里面，肯定也要经受一场又一场大自然的折磨和考验。想到他们，我平添了勇气，这才拍打自己的脸庞，想，向前，站起来向前，才能活下去。之后，我扛起行李箱，再次不顾一切地朝山上爬去。

更高的山上，早已有了积雪，借着洁白的雪光，我才看清，所有的惊悚之声，来自风吹枯叶和枯枝发出的嚓嚓声，那些冻僵的树干，挨上冻雨和山风，就会发出咔吧咔吧的撕裂之声，这些声响才是罪魁祸首，我长叹一口气，苦笑着想，至于那些毛骨悚然的生灵抑或毛茸茸的肉食动物，纯属来自与生俱来的固有执念。清醒让我想起，逃避之前早已准备好了的几把藏刀和匕首，我知道它们就在行李箱的夹层中。恐惧让我忘记了一切，最正常不过的行为也会出现紊乱。我急忙打开行李箱，拿出藏刀、棉袄和绒衣，添衣之后，我一手拿着藏刀，一手扛起行李箱，再次向大山深处摸去。

荣尚已经收起了渔钩，笑笑对我说，好啦，这些感觉就是那晚的真实再现，很多事情说出来，就失去了它的本来意义。墨菲定律说，任何可能出错的事情最终都会出错，一个错误又会连带出更多的错误，我排斥错误行为，给自己找出一个又一个正确的理由，否则，我为啥这般情况下，还要挣扎活下去？

听荣尚这般叙述，我也想到了自己的错误，因为痴迷钓鱼，忽略了对老婆的关注，结果呢？我得享受今天的孤独。很多人生体会我不想说，那些体会早已存放在心，只属于我。退休之后，我几乎与世隔绝，我跟我的体会和滋味相伴而生。夜深人静的时候，有花草树木和蔬菜与我相视而笑。

我抬头看看荣尚的头发和胡子，故意挑衅说，不敢下山理发？

他指指菜园说，平时我极少生火，今天打你电话后，我才专门到一家小店买了油盐，我从不在一家商店买东西，也不会在有摄像头的超市购买生活必用品，我知道怎么防范。虽然就算我正常走到镇上，走回城里，估计也没有谁还能认出我，可防范已经变成了我的一种习惯，就像举手投足，谨慎也成了我的一种本能。不知道你体会过没有？生菜特别脆，也特别甜。我在接受一个又一个挑战之后，也在锻炼味蕾的改变，我想，人和牛没有更多的区别，稍有不同，便是胃。牛胃能反刍，人的胃只能接受温暖熟食。为此，我得从锻炼胃开始，让它替我承受磨难。大冬天，我喜欢用冷水洗澡，喜欢喝凉水，我对胃说，我们享过的福就该忘记，从此，我就是猪，就是牛，就是一个纯粹的食草动物，你就是我的武器和盾牌。胃确实不情愿，叽叽咕咕。我对它说，别抱怨，我走了，你也得走，跟着我，就得替我承受不能承受之灾。

我慌忙摆手说，我可吃不下任何生冷的食物，得，就算今儿陪你饿上一天，我也不敢吃生菜。我担心荣尚这么说，中午不想做饭。

荣尚呵呵说，说过了，打你电话之后，就弄来了油盐。只是山林怕火，不到万不得已，不会生火做饭，否则林中冒烟，就会引来森林防火员，传来传去，肯定将我拽到人世间。实在饥饿时，我会在深夜煮饭，反正那时候的炊烟无人看到，这么多年，一直周全，我得感谢自己的选择，看看穷山恶水和偏僻，有谁会轻易走到这里面？

说到这里，我不想再说什么，我得走进山洞看看，走到山池前，我确实没有迈进山洞，我不知道山洞到底糟蹋成什么样子。山洞足足有三四十平方米那般大，空旷、潦草和阴冷。洞的左顶方有个天洞，通向山坡，很多根须从天洞那里贴在了洞顶上的山岩。天洞上面被压上了几层薄膜，光线还能透进洞口。我知道眼前的大别山不是喀斯特地貌，属于实体山，有这么一个山洞，纯属山的自然形态。山洞两侧是层层叠叠的海绵岩，可以清晰看到海洋贝壳，只是它们已经变成化石，沧海桑田其实并不遥远。洞的最里面辟出三四个平方米那般大的大石块，石块看上去光滑、干燥，只是空间有些狭小，多了诸多局促和逼仄。石块上面铺有编织的草帘，一层又一层，足足铺有六层，最上面才是软软的细草席，草帘和草席发出的霉烂味，特别呛鼻。草席和草帘都是柔软山草编织的，只是筋骨用细藤相连。枕头是从山外找来的平整石头，上面泛出冷光，没有铺垫任何东西。草席之上，还有一床薄被，丝棉那种，最里面便是几床破被，棉絮露到外面。

山洞的门口，有道收缩的草帘门，挂在粗大的藤条上，到了夜晚能拉上，白天，隐在山洞的一侧，不注意，不会发现。

看完山洞，我不知道说啥合适，显然，荣尚无须安慰和同情。他笑吟吟说，找到这个山洞，花费了我一年多时间，刚进山那一年，东游西逛，特别难受。尤其第一个冬天，大雪封山时，我就躲在山崖下，看看我的手脚，是不是有了伤残？到了春天，我发誓要找到一个山洞，最后就找到这里，看看，这山洞是不是天生为我长、为我开？

从外面看山洞，又是一番景象，起码特别隐蔽，换个角度，譬如，从山外任何一处向内看，如果稍有疏忽，极难发现洞口。山池的那一边长有高低不一的杂草和短丛树木，还有一道山溪相互隔断，从山外根本看不见这边的洞口和平地。

中午的阳光有了热度，山岚之气随处可见，望着远山，看着菜园，我再次坐在水池边。小鱼儿依然自由自在地游来游去，它们游动的速度很快，"嗖"地一下沉入池底，接着，又"嗖"地一下浮出水面。水面上漂浮着不知从哪儿落下的桂花，细数只有五六朵，小鱼儿上下翻飞，纷纷上前。我看了半天，小鱼儿至多上前"嘬"上一口，之后，快速转身沉入池底。三五成群，比拼速度一般，忽上忽下。就在那时，我看到了先前被荣尚放生的条纹小鲃，它漂浮在水面的一侧，早已奄奄一息，我问荣尚，要不要捞起？

荣尚说，我放，是我的态度；它死，是它的命。

我为荣尚这话难过，他怎么可以这般说话，假如我的花朵和蔬菜有了丁点损伤，想必我会心疼坏的。

荣尚说，世上万物都有法则，自然乃是它们最大的律度。

这个荣尚估计一直在想这些问题，假如他真的悟出自然法度，想必已经下山。

我把条纹小鲃捞了上来，荣尚已经生火做饭，这时我才发现，荣尚接上了一个掏空的毛竹，毛竹顺着山崖，通到山溪下面，炊烟顺着竹管飘到山溪上面，融了山岚。这个荣尚确实有办法，这么做饭，何来生菜之说？荣尚炒白菜和菠菜之后，在另外钢筋锅里煮米饭。

荣尚见我疑惑，小声说，喊你过来，就想告诉你，实际这么多年，我都没有忘记你。他停顿会又说，或许你已经忘了，不过不重要。重要的是，我记住了你。不知你是否想起，曾经的举手之劳，对我却是恩重如山。我刚开米厂，资金断链时，你个人担保，替我贷了三十万，那三十万，让我起死回生，从此，我理解了小微企业的艰难。我开"三通"，就是感谢你曾经的帮助，希望能帮助到更多的小微企业。

我的眼睛有点湿润，不知道为啥，当初荣尚找到我，二话没说，陪他一起办好了担保手续。好在荣尚后来没有失信。这么多年，我忘记了顺手之劳，可他还记住，甚至成了他后来悲剧的诱因。我不知道说啥好，顺势揉揉眼睛。荣尚倒十分平静，口气就像那团秋阳，静静地泊在水面。

眼下，我已经给自己判了足够的刑，我一直在想周文王的画地为牢和武吉逃生。早些年我还想着出去，现在，我已经完全与大山融在了一起，自生自灭挺好，不想出去接受外在的法则。

我说，外在法则才是真正的法则，我们一直生活得很幸福。

荣尚摇头说，自律也是他律，我早已一无所有。

我不再说话，反正荣尚怎么想怎么做，有他自己的道理，一个能把自己隐藏十几年的人，自然知道如何选择生活。

5

直到现在，我才知道荣尚话挺多的，这么多年，他应该很少与人交流，没想到说起话来还是这么犀利和深刻。退休之后，假如我不跟花草蔬菜说话，估计早已失去语言能力。荣尚听我赞美后，呵呵地说，每天清晨我都会大声背《道德经》，然后才进深山挖野菜，摘野果。山里蛇多，它们不会咬我，或许我身上动物气息多了，它们也怕巨型动物。还有野猪和山猫，也怕我，更别说野兔和山鸡啦。可我不会伤害它们，它们有它们的法则，我有我的。我最大的乐趣，就是傍晚跟山鸟说话，你听，说话间，荣尚已经惟妙惟肖地模仿起了画眉，悠扬婉转，如果不是亲耳所闻，我一定以为遇到了几只画眉逗趣。他模仿野猪拱地、山鸡打鸣、苦恶鸟呻吟，喜鹊、咋呼郎呼朋唤友，直到山呼海啸，冷风习习，绝对做到了形象逼真。

我不敢相信荣尚还有这等本事，忙问，谁教会你的？

他嘟囔道，模仿和练习。

吃过饭，荣尚开始冷静起来，这时，才断断续续说起往事。

他首先说的噢总。

噢总姓鳌。小县城，鳌姓少，加之，噢总说话几乎到了一字一"噢"的地步，容易让人记住。这么说吧，任何事情，他听明白了，"噢"，不明白"噢"，反正鳌和噢发音差不多，人们戏称他为噢总。噢总听后，呵呵一笑，依然傻傻地说，"噢"。噢总项目两头在外，典型的无场地、无厂房（厂房租赁的）、无固定资产"三无"项目，一次他跑到企业局项目股申请银企对接目录时，跟项目股长吵了起来。他"噢""噢"吵个不停。吵到副局长面前时，副局长恼了，轰赶他说，企业局不是银行，喜欢吵架找银行去。政府出台银企对接机制，让小微企业、企业局和商业银行三家对接，希望探索出一条更为便捷的贷款通道。初衷没有问题，问题恰恰出在"三无"小微企业太多，机制推行中步履艰难。噢总"噢"半天，依然骂企业局狗眼看人低，不能一碗水端平。后来噢总找到荣尚，不知道用了什么法子，荣尚答应替他担保。那个时段，荣尚还没有成立"三通融资担保公司"，他居然用企业资产抵押，替噢总担了保，贷出一百万，噢总后来也如期还了。企业家之间相互帮助，县里乐见其成。记得当时县长在一次会议上，专门表扬了荣尚。弄得荣尚和噢总名声大振。打那之后，噢总与荣尚成了生死朋友。噢总做的项目是塑料颗粒加工，说起来神乎其神，什么高科技渗透、废旧资源循环利用等等，实际就是化纤废旧物品回收利用。具体说，就是将化纤旧衣物啥的，在膨化机器中碳化、压缩、整形成颗粒，再卖给其他化工加工厂做原料。这种项目，长三角地区一直限制上马，据说有一定的污染，噢总回到了家乡，租下老家废旧的村部小学当厂房。那时候乡镇企业管理不规范，像这种项目，大家都睁一只眼闭一只眼。噢总缓过气之后，赶上好时机，化纤产品出口形势大好，原材料供给严重不足，噢总几年间，赚得盆满钵满。那时的噢总，见谁都是一副爱搭理不搭理的神情，别人主动说话，他噢噢说，噢，都认识我呀。那时候他说话的"噢"声又粗又高，仿佛全世界都亏欠他似的。不久，坊间多了他的传闻，什么找小三，什么离婚、再婚、再离婚，二〇〇八年经济危机发生后，便听不到他的消息了。

后来听说，经济危机之后，所有化纤产品滞销，尤其化纤布料出口遇到了前所未有的挑战，别说其他地方，连义乌和绍兴柯桥的纺织品销售都遇到了问题。噢总收购的几千吨原材料价格居然超过颗粒成品价，前后亏损几百万元，以致到了不加工亏损少点，开机生产亏损更多的地步。那时候荣尚刚成立"三通"不久，面对困境，噢总见面就跪在荣尚的脚下，荣尚念着第一次替他担保时的诚信，破格担保了五百万元贷款。

殊不知他贷出五百万元之后，噢总一夜人间蒸发了，任谁也找不到行踪。

荣尚一生气，让法律顾问到法院起诉，官司打赢了，法院让三通公司提供噢总的联系方式，荣尚恼火说，能找到他，还找法院？

银行可不管这些，到期收贷天经地义，无人还贷，担保方负责。"三通"只能哑巴吃黄连。

这种情况我大致了解，听到荣尚平静说完，也印证了真实情况，于是，小声问，那个噢噢，现在去了哪里？

荣尚看起来十分平静，那种平静不是故作淡定，是由内而外流露出来的，就像说着别人的故事。他笑笑说，谁知道呢。

荣尚说的第二个人，便是江湖人称"蒙哥"的家伙。蒙哥在县里人人皆知。当时县里有几个大水库，他找到水产局，独自获得了承包权。为了管理鱼虾，据说常常对群众动粗，先后被公安局找去很多次。后来他办了水产品加工厂，行为有所收敛。他曾联系过我，好像是春天，他西装革履，戴着一副通明的眼镜，看上去文质彬彬的。他对我说，我叫蒙哥。久闻大名，未见其人，在我的印象中，蒙哥应该是五大三粗的人。我当时怀疑认错了人，半信半疑，瞅了半天。

他尴尬地笑，然后有些讨好似的对我说，啥哥在文局面前都不好使。

他想融资贷款建冷库。办水产品加工厂确实需要冷库，大家讨论是否将他纳入对接目录时，几个副局长一致反对，说像蒙哥这样的人，千万不能沾，我们是政府部门，不是银行的老鸹，更不是救济院。为此，蒙哥专门找到我，威胁说，你个老家伙，小心被人砸黑砖。我说你不怕，就砸。好在几年内，他没有为难我。后来我想，像蒙哥这种人，你身正，他就怕。

听荣尚提起蒙哥，我有些发急，忙问，为啥替他融资担保？

荣尚依然不紧不慢地说，说来话长，他与担保公司的经理人是老表，是不是真正亲戚不清楚，反正关系不错。就是你说的整容脸，其中的一个。那时候确实有些发蒙，被人捧着的感觉想必你也经历过，头脑发烧是常事。别说喜欢的女人一直在耳边吹风，就是别人替他说上几句好话，估计我依然会毫不犹豫地替他担保。整容脸看中的就是这点，天天拿好话伺候我，你不知道那种娇滴滴的声调，多么诱人。好啦，现在想来，那种声调没有野猪嚎叫声实在。我亲自带上考察团队，查看他的资产情况，那么大的水面，那么多水产品，仅仅贷款一千万元，应该说没有丝毫风险。考察结束，我还是有点疑惑，专门安排审计人员审查他们公司的流水账，审计人员回来拍着胸脯说，小菜一碟。后来证明审计人员没说假话。你能想象得到吗？得到那笔贷款，他居然打"飞的"去澳门赌博，一次输个精光，赌红眼之后，到处借钱，资不抵债，被人起诉送进看守所。"三通"追溯资金时，他在看守所会见厅摊开双手对我说，看看这条命值多少钱？

我后来开除了那个整容脸。可一千万元的担保债务，三通得负责。

两次担保失利，让"三通"元气大伤，我想收手。那时才知道，很多事情不是你想收手就能收手的，深深陷入，回头无岸了呀。

也在那时，我意识到了更大的危机还在后面，急忙给老婆转上三百万元，幸亏打了那三百万元，否则我出事后，不知道她和孩子靠什么生活。打完款之后，我放下揪着的心，想，假如资不抵债，就学蒙哥，学他摊开双手，看看这条命值多少钱。

最后压垮我的是银行，上级要求各大商业银行加大扶持小微企业的力度，"三通"账面上还有三个多亿，担保规模无法扩大，可一家银行说，可以放大担保比例，由过去的一比二放大到一比十。银行看中的是我企业的其他资产，也就说，还能还下担保的资产。走到这一步，没有退路，只能向前，好在还能融资担保三十多亿元，假如谨慎点，利润空间依然可观。那几年，真叫一个热闹呀，我成了比行长还吃香的人，小微企业主趋之若鹜，煞是壮观。好在大多数小微企业都能如数还贷，我这里说的是大多数，还有极少数无法及时还贷，这么算吧，就算仅有百分之五担保对象不能及时还贷，赚的利润依然不够亏损的。窟窿越来越大。资不抵债后，我只能咬牙坚持，就在这时，遇到了一个过命的朋友，他是省级劳模，外号叫二当家的大宇，人们不叫他大宇，一直喊他二当家。你知道的，在县里，大家都说县长是大当家，大宇就是二当家。"三通"资金周转不灵时，我有了跳楼的想法。跳楼这种想法不是说有就有的，准确地说，它就一直蛰伏在人的某个部位。

　　天天打官司，早已让我不堪其累。蛰伏在心底的跳楼念头越来越强烈。某个秋天的晚上，我偷偷上了全县最高的商业大厦顶楼，我也不知道怎么上去的。楼下万盏灯火，车水马龙。想想从前，看看现在，唯有跳楼，方能一了百了。就在徘徊不定时，接到二当家的电话。我揉揉眼睛接了电话，二当家说，荣总，你在哪？我在哪呢？我支支吾吾。二当家说，听说你遇到了困难，我就是冲你困难来的，我想，如果你能严格做好抵押、质押等相关程序，想必还有生存空间。我说，大势已去，回头无岸。二当家哈哈大笑说，成大事者，必须劳其筋骨。冲你荣总为人，我拆借五千万元给你，利息随意。我迎着秋风问，为啥？

　　因为你帮助了噢总和蒙哥，他们也是我的哥们，做企业必须"义"字当先。

　　听到这种话，请问什么感受？我当即泪流满面，哽咽着，说不出一句话。

知道什么叫过命之交了吧。

走出困境后，我及时还了二当家拆借的五千万元。可到最后，压垮"三通"的最后一根稻草，还是二当家。半年不到，二当家资金链也出现了问题。他本来做帐篷加工生意的，外贸形势不好，便转型上汽车零配件项目，投资制造业不是一个钱两个钱的事，倾其所有，还差一个亿的资金。他的资产早已抵押殆尽，一个亿的资金缺口鲠在项目面前，他对我说，担保一个亿，项目上马后就还。

这有什么说的，别说一个亿，就是抵押上性命，也得帮。什么叫过命？就是宁愿自己承担风险，也要让朋友周全。我甚至没有安排审查，大笔一挥签了字。

荣尚说的二当家我当然熟悉，企业做大了，派头也足，保镖、驾驶员和秘书从来不离身边。下车之后，站在劳斯莱斯加长版车的前面，个个西装领带，精神和气势足以碾压任何人。不知道他怎么看中荣尚的，按说县里企业家都不在他眼里，就连县直部门的主要负责人他也经常呼来喝去，不当领导待。我见了太多的企业家，特别讨厌二当家的做派，为此，他常到县长那里说我坏话。我一个快退休的老家伙，还怕县长？我对县长说，看看你们把他宠成了啥？县长说，宠么？如果说宠，宠的也是税收，他一年交税一个多亿，谁当县长不宠？

我知道在县长这里说不赢，赌气说，你是大当家，他是二当家么。

县长突然翻脸说，什么乱七八糟的，想想你的银企对接，拐拐角角有没有犁到边？

我想起二当家的样子一直哑嘴，荣尚揉掉两团眼屎后才说，县长出事不久，他因为行贿也被逮了进去。

他进去没啥，一个亿的担保贷款无人还了呀，知道我为啥消失了吧。

正午的阳光多了瑰丽和饱满，人们喜欢说，八月阳光太躁，十月阳光太软，唯有九月的阳光多了秋天的不急不躁。荣尚平静地说完这一切，陷入久久的沉默。

远方的山黛，不知名的树排列在一起，蓝色的天空，狂欢得好像白云。它们像狗，像猫，又像一座山峰，抑或老人脸，秋天的堆积云容易变幻形态。那些人和事好像静止在了天空，不叫，也不慌张，只做形态的改变。

不停咂嘴中，我突然想起不知从哪儿看到的几句话，祖父的麦地，父亲的瓦刀，我的月亮。一代又一代，都在匍匐向前。想起月亮，我便想起了荣尚的儿子，我问，老婆孩子现在咋样？

6

当我问及荣尚老婆和孩子时，他激动起来，那种激动无法形容，就像火山岩浆，四处喷射。与先前平静说着噢总、蒙哥和二当家完全不同，几乎属于失态。他深深揪住糟乱的胡子，又不停搓揉斑白的头发，嗓子发出急切的、带有咕嘟咕嘟声响的节奏，摇头说，不说的好。看来人都有软肋，我的软肋是忽略，它让我至今耿耿于怀。我想起了那条大鲤鱼，想来大鲤鱼或许再普通不过，可它为啥跟我较劲？直至视死如归？忘不了它的眼神，那是一种抱怨之后的苍凉和绝望，好像一定要与我比拼生死似的。由此，我想起了老婆，老婆临终时的眼神不是那个样子，是安详和柔和，更是满足和宁静。可为啥钓到大鲤鱼不久，老婆就走了呢？那条大鲤鱼什么时候去的水塘，最后为啥又无影无踪？

当我再次提及大鲤鱼时，荣尚叹息说，很多事情，说不清。想呀，假如有人放生，有人偷走呢？再说，你几次钩钓，能保不受伤？倘若翻起白肚，被人捡走呢？很多异象就是在某种特定状态下发生的事，最怕人们联想。譬如，天狗吞月是月食，日食就会出现血太阳。硬把异象与现实对照，说明认识出了问题。想呀，倘若你老婆不得胃癌、不去世呢？你还惦记那条大鲤鱼么？

这种说法，我苟同，可我还是觉得大鲤鱼那天确实有些反常，那种反常非同寻常，起码在我心里，就是一个谜团。

很多年没有钓鱼了，荣尚打我电话用的还是钓鱼这个由头，既然请我钓鱼，总得钓上几竿。金盆洗手，不代表忘了其中的乐趣。我揉上几团生面，不想裸钩上阵。小鱼太容易上钩了，尤其条纹小鲅，那种眼帘上方染上一点红的小家伙，特别贪口。与其他小鱼最为明显的区别是它的鱼腹两侧各有两条规则不等的横纹，黑且不说，鳞片也大。搁在平原，人们最怕遇到么皮和条纹小鲅，这种小鱼一旦闹窝，钓鱼大多半途而废了。一会儿一尾，我已经钓上二十几尾条纹小鲅，一个个的不经折腾，上岸不久便死啦。荣尚见我不停甩钩，失去了淡定，上前阻拦说，知道它们多少年才能长这么大吗？再说，我光钩钓的是劫，你钓的是欲。劫数是必然，欲是外力的加持，不公平。为这点小事，他却要说出一番道理，我不服。反驳说，过去你修鱼塘让我钓，现在仅仅钓几条小鱼就让你这般心疼起来。

荣尚说，昨日与今日不同，鱼和鱼不同。

老婆走后，我早已不再痴迷钓鱼，甚至没有吃过一条鱼，想起大鲤鱼的眼神，我后来反胃起来。我不是禁食主义者，可入住独门小院后，确实不想加害生灵。就说蔬菜吧，我从集市上买来，不吃自己侍候大的。我的蔬菜，任由它们慢慢长大，慢慢老去。儿子说我有病，人们也说我脑子出了问题，我承认，独居久了，想法跟别人有所不同。我对儿子说：我的生活你不懂，我的情感更丰富。

儿子坚持带我去医院，医生说，他脑子清醒得很。

儿子糊涂啦，看了我半天，只能随我闹腾。

腊菜也如白菜一般，壮年结籽，供来年延续生命，蔬菜和植物用种子轮回。人不同，善于用精气神赓续血脉。说腊菜可能很多人不懂，腊菜的学名叫雪里蕻，冬天里，它们和菠菜和芫荽、小麦啥的，一起装点大自然。它们一生只为拼命长大，直到冬天，依然不会枯萎。可放任它们生长，最终还会凋零。当然，人也会老去，就像庄稼，一茬又一茬，任谁也无法规避自然规律。我院子里的花草和蔬菜，说来有些违背自然，在我的精心照料下，它们从小到大，直至寿终正寝。

荣尚听我絮絮叨叨这些，张嘴而出，老子说，大音希声，大象无形。很多事情的最高境界就是若有若无，故意强调某种事情的重要性，就是瑕疵，就是病态，就说你的花草和蔬菜吧，忽略它们的食用价值，乃是最大的不敬，尊重法则，也不能忽略它们固有的特性。

这么说，钓上一些条纹小鲃，为啥阻拦？

那是因为你破坏了它们的生存法则，人为加以诱导。

我觉得荣尚说得有些道理，否则说，我想反驳，也找不到反驳的理由。我把渔竿当即折断说，这是替我准备的渔竿，我有权利将它毁坏。

荣尚没想到我会那么做，看了我半天，才把折断的渔竿收起来，苍凉地说，或许这就是渔竿的劫数。哪来哪去，赤条条的最后去处才是了无牵挂。

什么意思，要跟我决裂？

荣尚又揪揪胡子说，不是想听听我老婆和孩子的故事么？说了又有什么意思呢？

老婆知道我弄出一些风流韵事后，有天晚上对我说，孩子不小了，不行就送到国外？现在大家都把孩子送到国外学习，我们的孩子也不能输在起跑线上。我说中国教育挺好的，为啥非得去美国？老婆真诚地说，这辈子我只有你和孩子，可你呢？花花草草始终铲不断。接着老婆跟我说了一段古时候的故事，说一个秀才跟县太爷打赌，县太爷说，以水为净。秀才说，眼不见为净。县太爷说秀才白读了书，万物皆以水冲刷为净，焉能主观臆断？秀才吃了板子，回家唉声叹气。秀才老婆聪慧，对秀才说，你把县太爷请回家吃饭，我来辩明。秀才疑惑，到底听了老婆的话。把县太爷请到家后，秀才老婆烧了很多菜，温酒把盏，相谈甚欢，轮到盛饭时，秀才老婆盛上了热腾腾的白米饭，米饭松软有度，口感也好，大家吃得津津有味时，秀才老婆把装饭的粪桶提了出来。平淡说，刚才大家口中的饭，乃民妇从粪桶中舀出，你们现在还能吃得下去么？县太爷当场呕吐，秀才老婆说，同为米饭，未见粪桶之前，你们吃得香甜，为啥见了粪桶，却这般呕吐起来？这说明什么，还是眼不见为净嘛。老婆说完这个故事后，叹息说，很多事情，只能当眼不见为净，还能怎么办？

听到老婆那么说，我更不想把她送到国外啦，我说孩子去可以，你得留下。老婆说，何必勉强孩子。后来，几个整容脸从中怂恿，也罢。至于为啥选择休斯敦，不是都爱看 NBA 篮球比赛嘛，因为姚明，都支持火箭队，于我来说，休斯敦就是首选，再说，姚明去的城市肯定不赖。就这样，把孩子自费送到了休斯敦大学，反正那时候不缺钱。

打了那个电话之后，我便断了跟老婆的联系，想必老婆肯定疯了一般找我。

我反正不想主动联系她，我能对她说，一个人住进了深山？有个风雨交加的傍晚，我看见几只落难的喜鹊，突然想起了老婆和孩子。那场暴雨来得毫无征兆，就像有谁挑弄出一团风云，故意警示我一般。暴雨先是兜头而下，而后便是倾盆覆盖，结果一只小喜鹊从树梢坠落而下。那只小喜鹊羽翼未丰，或许受到惊吓，跌落到地上，慌作一团。就在那时，我看见，一只稍胖的喜鹊飞扑上前，我知道那是雌喜鹊，动物界，一般雌胖雄瘦。雌喜鹊张开翅膀护住小喜鹊。也就在那一刻，雄喜鹊突然飞下，张开翅膀护住老婆和孩子。那会，我突然泪流满面，开始想念老婆和儿子。我打开了手机。很久没有联系老婆啦，算来足足有八九年时间，打通电话时，应该是休斯敦的凌晨，老婆迷迷糊糊，没有听出我的声音，就在那时，我听到一个男人问，谁呀？老婆说，不知道。

我还能说啥？当即便挂断了电话。

之后，我一直静静流泪，直到夜晚，我听到了蝼蛄说话，疾风骤雨，让很多草丛中的小生灵爬进了山洞，像蚯蚓、蝼蛄、蚂蚱啥的。一律跌跌撞撞朝山洞涌来。蝼蛄昼伏夜出，按说傍晚不会出来。许是它们喜欢掘土，吃农作物嫩茎，人们常常把它们当成害虫。蝼蛄的叫声像蟋蟀，比较起来，比蟋蟀的叫声更长，形容起来，好比柳哨音，只是没有柳哨声那般洪亮。一只蝼蛄吱吱，另一只咕咕，那不是叫声，叽叽咕咕，是吵架。叽咕半天，几只蝼蛄打成一团，蚯蚓和蚂蚱纷纷爬了出去。小生灵也怕战火烧身。

它们打得不可开交时，我拨开了它们，发现有两只蝼蛄早已缺胳膊少腿，我问其中的一只，到底发生了什么？

一只振翅，另一只也振。支支吾吾。

它们不明白我的意思，我也不知道它们之间到底发生了什么。

心还在绞痛，我躺在草席上休息，在想小喜鹊，想那些小生灵。最后无法忍受内心的苍凉，走向了山池。那些小鱼，确实安然无恙。几个来回，我蹩着的心才舒展开来，躺在床上，我开始了做梦。很多年都不会做梦了，不是我屏蔽了梦，是梦也屏蔽了我。可那晚，我梦见了蝼蛄变成了人，这个在责怪那一个不专一。那一个委屈，在拼命解释。这时候又多出很多蝼蛄，最后打成一团。就在那时，我突然醒了。我想，算了，老婆选择什么样的生活，必有她的理由，我是始作俑者，没有权力干涉。

第二天起床后，我到了山池边，把打给老婆电话的那张卡片丢进山池里，我对那些小鱼说，你们要是心疼我，就用这张卡片跟她说话。当然，小鱼如何能打电话？我把思念当成了一种寄托。心疼人的是，一尾条纹小鲃居然衔着那张卡片，拼命往我身边游来。条纹小鲃，我的条纹小鲃，几次脱口，又被它衔起，直到游到我的身边。我拿起那张卡片，随手又丢在野菊花下面，经雨之后的野菊花更加嫩绿，我给它施点腐叶，把卡片埋在腐叶下面，这时才走向菜园，夏天的蔬菜长势好、杂草也多，不知道为啥，我看着那畦蔬菜特别不顺眼，随手将杂草和蔬菜全部铲啦，而后丢进山池。

那些小鱼儿高兴坏啦。

反正那几天我的行为出了问题，之后，我进山打死了一只野兔，踢飞了一只刺猬，我把它们活生生剥了，放在钢筋锅里面炖，而后，不管不顾吃了起来。结果，当天晚上，我呕吐不止，那种吐，不是你能想象的，翻江倒海，我知道那是刺猬对我的惩罚，想起它们硬生生的刺羽，肝胆欲裂。最后，我只能不停地央求胃，我说，我错啦。胃肯定也会说话，至于它说了什么，我没有能力听到。还在呕吐时，我只能背诵《道德经》，以便转移注意力。

我确实不该问及荣尚的孩子和老婆，想必那是他最大的软肋，我能感受到他说起这段往事的痛心疾首。

我后悔钓出那么多条纹小鲃，当他说到条纹小鲃叼出电话卡片的瞬间，泪水浸润了我的双眼。某些程度上来说，我草菅条纹小鲃，是对荣尚最为直接的伤害，我能理解他的心痛和灼热。回头再想他的光钩裸钓，才能理解他说"钓劫"的真正含义。我不知道还能说什么，只能坐在山池边看着那些嬉戏的小鱼，青鳞鱼、蓝眼灯鱼、柳根鱼啥的，好像挺开心，只有条纹小鲃集体沉在水底，好像一起哀悼亡灵似的。这让我再次有了震撼，这种震撼，不亚于见到那条大鲤鱼，我想万物皆有灵，条纹小鲃早已带上了荣尚的情感和温度。

看着那些死去的条纹小鲃，我多了伤感，学着黛玉葬花，把它们一条一条庄重捡起来，放在树叶上，而后，一条一条整齐排开，然后把它们集体葬入菜园，之后，才双手抱拳说，对不起。

荣尚始终没有挪动一步，见我道歉，好半天才说，见你也是劫，惦记就是磨难。

我不懂他的真实意思，默默重复几遍，"劫"和"磨难"，他在想什么呢？

7

荣尚主动联系我，对我来说确实意外，按说，我不该接到电话后便飞奔而来。于我来说，或许出于好奇，消失多年的荣尚突然联系我，这么多年去了哪里？我就是奔着好奇来的。听荣尚的解释，对我似有牵挂，毕竟在最困难的时候，我帮了他一把。可他说，见是劫，惦记是磨难，为啥还要联系我呢？

我们不再说话的时候，传来了寺庙的钟声，钟声悠长、深沉，好像某种召唤。我好奇地问，山里还有寺庙？

荣尚说，隔上五六座山，有个云居寺，住持叫慧能，是个年轻人，据说他佛学院毕业后就出家啦。佛门讲究一个"空"字，我不想轮回，也不想忘记一切。荣尚沉浸在某种情绪里，断断续续说，每天的傍晚，寺庙就会敲钟。钟声告诉僧侣，禅修结束，马上就吃晚斋。云居寺前面，再翻七八座山，便到了湖北境内，两省交界处，还有一座青云观，大别山绵延八百里，寺庙和道观随处可见。别看我背《道德经》，道家主张的天人合一，净化虚无至今我还没有悟透。我再次说明，我不是虚无主义者，一直在蹲自己的班房，就像那些条纹小鲃，本来它们在山溪中无忧无虑游荡，是我将它们捉来，囚在山池里面，山池也是它们的牢房。

说话间，云层变成玫瑰红，夕阳染红了山川和林木，山池也绽放出瑰丽的色彩。山洞前面堆起了大片的金黄，每一片金黄都好像一片秋叶。我对荣尚说，看来我得走啦，忘不了我的小院，还有花草和蔬菜。

荣尚看上去有些伤感，揉掉眼屎的两眼中多了润湿，胡子好像有了更多的粘连，看上去他虚空的后背更加孱弱，好像还有什么话没有说完。

我问，我出山后，见到熟悉的人怎么说？

荣尚说，什么也别说，就当一切都没有发生。

我说，已经缀在心间，就像条纹小鲃已经掩埋。

荣尚说，随你吧，你有你的自由，于我既然惦记，就不怕磨难。

我困惑看着荣尚的眼，荣尚眼睛多了明亮和失望，揉揉眼睛之后，他看向天空，始终不再说话。

我说什么合适呢？劝他回归正常？假如他跟我出山，我能保证他的安全？劝他注意身体？都这般啦，身体不是最重要的吧。

我想说，我回去之后，就告诉法院和银行？那我确实就是他的劫难。我唯有什么不说，或许最为恰当，沉默是金，我还记着。

我颤颤巍巍站了起来，我说，最不该的就是戕害了那些条纹小鲌，估计回去之后，我还会想起那尾条纹小鲌叼着电话卡的样子。

荣尚看看我，流下泪水说，偶尔也是必然，错在我依然挂念。

我知道荣尚的意思啦，起身向另一座山爬去，我得出山。

我记得来时的路，荣尚坚持将我送出山，夕阳笼罩山林，山林多了温暖，回时的路，走得顺畅，一个多小时便走出大山。天有些暗沉，好在还在九月，天黑得不太早，我对荣尚说，我这就叫滴滴打车，反正现在交通方便。

荣尚向我招招手，而后说，记得出山路，回头不定找到山寨，不送。

那会我眼睛再次湿润起来，也招招手，最后捂住眼睛，走上大山前面的公路。

网约车还有二十多分钟，我好像又活回人间一般，存下了荣尚的号码。

打开院门，我能感觉出我的花草树木和蔬菜的恼火，进门我喊，我回来啦。听不到它们搭腔和说话。

九月的墨菊，含苞待放，按说最是应该讨好我的时候，可它们一律嘟哝着嘴，头也不点一下。桂花屏住了呼吸，不再吐露芬芳，好像责怪我，多管闲事。夹竹桃、茉莉、三色堇啥的，都抿上了嘴。这些花草树木呀，确实让我宠出了毛病。唯有大白菜直接，见我开门，它们"嗡"地一下炸开了锅，原来是绿头苍蝇藏在里面。我走到大白菜身边，见它们都收起菜叶，这才有了深深的愧疚。急忙给花草树木和蔬菜浇水，又找来蚊蝇拍子驱赶害虫，灯光下，我听到墨菊问，山里的野菊花真的好看？

大白菜嘀咕说，人最怕牵挂不断。

夹竹桃摇晃枝条和花朵说，唯有我们住在一起才安全。

三色堇说了啥我没有听清，反正我听到花草和蔬菜都在抱怨我，我赶紧坐在它们中间说：要知道，我比你们还烦。

于是我跟花草树木和蔬菜说噢总，说蒙哥，说二当家。我说，噢噢噢，居然玩失踪。蒙哥呀，居然问命值多少钱？还有二当家呀，身价几十亿，为啥要行贿？为啥要亏待一位拿命相待的人？

花草和蔬菜不懂人世间的事，一律沉默，好像集体抵制我的念叨一般。

我有点生气，对与错，显而易见，为啥你们不搭腔？

白菜说，弄点吃的吧，累了一天。

桂花吐芳，也在规劝我，让我最好蒙头睡上一晚。

只有墨菊说了句，老文呀，既然选择桃花源，为何还要惦记魏晋之年？

我什么都不想说啦，关键时候，还得自我消化，我颤颤巍巍搅拌了一碗面疙瘩，嘘嘘呼呼喝了半碗，那时我才对自己说，睡吧。

刚躺下床，我又想起了噢总，离婚、结婚、再离婚，他在折腾啥？现在藏到了什么地方？还有，那种钱，用起来是否烫手？一句一噢，你倒噢上正道呀？还有蒙哥，居然去澳门赌钱？为啥那时候忘记了别人的帮助？挥霍一空后，却耍无赖？这样人才该重判。二当家的形象更加具体，那种派头，那种车，现在他在里面不知道会不会反省？还有，我怎么都感觉他对荣尚的帮助就是一个"局"，遗憾的是荣尚入局，却不知风险。银企对接，企业局对接出什么结果呢？好在不涉及担保，只负责牵头"谈恋爱"，能不能结婚生子，与企业局无关。这种不负责的态度，才造成社会自然人担保，假如企业局在这方面有了更多的作为，荣尚能不能减少一点风险？

这些都是无法说清楚的话题，所有事情都是谜团，困惑就在谜团里面，就像那些条纹小鲃，作为荣尚的囚犯，却被我滥杀一片。

可惜的是，等着熟睡后，花草树木没有入梦，好像它们集体罢工一般，这些花草和蔬菜确实无情，怎么能为了我的短暂离开，而苛刻相待？

罢了，罢了，醒来之后，我再也不想跟它们说话，反正率先生气的是它们，不亏欠它们。

8

第二天大清早，也是星期一的早上，我看太阳不错，决定去县经信局说说噢总、蒙哥和二当家，就算他们没有出来，经信局也有责任帮助解决企业局时代的烂尾事项。企业局后来兼并到了经信局，经信局长是个年轻人，我当局长时，他还在乡镇，我们好多年都没有见过面。好在还有人认识我，把我带到他的办公室。他坐在旋转老板椅子上，斜睨我半天才说，文老局，一摊烂事，经信局怎么解决？你最好去找几家商业银行，否则到法院，民事纠纷最好按司法途径解决。

我说噢总、蒙哥、二当家，经信局长微笑打断说，旧事难断，都是时代淘汰的菜。

我只好失望起身，这个经信局长确实干练，恁多的复杂事，几句话勾勒干净，可以说，不留任何活面。我说，企业局当时参与了银企对接，如果能够有所作为，不会出现这种局面。

经信局长说，每个局长都有工作的局限性，你的未竟事业，我们还在加油干。

我只好笑笑，告别经信局长，我想，或许我就不该找他说这些，人家委婉推辞，不算啪啪打脸。是呀，你在位时丢下的烂事，凭啥让他收拾？再说，他如何收拾？谁也不能往自己筐里丢烂菜。

调整气息，我找几家商业银行，一家一家跑，跑遍几条大街，几家行长一律说，当初的滞贷早已定论，行长都换了好几茬，一切都交给法院和未来。

我问，怎么处理的？

几家商业银行解释说，责任人已经处理，追诉不力，与后任无关。

这么说，荣尚可以回来啦？

法院有法院的途径，我们不管。

我只好打的去法院，找当年案件经办人。好在案件经办人还记得整个事情的来龙去脉。经办人说，有不少小微企业主在荣尚企业的法律顾问追诉中，陆续还了不少贷款，你说的噢总、蒙哥还有二当家三人，只有二当家的后人们，凑合还了点。

这么说，荣尚没事啦？

什么叫有事？什么叫没事。

假如我能找到荣尚，你们是不是可以从宽处理？

找到或许可以算自首，你知道他在哪儿？

我不想回答，得问问案件经办人，假如当初他不消失，会不会被判刑入狱？

案件经办人沉思片刻说，解决经济案件不是以逮人为主，主要问题在于偿还。好在荣尚走啦，他的律师还在追诉，按目前情况看，他有责任配合法院追缴，不是判刑不判刑的问题。

看来问题没有想象的严重，这个荣尚，本来就不该拍屁股走人，自度、他度，自律、他律，干吗弄得那么复杂？

法官见我神情迟疑，追问一句，看来你知道荣尚的下落？

我不知道说还是不说，说的话，有违荣尚初衷。不说，感觉心有不安。

案件经办人长叹一口气说，一场经济危机，闹出多少案件，就说荣尚的三通吧，涉及一百二十八家中小企业，后来五家银行行长受到免职或者其他处分，除此之外，纪委和当时的监察局连续处分了二十八个直接责任人，有的还负了法律责任。虽说荣尚承担的只是担保责任，可他拍屁股走人，影响还在。

我感觉荣尚确实有所欠缺，就要说出荣尚在哪里时，突然想起了条纹小鲃，那些条纹小鲃就像镶嵌到我的脑海一般，无法抹去。想起了荣尚临走前对我说的话，我更加难以抉择。他说，见你是劫，惦记也是磨难，或许他早早知道我肯定不会替他隐瞒，暗示我，最好别说。说来，或许我不该去经信局和银行，直接到法院才算正确。可我想说说噢总、蒙哥和二当家，不说出来，似乎寝食难安。

案件经办人见我还在犹豫，鼓励说，既然知道他在哪？有责任告诉法院，请他回来配合解决旧年积案，对多方都属于负责。

我头嗡地大了，啥也没想，大声说，你们叫车，他就在山坳里面。

法院执行局的车子闪烁起了警灯，警车跑得急速而热切。我坐在车里面，看不到红灯闪烁的样子，可能想象得出来，那就是缉拿归案的一种信号和警示。归案，归案，鸣笛声，就像呐喊。我坐在后排，内心乱成一团。我想，或许我又错了，就不该这么快把荣尚隐藏的地点说出来，见是劫，惦记也是磨难，荣尚呀，早知如此，为啥还要联系我？

我有了打退堂鼓的想法，想让车停下。可微信位置已经给了法警，事情走向，我已经无法把控，一切看上去早已无法逆转。鸣笛声揪住我所有感觉，我仿佛看到荣尚失望的脸。就在那张脸背后，我分明看到大鲤鱼的眼神，条纹小鲃的欢快，我想，到底谁是谁的劫难，让我周旋在是非里面？

到了山边，车子熄了警灯，法警猫着腰，看起来谨慎起来，一切都在悄悄进行，他们按照我指点的路线朝山里摸索而去。

我跟在案件经办人的后面。

我问，不是说没事么？

他说，有事没事，法律说了算。

我问，不是说请回配合调查么？

他说，每个人都得为曾经的行为负责。

我问，现在反悔来得及么？

案件经办人不再说话，催促我快点。

还是上回进山的路，这回走得急切而隐秘，我走得气喘吁吁，却无人顶我后腰，拽我向前。九月的阳光依然密实而饱满，漏下的光斑多了炙热和跃动，好像警灯一般闪烁不定。想起警灯和警笛，还有猫腰前行的法警姿态，我心如刀割一般闭上眼睛。

依然是挪步，一步又一步，慢慢向前，剥去白云、剥去山林和光斑，剩下的全是摇晃和旋转，山鸟受到惊吓，一直在山林上空盘旋，茅草和藓类、蕨类植物始终在纠缠，我手脚不再利索，突然倒在一棵树的前面。

法官拽住我的胳膊，急忙问，到底咋啦？

不知道怎么回答，感觉天旋地转。

很快那边传来了法警的质疑声，人呢？

什么？荣尚不在？我快速站起，急忙奔向山洞前面的那块平地。

山洞还在，草帘什么的，都被收拾干净。搭在山洞一侧的茅草庵，也不见了踪影。山池和菜园，还有那簇野菊花，统统没了踪影，好像一切都不曾存在一般。那个山池明明就在平地的前面，会跑到哪里？仔细查看，垒石已被拆除，池水融到了山溪里面。菜园平整干净，上面铺上了枯叶和野草，从外面看去，压根没有种过蔬菜一般。

案件经办人问，人呢？

我说，就在这边。

案件经办人说，当时为啥不报警？

当时，当时我没有想到，回去后，心里难受，才想起去法院？

你认为他会跑到哪里？

我长叹一口气说，五六座山峰前，有座云居寺，再远处，有个青云道。听荣尚讲，整个大别山里面有无数个寺庙和道观，大别山之外，还有山川和田野，多少人跑路，谁知道他们走了多远？

案件经办人十分恼火，大声说，这种人，逮到就该严办。

法警看我的眼神也有抱怨，似乎想问，我到底有没有说假话？有一个法警上前问我，这里咋住人？你是不是脑子出了问题？

我脑子确实出现了混乱，我真诚对法警说，我能跟花草树木和蔬菜说话，还能跟条纹小鲃说话。说话间，我到处扒拉野草和枯叶，我想把条纹小鲃扒拉出来。它们就埋在菜园的一侧，就在这块地的下面，可条纹小鲃的尸骸根本不在，好像不曾被我杀死一般。

案件经办人也怀疑我是否来过这里？反复说，譬如说，会不会出现一种幻觉？就像谁在山里召唤一般？

我庆幸他们什么都没找到，我拍拍脑门说，或许，也许，最近老是发烧。是的，我确实迷糊不清，我记得白菜让我吃药，菠菜让我施肥，还有芫荽，就是你们说的香菜，不停喊我替它遮阴，我大上午的，咋就去了你们的法院？

　　案件经办人有点生气，嘟囔说，什么乱七八糟的，想想看，假如没有来过这里？为啥知道这里有个山洞？还笃定说，荣尚就在这里面？

　　是呀，我没有糊涂，我要证明给他们看，我确实没有糊涂，我说，他给了我的位置，就有电话，于是，我拨通了荣尚的电话。

　　可电话那头说，你拨打的电话号码不存在。

　　难道他又毁了这张卡？他到底想啥？

　　我不想说啥了，沉默是金，我只能装作糊涂一般傻笑。

　　那时候，山溪还在叮咚作响，可山风却静止了呜咽；唯有山林，还在有板有眼地铺排幽深，山坳确实幽深和寂静。

　　跟车到了县城，我急忙打的回家，这大半天的，究竟做了啥？好在花草树木，包括蔬菜一直跟我说话，它们说的啥，好像一句都听不清啦，脑子里嗡嗡响个不停，就像风车一直在转。低头走进卧室，我知道需要休息，一个七十多岁的老人，接连两天折腾，早已筋疲力尽。我连饭都没吃，就钻进了被窝。很快，我就做起了午梦，庆幸的是，梦没有屏蔽我。不像荣尚，连梦都屏蔽了他。

　　梦里，我砍光了所有花草树木和蔬菜，我在院子中间修了座水池，放满清水后，我全部投放了条纹小鲃。条纹小鲃很可爱，我把电话卡放进水池里面，让对它们说，打电话给荣尚，对他说，惦记不是磨难。

　　嘟嘟嘟，打不通。

　　于是，我便学着荣尚的样子，光钩裸钓。

　　好在条纹小鲃不会上当。

　　哈哈，我笑醒时，还不到傍晚，夜的滋味一直在弥漫，那会我想，荣尚到底去了哪里？法院的人会不会找到他呢？

暮色苍茫

1

后半夜大喇叭醒啦。窗外的风窸窸窣窣，始终贴着窗口徘徊。冷，攒足了劲儿，一股脑儿往被窝钻。被窝里那点暖和气儿，随着几个辗转，早偷偷溜走了。大喇叭没了睡意，披上棉袄坐了起来，随即拧开了灯。煞白的灯光，雪光一般铺在地上、被子上，冷无处不在，大喇叭随即打了个寒战，又拧灭了灯。

大喇叭不想开空调，再冷也不开。除非春节期间，儿子一大家子回来，大喇叭才会无所顾忌地打开空调。儿媳妇知道大喇叭的习惯，见大喇叭打开房间里的所有空调，小没声地问，不怕浪费啦？大喇叭说，不怕。

小铜锣得了肺癌，发现便是晚期了。知道无法治愈后，小铜锣便对大喇叭说，这辈子值啦。身体硬朗的时候，小铜锣喜欢说，如今的生活，只怕皇帝老子都羡慕呀，想想看，皇帝老子用过电视机和空调吗？大喇叭不喜欢小铜锣那般比较，呵呵说，好日子还在后头呢。肩胛疼很长时间啦，当成了肩周炎，没在意上。举不起胳膊时，才去医院检查，查来查去，竟然得了肺癌。肺癌为啥胳膊疼？医生说，晚期，扩散啦。大喇叭坚持要化疗。小铜锣说，听我的，不治啦，回家还能多陪你几天。

大喇叭蒙啦，昏沉沉地问，好端端的，咋就到了晚期？

医生说，每个人的体质不同，遗传基因也不同，薄弱点早早地候在那儿，不注意养护，说翻脸就翻脸。医生见多不怪一般冷冷解释。

她才六十出头，不该这般突然。

医生这才露出惋惜神情，建议小铜锣积极配合化疗。

小铜锣说啥都要回家，听人说，好端端的人，一化就化没了，反正迟早都要走的，遭那罪干啥？想明白后，小铜锣拼命喊着回家。大喇叭不同意，太早、太突然，不治个倾家荡产怎么能回家呢？小铜锣说，不是钱的事，钱也不是事，与其治不好，不如回家好好陪你几天。大喇叭眼泪汪汪说，化疗后还能多陪几年。

小铜锣不再说话，即便心里汤煮一般，也不想说话，她早已打定了主意。

儿子在绍兴上班，听到消息后，说啥都要把小铜锣送回医院，儿媳要带孙子上学，无法走开，电话里一直不停地劝。小铜锣说，丫头儿，不要劝啦，我主意已定，不想折腾啦。儿子拼命往家赶，到了家里，见小铜锣挣扎起床替他做爱吃的酸菜鱼，更加不情愿啦，说啥都要带娘去省城的大医院。小铜锣说，说过啦，哪儿也不去。儿子劝说失败，留下一张卡对大喇叭说，别节约，吃的、用的，包括进口药，只管用，钱不是问题。大喇叭说，花不了，再说，家里不差钱。儿子还是丢下了卡，之后，悄没声儿地开车走了。

好在小铜锣一直精神不错，说话也清楚，疼到浑身冒冷汗的时候，才揪着大喇叭的胳膊说，这个细胞咬那个细胞，咋就这般难受？大喇叭不知道小铜锣咋知道"细胞"一说的？说了"细胞"，说明她还在意死活。大喇叭说，不行，还得去医院。小铜锣擦擦额头上的汗，忍住痛，坚持说着陈年往事。她说得很慢，一点一滴，说到哪儿算哪儿，有一搭无一搭。说得最多的还是一起吹唢呐和敲铜锣的事，小铜锣忘记了疼，一脸幸福说，那时候只要听到你的唢呐声，我的心儿就化了。早先时，村里喜欢排演样板戏，爱好加所长，很快形成两个体系，一个体系伺候响器和乐器；另一个体系练习唱腔和表演。大喇叭打小就会吹唢呐，呜里哇啦，调性高、味道足，声音敞亮。小铜锣啥都不会，喜欢跟在后面看热闹。一天，大喇叭挽着小铜锣的胳膊说，跟在我后面敲铜锣吧，当当当，跟着鼓点敲就成。当当当——哐，当当当——哐，小铜锣很快上了路子。时间久了，两颗心慢慢靠在了一起。那时候，人们活的喜庆，白天干活，晚上排演，再苦再累，都能活出顶天立地的精神气。后来包产到户，日子好了，大家彼此却少了来往，有人忍不住冷清，挑头唱小戏，一呼百应，很快大家便聚在一起唱黄梅、唱庐剧，当然也有人唱四句推子（淮河两岸的地方戏），后来越聚人越多，又恢复了戏班子。唱戏啥的，离不开响器，大喇叭和小铜锣融入进去，一直忙来忙去的。儿子上小学时，受到明星们起艺名的影响，有人提议，大家就用响器当艺名吧。于是便有了"大喇叭"和"小铜锣"的称谓。叫啥，大喇叭都无所谓，反正图的是热闹。可小铜锣不习惯，人们喊她小铜锣，她总会更正说，喊我小罗，要不叫我凤仙。遗憾的是，没人喊她罗凤仙，依然喊她小铜锣。

村子就在城市的边沿上，叫郊区最恰当不过。后来城市扩张，村子就装进了城市的口袋。那几年，大家最开心，这里边变成了城里人，那里边还有自己的土地，乡下和城里的好处都沾上啦，闲着无事，大家便聚在一起唱戏、跳舞，弄响器的跟在唱戏的后面，吹呀、敲呀，始终不闲着。之后，街道因势利导，把响器班子、乐器班子和戏班子统筹起来，起名"新天地艺术团"。怎么称呼大喇叭和小铜锣不在意，奔的就是乐嘛。

那几年大喇叭跟小铜锣仿佛又谈了第二场恋爱，两个人整天黏糊在一起，走路也要手挽手，说话也学着城里人的斯文。就说情感表达吧，不再含蓄，情呀、爱的，时常挂在嘴上。听到别人开玩笑，小铜锣高调说，疼爱就像敲铜锣，越敲越响、越敲越热乎。

小铜锣似乎想把平生想说的话一股脑儿都说完，颠三倒四，说了几个来回，大意便是，这辈子值啦，至于啥时候走，一点儿也不后悔。

提起无法预知的未来，小铜锣才伤感地说：我走了，最担心的还是你。

大喇叭潮湿着眼睛说，所以你得安心去医院治病，想呀，不仅我离不开你，儿子和孙子都离不开你。

小铜锣的伤感没有浸染上伤心的味道，就像一片叶子虽说到了秋天，毕竟还有春天的形态和绿意。小铜锣说，搁在从前多好呀，一个村子，恁多人家，都能帮衬你下？

村子规划为城市后的第三个年头开始大规模拆迁的，过去的土地作为工业用地，村民无法就地安置，市里仁义，出台"高标准分散安置办法"，大家一对比，市里的安置办法不仅科学，还划算，不说面积，单就区位和价格，都不是就地安置能比的。大喇叭和小铜锣跟大镲和响鼓安置在了一起，楼上楼下，别提多开心。后来，也就是前两年，大镲儿子结婚，生了孙女，孙女无人带，大镲两口子卖了安置房，拿了钱，到上海领孙女去了。大镲临走时专门对大喇叭说，孙女无人带，得去搭把手。大喇叭理解，虽说舍不得，毕竟无法阻止。后来，响鼓的女儿应聘去了省城，三十大几的姑娘，说啥都不结婚，响鼓急呀，去省城租房看着女儿，临走前，他对大喇叭说，不把女儿嫁了，不再回来。好在响鼓的房子没卖，就在大喇叭的安置房下面。

小铜锣的意思，她走了，这个小区只剩下大喇叭一个人啦。想起往后大喇叭的孤单，才多了伤心。秋天的夜晚，雨水下了又歇，歇了又下。停了半晌，好像攒足了劲儿，瓢泼一般下了起来，风儿长头发一般甩来甩去，甩出的狂野不像城里人的斯文。大喇叭见老婆眼睛潮湿，很快把老婆抱到阳台上，对着风儿雨儿说，别担心，到了那边，有谁欺负你，托梦给我，说啥都去陪你。

小铜锣堵住了大喇叭的嘴。

大喇叭说，记住啦，阳台上的窗户我一直开着，纱窗这边，也留条缝，早晚我都会坐在这里等你。

小铜锣突然攥紧大喇叭的手，伤感变成了伤心，眼泪扑簌簌地流淌了出来。

见小铜锣流泪，大喇叭这才捂住小铜锣的脸说，早知今日，不该同意分散安置。

小铜锣推开大喇叭的手，擦干泪水说，苦了、闷了，就找个伴，毕竟大镲和响鼓都不在身边。

大喇叭捂住了小铜锣的嘴，他想，就像一场雨，淋散了一窝小鸡仔，雨歇了，小鸡仔再也找不到母鸡、找不到窝啦。算啦，不说了，不说啦。

大镲和响鼓还没搬走的那几年，三家人常常聚在一起，心情好时，常去乡下找块空旷地，吹吹打打弄上一程。现在想吹吹打打，凑不齐角啦，连唢呐和铜锣都撂在储藏室里。如果小铜锣不生病，散步聊天，日子挺慢，也挺好的。起码，拆迁的补助都在卡里，吃穿、花销都没有问题。谁能想到，好日子才开始，小铜锣竟然到了肺癌晚期？大喇叭想，是不是应了那句老话，恩爱夫妻难白头呢？

小铜锣见风停了，雨也停了，嗅闻几下潮湿的空气说，记住我说的话没？

大喇叭说，记住啦，可我不会听，你就是我的伴，你走后还是我的伴，我不会找伴的。

那怎么行呢？

又过了七八天，秋天的某天晚上，小铜锣突然不想说话啦，任大喇叭怎么喊，她都昏昏沉沉地闭着眼睛。大喇叭慌了，不停摇晃小铜锣，见小铜锣睁开眼睛，才惊慌失措地喊，说话呀，说呀。小铜锣喘息半天才说，往后，被窝凉了，记得开空调，臭习惯得改啦。

大喇叭抱起老婆，很快又把头扎进老婆的怀里说，记着啦，我改，一定改。

2

窸窸窣窣的风声到底走了，留下的一层霜白迎着霞光，莹莹发亮。大喇叭看看那层霜白想，小铜锣，我的臭毛病没改。我不是怕浪费电，是怕浪费一屋子的暖。大喇叭穿上羽绒袄子，又穿上羽绒棉裤，这才走到洗漱间，如厕、刷牙、洗脸。这是每天清早的必修课，丝毫不会马虎。收拾利索后，便拿起拖把开始拖地。过去这种活，小铜锣做。现在，得自己做。拖好地，大喇叭气喘吁吁地泡上一杯茶，坐在阳台上想，房间打扫得这么干净，就是等你回来。那会儿，窗外有对鸟儿，飞来飞去，像是洗澡、逐闹。大冬天的，看来鸟儿并不冷。他的眼神离开飞来飞去的鸟，继续想着自己的心思，他想，知道你昨晚回来啦，窸窸窣窣的。我说过，我会坐在这里等你。想起这些，大喇叭坐不住啦，赶紧回卧室看窗户上的那层霜白。莹莹发亮的霜白已经雾化去了一半，不过底色还在。抚摸着深深浅浅的底色，大喇叭情不自禁说，留记号干啥？回来，就该明明白白告诉我。念叨完，又想起了阳台上的那杯茶，缓缓走回阳台上，嘘嘘呼呼继续喝茶。茶台是老树桩制作的，清漆过后，年轮尚算清晰。小铜锣临走那几天，大喇叭一度将茶台搁置到了堂屋，留出更大的空间给一张躺椅，好让骨瘦如柴的小铜锣晒晒太阳。小铜锣走了，他撤走躺椅，又把茶台弄回阳台，每天早上和晚上大喇叭都会坐在阳台上喝会茶。大喇叭清楚记得跟小铜锣一起购买茶台时的情形，刚入住那会，小铜锣说，买张茶台吧，闲来好喝茶。小铜锣一眼看中了这个茶台，小铜锣说，这般大小的树根，靠着它喝茶，踏实。大喇叭记住小铜锣说的踏实，每天晚上喝了茶，就洗澡。洗完澡，就看电视，感觉蛮踏实的。大清早这会，依然会泡杯茶，一边寻找踏实的感觉，一边寻找小铜锣回家后留下的蛛丝马迹。

过去大喇叭不相信阴阳互通，现在宁愿选择相信，他曾对小铜锣说，到了那边机灵点，能出来就出来，阳台上的窗户留着呢。昨晚小铜锣并没有进屋，觉得小铜锣一直徘徊在窗户的外面。嘘嘘呼呼喝茶，感觉胃暖和了不少，也踏实了许多，这才看看老年手机。发现差不多七点啦，便站直了身子。大喇叭喜欢那个肉嘟嘟的小丫头，每次走出小区大门的时候，总会想方设法跟小丫头说上几句话，譬如，丫头，冷么？譬如，丫头，吃过早饭了么？小丫头很热情，每次都会认真回答他。大喇叭还不知道肉嘟嘟的小丫头叫什么名字，不过看上去小丫头特别亲切，那种亲切让他感到少有的温暖。

小区很大，四个门岗，大喇叭住的楼房靠近北门，肉嘟嘟的小丫头值白班，七点准时上岗。值晚班的是一个面目冷峻的中年人，看到谁，都绷着脸，也许晚班让人疲惫，冷峻着神情，好让不轨之人见冷生怯、不敢造次吧。大喇叭晚上出门曾试探着走过东西南三个门，有一次，从南门进来，忘记带门禁卡，大胡子保安让他登记几栋几室。大喇叭报了哪栋哪室，大胡子又让联系住户？本人就是住户，家里没人联系谁？努力证明"我是我"后，费了半天劲才进了小区。东西门的保安跟北门的中年冷峻男差不多，始终绷着警惕的神情，好像他们一个疏忽，就会酿成大祸似的。最后大喇叭还是选择从北门进出，起码离家近，即便迫不得已，非得晚上出门不可，那个冷峻的中年男还算认识他。可大喇叭不想见到生冷的态度，一直喜欢柔软和暖和的东西，为此，大喇叭晚上极少出门，有些琐事、小事，等到早上，等到小丫头上岗之后，再出门处理。

等大喇叭歪歪斜斜走近小区北门后，突然放慢了脚步，想等小丫头注意到他，最好向他微笑。小丫头眼神活络，抬头见大喇叭走来，还没有说话，笑就挂在脸上。小丫头笑完，主动替大喇叭打开门禁，而后笑嘻嘻问，老大爷，出去吃早点呀？实际，大喇叭不到七十，按说还算中年。可走路有点蹒跚，面目有些僵硬，看起来跟老大爷差不了多少。小丫头喊大喇叭老大爷，未必认为他老；就像他喊她小丫头，未必认为她小。大喇叭是这么想的。听完小丫头的招呼，大喇叭停下来说，是的，吃早点。他回答得极为认真，生怕稍有迟疑抑或不够坚定，怠慢了小丫头。大喇叭的站姿也极为认真，笔挺中，多了谦卑和恭敬。小丫头喜欢大喇叭的态度，起码这个老大爷不像其他老大爷那么难说话，更没有瞧不起人的态度。实际，小丫头并没有说多少话，就算说上几句，都是问候之类的套话。按说，说这些套话就算一个招呼，很多人都不会放在心上的。可大喇叭不那么想，也不认为小丫头说了套话。就算说的是套话，别的保安为啥不说呀？今儿穿得多，小丫头看看大喇叭的装束，随口来了句，天冷了，注意保暖呀。大喇叭听到小丫头的叮嘱，眼睛突然潮湿了，停了很久才说，外面冷，你也注意呀。小丫头不再说话，她还需要照顾其他人。大喇叭很识趣，退到四五米开外，一直远远看着小丫头。等小丫头闲了下来，又回头，走到小丫头面前问，要不要给你带份早点？小丫头说，不用，吃过啦，谢谢啦。大喇叭说，不用谢。而后才会心满意足地走开。有几次，大喇叭都想问小丫头叫什么名字，可小丫头没有问他姓啥名谁，不好意思张口询问。后来看到小丫头胸章上写着一一六号，又不好意思喊号，便在心里暗想，叫小丫头挺好的。更多的时候，没有多少机会跟小丫头聊天，就算有了机会，也不能家长里短说下来，大喇叭知道年轻人怕啰唆。多半的时候，会选择远远地观望，见小丫头闲了下来，才悄悄走上前，不咸不淡地说上几句话。过去仿佛问过小丫头家住哪儿？结婚没？好像还问过一个姑娘家为啥选择当保安？小丫头不知道怎么回答的，好像绕着弯子回避了回答。反正至今，大喇叭还不清楚小丫头的具体情况，一切都是模糊的，好在，城里人都喜欢模糊，模糊就模糊吧。

听到小丫头说谢谢，大喇叭多了感动，回应说，累了，就找地儿坐会。小丫头笑着说，能坐当然好啦。那时进进出出人多，小丫头无法顾及跟他说话，大喇叭这边不能老站在门口跟小丫头啰唆，见没有机会说更多的话后，才恋恋不舍地走到街道上。

街道是新街，现在新街多，道路又宽又直。大喇叭知道，走到红绿灯右转就是小吃一条街，小区大，规划科学，幼儿园、菜市场啥的一样不缺。

大喇叭今天想吃羊肉汤泡馍，他记得小铜锣曾说过，冬天里，羊肉温补。

男男女女都在吃早点，老人并不多。大喇叭想，老年人肯定在家做早点，小铜锣在世的时候，也是在家做早点。小铜锣走了，不想费事，何况吃不多。大喇叭要来一碗羊肉汤后，又要了芫荽。要泡馍的时候，服务员说没有，只有烧饼。烧饼就烧饼吧，跟馍差不多。要了一个热乎乎的烧饼后，便坐在条桌上正儿八经地吃起来。吃到两颊喷火时，这才四处逡巡，大喇叭想找谁说会话，要是有位老人家就好啦，他想，只要有位老人，不管是谁，说几句话可以吧？看了一会，发现都是年轻人，年轻人吃饭，风卷残云，吃完后，动作麻利地扫码走人。大喇叭不再张望了，低头把碗里的汤喝完。而后，慢慢放下筷子，站起来结账。大喇叭不会用微信和支付宝，等掏出皱巴巴的零钱高喊付款时，走来一位服务员。服务员兴许太累，见到一把皱巴巴的零钱，一脸厌烦。看得出服务员跟小丫头差不多年纪，只是态度不太好，许是劳烦困住了她的神情，看上去，眼角都是不耐烦。大喇叭不敢多说什么，付款结束，才忍不住解释了句，弄不好扫一扫，谅解呀。

服务员并没有回应大喇叭，人多，得服务其他人。

人家没空搭理他，想说话也不知道说什么好啦。付款之后，大喇叭只好又走到街道上。

街道上车水马龙，看上去，行人的脚步比车轮还匆忙。大喇叭不需要走得那么快，菜市场不远，走上一公里多就到了，这一公里多路，早已习惯一步一步丈量而去。今儿准备买点羊肉和牛肉，还想买点排骨，天冷了，天天跑菜市场，也没意思。到了菜市场之后，想想每天无事，还是跑跑菜市场好，于是放弃了买羊肉和牛肉的想法，最终走向了猪肉摊。连走了三家猪肉摊，看中一家，小声说，给我二十元的排骨。人家一刀砍大了，说，三十元。三十就三十吧。付了款，还想买一点青菜。可小青菜并不多，卖菜的说，雨水大，菜不好种。他种过庄稼、种过菜，知道青菜难伺候，不再坚持买小青菜啦。而后选择买两棵大白菜，又买了一些菠菜和芫荽，回头见辣萝卜和芹菜新鲜，一样买了点。

买好菜，大喇叭在菜市场门口想看看有没有熟悉的人，一个村子，千把号人，就算再分散，不可能遇不到一两个吧？他仔细盯着进进出出的人，看了几百张脸，依然没有看到一张熟悉的面孔。有个老太太等车，见大喇叭一直站在菜市场门口，迟迟疑疑上前问，等人哪？大喇叭说，哦哦，不是等人，等风小点再走。老太太四处看看，风不大呀，老太太还想说点什么，一辆车停在她的身边，被一个年轻人喊上了车。

他不想继续磨蹭了，扭了几回头，才提着菜往回走。

再次走到小区的北门，大喇叭感觉脚底热，心口热，浑身刺挠挠的。实际那会儿太阳升得老高了，天也暖和了不少。肉嘟嘟的小丫头还在，这会还戴上了制服帽子，看起来威武了不少。大喇叭停在门禁前，小丫头说，我给你开门。打开门禁后，小丫头说，老大爷，今儿买这么多菜呀。大喇叭说，不多，就这点。小丫头笑，笑完之后说，冷天路滑，慢点。大喇叭眼睛又潮湿了起来，站下来想说些什么，可看看小丫头依然很忙，不好意思打扰，急忙走过门禁才问，站一天，累不累呀？小丫头笑嘻嘻说，累又咋办呢？大喇叭不知道说啥好啦，是呀，累又咋办？见小丫头还在为来来往往的其他人服务，只好快快不乐地离开。等走了好几步，才回头问，小区里面住的老人多不多？

小丫头一时糊涂了，想了半天才说，应该不多，应该有一些，应该多不多呢？小丫头不好意思地冲着大喇叭笑。大喇叭弄得有些不好意思了，低头说，我就是随便问问。小丫头看了几眼大喇叭，肯定地说，应该不是很多，进进出出，也就十来个，以后我注意数数，要不要帮你联系几位？

大喇叭连连摇手说，不用啦，你忙，不打扰啦。说完这些，大喇叭才急忙离开小丫头，那会他想，要是小铜锣知道我这般无聊，肯定又要数落我啦。

3

离做午饭还有一点时间，这段时间，大喇叭会打开电视机，调到戏曲频道，有一眼无一眼地看一会戏。今天注意力不太集中，心思不在屏幕上。怎么都感觉小铜锣昨晚上回来了，窸窸窣窣的，听起来像风声，实际就是脚步声。甭管小铜锣变成啥样的脚步声，都能感觉得到。小铜锣年轻时脚步浅，有人说她天生就是走戏步的料，小铜锣不那么认为，反驳说，戏在腰身，锣在手。小铜锣手灵巧，脚步轻，即便生病啦，笨手笨脚中多了窸窸窣窣，可脚步声还如风儿一般轻柔。那种若有若无的窸窸窣窣，像极了小铜锣的脚步声，如果算作风声的话，不可能那么不缓不急。大喇叭想，很多灵异的事情就在感应中，心到意到，啥都能感受得到。过去他并不迷信，也不信鬼魂之说。年轻时，常常选择孤坟野滩吹唢呐，人说，竹笛、唢呐吸阴，真有鬼魂啥的，说不定年轻那会就让孤魂野鬼啥的勾走了。打小铜锣离开后，他就有些迷信了，如果没有奇妙之处，儿子怎么能感觉到他娘快不行的？小铜锣就要离开的那几天，他没有给儿子打电话，担心小铜锣走得不利索，儿子来回跑，耽误事情。可就在小铜锣快要咽气的那会，儿子带着儿媳和孙子突然回来啦。他后来问儿子，咋知道你娘不行的？儿子说，一整天心神不宁，魂儿好像被谁拽走了。儿媳说，正吃午饭，碗突然跳了几下，跳到地板上，却完好无损。孙子说，他梦见奶奶叫他好好读书。一家子人都有感应，儿子慌了，赶紧开车回来的。当时大家都没有深究，办完丧事，坐下来闲聊，大喇叭想起了儿子说的话，突然来了句，是不是太奇妙啦？儿子不知道大喇叭说啥。大喇叭摇摇手说，很多东西无法说清。儿子知道怎么回事后，感叹说，也许感应，感应这种东西肯定存在的。大喇叭这才说，你娘没有走远，也不会走远。

儿子说，人死如灯灭，从此，忘记娘，忘记悲伤，好好生活。

大喇叭说，那不行，忘记谁都不能忘记你娘。

儿子知道爹娘恩爱，可娘走了，他担心爹孤单，坚持让大喇叭跟他走。

大喇叭说，我能走能动的，孤单啥？再说，我走了，你娘回家找不到我咋办？

儿子知道爹固执，说多了，怕爹反感，只好带着一家人走了。

小铜锣走了，儿子一家人又去了绍兴，套房里只剩下大喇叭一个人。房间里从来没有这么寂静过，上班时间，屋里安静，外面也安静，想必大人上班，孩子们上学。即便有几个留守在家的，估计也不想出门。低头，他听到了怦怦怦的心跳声，心跳原来是这般响亮的。揉揉心口，他想起了儿子说的心神不宁；又想起了"碗突然跳到地上"，真有那么神奇？碗跳到地板上居然毫发无损？也许儿媳夸张，可夸张也需要有点影子呀。兴许碗被不小心碰到了地上，只是没有摔碎罢了。如果照这么想下去，为啥孙子会梦见他奶奶？孙子说，他从来都没有梦见过奶奶。越想越觉得蹊跷，难道真有灵异之事？如果有的话，真是太好啦，也许小铜锣阴魂不散，我这里真能见到她。他闭上眼睛在感受，那会他听到怦怦怦的心跳声变成了咚咚咚的战鼓声。他猛地睁开眼睛，阳光已经透过窗户照进阳台，映射到客厅里。他想摸一摸秋天的阳光，那种略带沧桑的金黄，斑斓不一地投射到地上。光线中，舞动一些显而易见的浮尘，丢下阳光，他想抚摸那些浮尘。伸出双手，捧住的还是一片阳光。他想，也许舞动的这些浮尘就是小铜锣，小铜锣肯定变化多端，用心才能体会得到。想到这里，他再也无法忍受啦，走进储藏室，翻找出带红布的小铜锣。红绸布早已残色，看上去破败且沾满灰尘，他不管那些了，只要能拎起即可。拎着小铜锣，他又急忙去找铜锣锤。铜锣锤木头制作的，锤头也包了红布，残色得更加厉害，只是没有腐烂罢了。他学着小铜锣过去敲锣的样子，用铜锣锤"当当当"地敲上几声。铜锣的声音依然清脆，当当当。回想着过去小铜锣敲锣的样子，大喇叭不顾一切地敲起来，当当当、哐哐哐，他敲得仔细而认真。房间回声大，锣声很响，外面好像有人说话，估计被锣声惊了。感觉骚扰到了别人，赶紧把小铜锣放回原处，这会又盯着光线中上下舞动的浮尘想，不可能是这些浮尘，也许就是这些光斑，也许就是其中最不起眼的那一块。大喇叭走到了最不起眼的光斑的面前，不停抚摸起来。几番抚摸后，才站了起来说，小铜锣，要是在家，就直接走出来，我才不怕呢。

这是过去，今儿他一直惦记那层霜白，那层霜白肯定就是小铜锣的足迹。想到这，他急忙又到卧室玻璃窗上寻找那层白。那层白早已不在了，玻璃上闪烁着一片冬阳。他想，小铜锣肯定回来啦。他关了电视，走到阳台上，看看留的窗缝够不够大。窗缝半尺以上啦，想想小铜锣的身形，懊悔啦，难道窗缝留小啦？他把窗缝拉到一尺以上，嘀咕说，是不是纱窗挡住了去路？再把纱窗猛地推开，外面的冷风呼啦一声吹进了屋里。感觉着那股风，他想，就知道纱窗惹事，看看，这不是进来啦？再找那股风，不知道消失在哪儿？整个客厅没有一丝风动。回头又看窗外，窗外没有风，刚才那股风哪儿吹来的，为啥找不到啦？

他对着空落落的屋子说，小铜锣，知道你回来了，不要担心我，天冷，我穿得多。他说，今儿小丫头又跟我说话啦，我吃的羊肉泡馍，我想找找过去的熟人，可一个都没有碰到。不过不怕，我让儿子联系下大镲和响鼓，不可能联系不上，对不对哦？

4

想起大镲和响鼓，大喇叭情不自禁地走到楼上。门还是那个门，一瞬间，他恍惚了神情，咚咚咚，震天响地敲起了门。里面并没有人应答，愣怔了会，很快想起，大镲把房子卖给了一对年轻夫妇。幸亏那对年轻夫妇不在家，否则又打扰到了人家。那对年轻夫妇没生孩子，进进出出就他们两个人。大喇叭想，即便他们都在家里，也极少听到响动。许是建筑隔音好，许是年轻人注意，尽量不弄出声响。可大镲住的那两年，房子并不隔音呀，砰砰嚓嚓，楼上尽是响声。有一次，受不了大镲的闹腾，还用挑衣杆捅过屋顶。大喇叭极力回忆那对年轻夫妇的样子，好像男的戴副眼镜，女的也戴副眼镜。进进出出，轻手轻脚。今儿咋啦？小铜锣肯定笑话死我啦。责怪会自己，又下楼，走到自家门口。那是他熟悉的门口，跟别家的房门别无二致，他清楚知道，这就是他家的门。站定后，他像陌生人走到门前，面目端庄、神情恭敬地敲了几下门。见四周无人，才大声喊，小铜锣在家吗？喊声震天价响，没人回应。大喇叭气哼哼想，让你笑话，老啦就是老啦。再说，不回来陪我，还不许我喊你几声？诡异地笑了几下，又噌噌跑到楼下。气喘吁吁地站定后，又大声敲响鼓家的门。大喇叭知道响鼓家的房屋空着，不管，就要敲。咚咚咚，他站在门外喊，响鼓，你个老家伙，知道你在家，小铜锣昨晚回来啦。楼道传音，他的喊声上下弹跳、传到楼上楼下，很快，楼下传来了睡意蒙眬的说话声，能清晰地感觉出那人的不高兴，还能感觉出那人的厌烦和气恼。那人喊，敲什么敲？他家没人。听到有人搭话，大喇叭赶紧调整姿态，站到一边。好在那人没有上楼，他急忙猫着身子，学着小铜锣的戏步，悄没声儿上楼，而后，轻轻打开自己家的门。

再次坐在茶台边，眼前漂浮出大镲和响鼓的身影。大镲人高马大，嗓门大，打镲时，镲声好像也带风似的。大镲打镲喜欢抖动肩膀，左耸一下，右耸一下，镲声抑扬顿挫，起伏不定。大镲什么都好，就是性子急，跟老婆说不上三句话就要骂娘。所谓骂娘就是牢骚，什么菜贵啦、物业费高啦、保安死板啦，等等啥的。说了也就说了，就像一场风、一场雨，刮过、下过，天空还是原来的天空。大镲老婆会做菜，尤其善做红烧肉，看起来红嘟嘟的，入嘴一点也不腻。大镲喜欢喊他和响鼓上楼喝酒，每次响鼓和他都要吃几块红烧肉。大镲喝醉时，说话声极大，感觉不过瘾，就会拿出铜镲，"嚓"的一声，响声吓死活人。为此楼上和对面住户找上门好几次。大镲每次都会弯腰认错，可到了下一次，喝醉了，还会打镲，大喇叭和响鼓怎么也拦不住。

响鼓跟大镲的差异便是讲究，响鼓的讲究是变成城里人之后的事，出门后，鼓用帆布兜着，走到哪儿背到哪儿，像背口行军锅似的。响鼓的讲究还体现在头发上，每天出门，都喜欢上发胶，花白的头发，整得一丝不乱，用小铜锣的话说，苍蝇拄拐棍都上不去。剩下的那些讲究，小铜锣说，不是讲究，是作怪。譬如一天喝五杯茶，解五次小便，用响鼓的话说，进出对等。还譬如，早上必须喝牛奶、吃面包，偶尔煎牛排、制作蔬菜沙拉啥的。你个地地道道的庄稼人，居然学吃西餐，什么调性？响鼓听到大镲和大喇叭的挤对后，嘻嘻地说，你们不懂，西餐精致、简单、营养全面。响鼓的讲究，还体现在喝酒上，大镲喝酒，大杯干，杯杯见底。响鼓呢，小杯喝，一点一点抿下去，弄得跟个娘们似的。大镲喜欢埋汰响鼓，说你个敲鼓的，咋弄得跟个女人似的。响鼓说，做了城里人，就得有城里人的样子。讲究也就算了，他还让老婆、女儿跟他一起适应。后来，讲究就影响到了女儿身上，女儿比响鼓还讲究，横竖看不上一个男孩，三十大几的人啦，一直晃荡，打死不谈朋友。响鼓急呀，这怎么行？女儿说，单着的多呢，找不到对眼的咋办？响鼓顾不得讲究啦，天天打电话抱怨说，穷讲究个啥？跟你一般大小的孩子都上幼儿园啦。女儿烦，常常掐了电话。响鼓就对大喇叭说，你说她讲究啥？大喇叭问，你讲究啥？响鼓说，我讲究了么？我只是想尽快适应城里人的生活。大喇叭不想搭理响鼓了，可当响鼓听到女儿一天要洗三次澡，从来不敢在饭店吃饭，这才慌神，坏了，出事了，得去陪陪她。临走时响鼓苦兮兮地对大喇叭说，就这么一个宝贝女儿，不结婚也就算啦，不能眼睁睁看着她废了吧？

大喇叭说，你和大镲都走了，留下我咋办？

响鼓说，女儿那样了，我咋办？

大喇叭连忙摆手说，走吧，都走吧，反正戏班子啥的也散了。

响鼓说，你以为我想走呀？比你还难受呢。

响鼓的讲究也不是没有因由，一次，他和大镲、响鼓、小铜锣一起散步，走到一群老人堆里，看到四个老人正在露天石桌上打牌，那四个老人听到他们四个的说话声，其中一个老头问，乡下的？响鼓拽文说，拆迁安置的。另一个老头说，最可怕的就是你们这些人，一次拆迁，一辈子不用动手，光张嘴就行。这叫什么话？哪有这么埋汰人的？站在一边的另一个老头，斜睨看着他们四个问，看什么？打桥牌会吗？

打桥牌不会，吃西餐还不会？为此响鼓专门拜师，学做西餐，连走路都要学着城里老人的慢条斯理。大喇叭每每想起这些，就生气，常对响鼓说，我们就是我们，城里人瞧不起我们，我们瞧得起自己便行。

想起这些往事，大喇叭心里多了难受，他对响鼓说，去吧，丫头要紧。

可到了今天，响鼓还没有回来，难道丫头还不省心？

阳光直射进客厅后，大喇叭想起做午饭啦，一天三餐不能马虎，总得吃饱喝足，才有劲儿等小铜锣。过去大喇叭负责择菜，小铜锣走了之后，择菜、洗菜、烧涮啥的都得靠自己。大喇叭把排骨剁了，倒油入锅，翻炒出肉香，再放入水，又把辣萝卜切成块倒进锅里。本来想剔除点瘦肉烧个芹菜炒肉丝啥的，怕费事，不想弄了，算啦，一锅烩算啦。我可不想学响鼓，瞎讲究。洗了点茼蒿、菠菜和大白菜，等萝卜排骨烧好，他就把萝卜排骨锅子端到酒精炉上，把蔬菜一起放进酒精锅里。电饭锅里的米饭早好了，盛碗米饭，开吃。实际吃不了多少，只吃了点汤菜，排骨啥的就当摆设似的。吃完饭，收拾干净桌子，这时，他才对着桌那边说，小铜锣，吃饱了么？反正我吃饱了。我先睡一觉，下午我就联系儿子，我不信他联系不上大镲和响鼓。

5

下午三点，大喇叭打的儿子电话，儿子接电话的声音有点紧张。大喇叭想，兔崽子，老子打你电话紧张啥？大喇叭极力放松口气，问了孙子的情况，儿子也在极力辨识大喇叭的声音，猜测是否出了啥事。大喇叭见儿子还不说话，主动问，咋啦？儿子这才放松警惕说，人家老的都跟儿女过，到你这儿咋就不行啦？想呀，你一个人在家，我这里要有多担心哦。大喇叭不打算解释了，好半天才说，说过的，能走能动的，还有你娘陪着。儿子听到大喇叭这么说，说话声音都是颤抖的，娘走了，怎么陪？爹的脑子是不是出问题啦？想到这里，儿子说，不行，你得到我这，否则，我不放心。大喇叭生气了，要挂电话。儿子知道爹固执，忙问，打电话有事？大喇叭说，没事，就是想问问你跟大镲、响鼓的子女们有没有联系？儿子吞吐半天才说，过去偶尔联系过，这两年联系不上啦，不在一座城市，联系没用。怎么能说没用呢？从小一块长大的。一块长大的咋啦？他们不联系我，我干吗要联系他们？大喇叭不想说话啦，现在年轻人咋这般冷漠？联系没用，这话说的。他想责怪几句，想想儿子大了，听不进他的唠叨，最后直奔主题说，你联系下试试？联系上的话，告诉大镲和响鼓，就说，我有点想他们了。儿子问，找他们有事？大喇叭沉吟半天才说，一块长大的，想跟他们打打鼓、敲敲镲。儿子说，哦，知道啦，我试试，只能试试哦。

挂了儿子电话，他惆怅了好一会才想，大镲和响鼓怎么回事？去了上海和省城，就把号码换啦，看看我，一个号码用了这么多年，一直在用。再说，分散安置，七零八落的，换手机号码，谁还能联系上呀？转而一想，自己电话号码一直没换，可也没人联系呀？

是不是大镲和响鼓跟其他人一样，都变啦？许是事情多，顾不过来吧。

　　他又想起了儿子，儿子本来也可以去上海和省城的，可儿子却去了绍兴，儿子说，绍兴出师爷，人人精明。儿子精明是出了名的。现在看，儿子比大镲和响鼓的子女优秀，起码他成立了一家进出口国际贸易小公司，不用四处打工。绍兴离上海不远，儿子为啥不跟大镲的儿子联系？想了半天，心里有些酸，干脆不再胡思乱想了，拖拖地，又走到了阳台上。

　　下午还是晴天，他泡上一杯茶，凝视窗前的那棵树。那棵树已经长到七八米高啦，树梢快平了他的窗口。今儿发现那棵树上蹲着不少鸟，叽叽喳喳，好像在开会。现在鸟儿不怕人，如果不关纱窗，它们便会往屋里飞，大大方方找吃的。他看了一会儿鸟，那是灰白的、夹杂黑色羽毛的鸟，像喜鹊，又像斑鸠。实际不是喜鹊，也不是斑鸠。当地人称之为沙和尚，学名叫灰头鹦鹉。大喇叭自然不知道它们的学名，看了会才想，这些沙和尚是不是开会研究什么？一恍惚，他拿不准这些鸟儿到底叫不叫沙和尚？现在不知名的鸟儿多，没个准头，暂且就叫它们沙和尚吧，反正叫什么也无所谓喽。他知道，沙和尚爱记仇，惹了它们，飞上飞下，围攻人。它们从来没有围攻过大喇叭。大喇叭每次把米粒、饭粒送到那棵树下，不管有没有鸟，都要说上一声，抓紧吃，别放馊啦。抬脚要走时，那些鸟儿好像听懂了他的话，扑啦啦飞下，也不知从哪儿飞出来的。落在地上，叽叽喳喳一番，才埋头吃饭粒、米粒。今儿鸟儿多，不知道它们商议啥？听声音有点不正常，好像谁惹恼了它们。得，今儿把纱窗关上吧，别一生气就糟蹋我的屋子。想起关纱窗，他又想起了小铜锣。真把纱窗关了，她进不了屋咋办？关还是不关？犹豫半天，还是决定把纱窗关了，真把沙和尚放进屋来，弄得乱七八糟不说，惹了小铜锣就不好啦。想到这里，大喇叭在心里说，小铜锣，我关一会，就一会。就算你在家，也就关一小会，天晴，我出去走走。

北门的小丫头还在忙着，肉嘟嘟的脸上多了青紫，估计天冷，站在外面冻的。他有点心疼小丫头，大冷天，站在风口中，搁谁都冷。他想上前说些关心的话，未等他开口，小丫头抬头见到他了，忙换上笑脸说，老大爷，帮你联系上几位老年人啦，喏，这是他们的电话号码。他接过电话号码问，农村的还是城里的？小丫头说，分不清，譬如你吧，干干净净的，你要不说，我还以为你是退休老干部呢。他想起曾经跟小丫头说过的情况，难得小丫头还记着。他把电话号码装进口袋说，冷，就到门岗里待会。小丫头说，不行呀，有监控。他不想说话啦，城里到处都是监控。想到这里，还想再安慰小丫头几句，见小丫头掉头盘查一辆外来车，只好走出北门，向西边走去。

西边不远处有条河，不宽不窄的样子。河水清澈，河底有砂石、有淤土，还有海带一样的杂草。河边的树挺多，花木也多，有的落叶，有的不落叶，梅花已经开了。他叫不出河边花木的名字，不像庄稼地里的草，一叫一个准。河边有不少老人在散步，他想，最好能碰上村里的谁，一个村庄那么多人，不会一个都碰不上吧？他走了很长一段路，暗想，都去了哪儿？就算城市大，不可能把一千多号人都隐藏得严严实实吧？很快，他又多了迟疑，方圆这么大，城市想隐藏几个人就像森林想藏几条虫一样吧。前年，大舅子回来，电话对他说，哪条街、哪条路，用的不是智能手机，发不出位置，几公里的路，小舅子绕了一个多小时。城市不像农村，条条道道，横来竖去，不好找人。想到这里，大喇叭又多了新的猜想，也许村里的大多数人都跟大镲和响鼓差不多，去了儿女生活的城市吧。就算没有去的，估计跟我差不多，不会弄手机，走路也蹒跚喽。

他走得缓慢而悠闲，无所事事的样子。走着、走着，突然遇到上午买菜时主动跟他说话的老奶奶。老奶奶看上去满脸皱褶，样子也有点孤单。老奶奶抬头也看见了他，主动招呼说，你也散步呀？

是呀，是呀。

老奶奶说，下午风儿不大啦？看来老奶奶还记得上午他说的话。大喇叭尴尬地笑笑，而后说，上午我想等几个熟人。

老奶奶说，后来等到了么？

大喇叭摇摇头问，上午开车接你的年轻人是你儿子么？

老奶奶说，女婿。

大喇叭说，看来女婿孝顺。

老奶奶笑笑说，老伴走了，跟了女儿，唉，孝心咋样？不孝心又咋样？都挺忙的。

大喇叭兀地怔住了，很久才说，你也农村进城的？

可不是么？丫头在机关上班，女婿在哪儿上班，听不明白，反正挺忙的。

大喇叭不知道说什么好，看看老奶奶脸上的皱褶，心里一酸问，是不是有点孤单？

老奶奶说，说不上孤单，就是说话啰唆。

大喇叭一时语塞，不知道说啥好啦，看看老奶奶，见老奶奶平淡的样子，心酸就像风，一股一股涌动。他还想说些什么，怕老奶奶嫌他啰唆，只好说，慢些走。

老奶奶说，你也慢点。

他们可以再说点什么的，可说什么呢？能说什么呢？他往更远处走去，他突然想起了小铜锣的墓地，那是他花了不少钱修建的墓地，旁边留着他将来住着的地方。没过大寒，还不能烧纸，可他想去看看那块墓地，看看小铜锣进出是否方便。他拦住了一辆出租车，他对出租车司机说了地方，司机知道那块墓地，客气问，想必去祭奠谁？

他不想说具体，酸水汩汩往外冒，甚至到了嘴边。

墓地门楼前栽植的都是笔直的松树，门楼修得气派，两边的门柱上还有绿漆写就的对联，上面写着：颠颠簸簸别尘世；安安静静守眼前。他知道对联的意思，顺着名儿叫"风平"的大道，很快找到小铜锣的墓地。小铜锣的墓地很贵，当初花了三十多万元买的，不过一次性买了两块，优惠了一万多元。据说城里很多人买不起这样的墓地，就算经济条件不错的，还得看儿女们是否孝顺？他看到了"罗凤仙之墓"，也看到了儿子、孙子、儿媳妇和他的名字。便坐在小铜锣的墓前说，不到烧纸的时候，过几天就给你送钱。今儿过来，就是想问你，进出是否方便？昨晚你肯定回去啦，窸窸窣窣的，我感觉到啦。今后回去，最好弄点动静。墓地很安静，不到上年坟的时候，很少有人进来。冬阳变成了晚霞，云彩多了瑰丽。他看看晚霞说，冬天黑得早，得回去啦，我来去没你方便，常回去呀。站了起来，想起了今天的荒唐，于是嘀咕说，小铜锣，今儿不知道咋啦？我敲了大镲家的门，还敲了响鼓家的，也敲了你家的，还喊了你的名字。说到这儿，大喇叭喘了一口气，小声说，还有一件事，也得告诉你一声，今儿散步，遇到一位老姐姐，你知道的，我嘴笨，说啥好呢。还有一件事，也得说，门岗那个小丫头不错，我常常跟她说话，她还答应帮我找几个玩伴呢。是不是太啰唆啦？怕别人嫌弃，我尽量不说话。还有，这里谁欺负你，托梦给我，我立马过来陪你。嘀咕半天，才站了起来，抹抹潮湿的眼睛，又往回走。走到门柱那儿站定，念叨：颠颠簸簸，安安静静。念叨几遍，便走到大路上，最后拦到出租车，坐进车里后，只说了回家的地址，再也不想说话啦。

6

天刚亮，儿子打来了电话。儿子说，问了很多人，联系不上大镲叔和响鼓叔，许是他们遇到了什么事情，许是不想联系你哦。儿子一口气说完这些，他半天都没有吭声。

昨晚没有窸窸窣窣的声音，也没有鸟鸣声，外面好像没有风，小区除了灯光，没有多余的嘈杂声。许是天冷，很多人不想出来。儿子还在等他说话，不知道说啥好。他们不想联系我？怎么可能。可话说回来，想联系的话，换电话号码为啥不告诉我？过去是不是哪儿做错了呢？想了半天才说，联系不上，算啦，也许他们真的不想联系我。

儿子问，爹，是不是太孤单啦？

大喇叭说，孤单啥？有你娘陪着。

儿子说，我想办法再联系下，你等着。

大喇叭眼睛潮湿起来，沉思一会才说，不要太在意，千万不能耽误生意。

儿子说，我一直不放心，你儿媳也不放心，常常梦见你四处游走，不行，你还得来我这里，毕竟孙子在，你的亲家也在，一大家子。

大喇叭不想啰唆啦，大声对儿子说，我说过，能走能动的，挂啦。

儿子说，爹，不急，我想办法联系。

大喇叭说，好的。

大喇叭起床后，开始拖地，今儿拖得有些潦草，小铜锣没有回来，拖那么干净干吗？想到昨晚忘记开纱窗，急忙走到阳台开纱窗。开窗后，又伸头朝下看看。五层楼，不高不矮，一切都很惬意。楼下有花坛，也有各种花草，最高那棵树上没有一只鸟儿。今儿咋啦，鸟都去了哪里？他泡上一杯热茶，然后回到洗漱间，如厕、刷牙、洗脸，收拾利索后，又到了阳台这边，看会楼下。那会太阳升起，窗户的玻璃上已经镀满金色。天晴，没有鸟，他把纱窗推到极致，这才出门吃早点。

等他蹒跚走到北门，肉嘟嘟的小丫头已经上岗了。见他走来，小丫头换上笑脸问，老大爷，出去吃早点呀？他说，是的。小丫头说，天冷，慢点。他说，谢谢。他又走到四五米开外，等着小丫头招呼进出住户。等小丫头忙好啦，他急忙回头问，要不要给你带早点？小丫头说，吃过啦，谢谢。他闷闷不乐地退后几步跟小丫头说，你给我的号码，我没打，不熟悉，怕人家厌烦。小丫头说，我抽空帮你联系，联系好了，打你电话。我昨天还跟社区领导建议，最好组织一些活动，社区也很积极。

大喇叭眼睛潮湿起来，想，这个丫头，真是细心。

他走上街道，走到红绿灯那边，右拐，去了小吃一条街。今儿他想喝胡辣汤、吃包子。这家包子店的服务员麻利，很快为他端上一笼包子、一碗胡辣汤，又问，还要什么？他说，要几个蒜瓣。服务员很快拿来蒜瓣，然后忙其他的去了。吃早点的年轻人居多，有一个上了岁数的，光头，一直咋咋呼呼说话。见大喇叭看他，扭头问，多大啦？为什么要回答？大喇叭不想说话。光头不管不顾地猜测，七十几啦？实际他才六十九，七十几啦？什么眼神。他故意调侃问，你五十几呀。光头嘴咧得撕开一般，哈哈说，我都快八十啦。

快八十？怎么可能？

心态好呗，这么说吧，我跳舞、唱歌，我还专挑年轻媳妇跳。跳完舞后，每天坚持走上一万步左右。还有，每天我都喝几口小酒，没事专找人说话。

大喇叭忍不住问了句，你年轻时干啥的？

画画，我喜欢画山水，也画鸟，看看我的手机，看看我的画。

大喇叭扫了几眼，他不懂画，不知道怎么评价。为了讨好光头，只好说，真像。谁知道这句话得罪光头啦，光头气鼓鼓说，怎么能说像呢？精神不是用"像"来形容的。

大喇叭只好尴尬地笑笑，然后，埋头喝汤，等喝完汤，付了零散票子，这才回头对光头说，我不懂画，不会说话，见谅。

光头没有搭理他，见大喇叭走出门厅，光头才大声说，一看就是农村进城的。

大喇叭恼了，农村进城的咋啦？奶奶的，画画的，就要瞧不起农村人呀？大喇叭走回头，走到光头面前大声说，我是吹唢呐的，呜里哇啦，听过么？

光头被大喇叭神情吓到啦，急忙低下头去。大喇叭依然怒不可遏，态度生硬说：要我说，你画的鸟儿是好鸟，就是话太多。

这个老头，吃枪药啦。光头抬头想说什么时，大喇叭已经走出门厅。

大喇叭不想买菜啦，昨儿买的菜还没有吃完，对付一天行。还在想光头，奶奶的，瞧不起农村人，我还瞧不起你呢。背着手走到北门，恰好遇见几个老头嘀嘀咕咕往外走，小丫头看到大喇叭后，忙喊，老大爷，给你联系的几位老大爷刚好走到这。

大喇叭不看小丫头，看看小丫头口中的几个老大爷。他们并不老，看上去十分精神，看看他们的穿戴和神情，好像满脸开心。小丫头喊大喇叭，然后一一介绍说，这个十九栋三〇二的，这个五十六栋一八〇六的，这个七十二栋一〇一九的。大喇叭一个一个看，看到最后，他突然想起了四个打桥牌的老人，今天怎么差了一个？对，就是他们几个，原来他们也住在这个小区？大喇叭想起跟大镲、响鼓，还有小铜锣一起散步时候的事啦，心突然冷了，对小丫头说，谢谢。

仨老人也在看大喇叭，看着、看着，其中的一个突然说，怎么是你？张嘴就行的家伙。

大喇叭十分生气，过去他们几个那么说，不较真，今儿还这么说，就是目中无人。大喇叭一把揪住埋汰他的那个老人，盯着他的眼睛问，你不用张嘴，不用放屁？打个什么牌就要高人一等？

那人没有想到大喇叭会这么有劲，甩开他的手，跟另外两个老人说，俗人，瞧瞧这气性，我呸。

大清早的，想吵架是吧？那好，我奉陪到底。大喇叭跳起来说，我俗咋啦？有本事你也俗呀。

另外两个人拦住了这个说，不计较，大清早的，吵啥呢。

小丫头不知道他们之间的梁子，忙对大喇叭说，对不起，我错啦。

仨老人趁机走出门禁，走到很远，那人还在生气，无法消气，又回头对大喇叭喊，可怕的是没有文化。

大喇叭气不打一处来，想追出去吵上几句，小丫头拦住了他，低头说，我错了，我不该热心。大喇叭突然感觉自己失态了，怎么说，也不能责怪小丫头，急忙低头说，我错了，我真的错啦，我不该辜负你的好心，往后再见到他们，不会跟他们吵架啦。

小丫头说，他们平时看上去很好的，今儿不知道咋啦。

大喇叭见小丫头沮丧，觉得特别愧疚，想拉住小丫头的手，安慰下她。想想不合适，又把手放在裤管上使劲蹭，蹭出满脸尴尬后，才说，不是冲你来的。

小丫头说，没关系，估计他们心情也不好，每个人都有心情不好的时候，譬如我吧，这几天心情也不好。好啦，不说啦。往后我再留心帮你介绍几个老太太，不介意就行。

大喇叭说，怎么会介意呢？谢谢啦，真的谢谢啦。

小丫头说，不介意就好，慢点，冬天路滑，别摔着。

大喇叭眼睛潮湿了，觉得特别对不起小丫头，他对小丫头拱拱手，而后朝家里走去。

打开门，突然傻眼啦，一屋子的鸟，散在屋里的每一处。见他进屋，依然没有飞走。鸟儿把沙发、茶台，还有厨房糟蹋得乱七八糟，鸟屎也拉得到处都是。这些就是他常投食的鸟，被他称之为"沙和尚"的家伙。大喇叭对着那些鸟儿说，干吗呀？非要糟蹋我。

鸟叽叽咕咕，有一只鸟儿从阳台上的窗口带头飞走了，熟门熟路似的。其他的鸟跟着带头的那只飞出。早上也没见它们影儿呀，为啥这么多？想到这些鸟儿没有恶意，许是饿了。怜悯让他多了联想，大喇叭想，小铜锣会不会化作其中的一只，变成鸟儿回来看我？如果是的话，我不是把事情办砸啦。他对着落在树上的鸟儿喊，小铜锣，是不是呀？是的话，你就进屋。鸟儿叽叽喳喳，好像开心极啦。不知道说啥好啦，低头打扫卫生，一点一点清除鸟的粪便，打扫干净后，便把沙发垫子放进洗衣机，把茶台擦拭干净，然后收拾厨房，重新拖地。这次，他拖得认真，每个角落都打扫干净了。之后，他把剩余的饭粒倒进碗里，颠儿颠儿走到楼下、走到那棵树下，仰头对着那些鸟儿说，往后饿了，就叫几声，不用进屋糟蹋我。你们要是看到小铜锣，就向我拉屎，拉到头上也行。话刚说完，一只鸟真的飞起，向他拉屎，没有拉到他的头上，拉到他的后背上啦，都是他本能闪躲弄的。过去鸟儿从来不向他拉屎，看来真是小铜锣回来啦，他高兴地喊，我就知道，今儿你变成鸟啦。

7

后半夜，小区内响起了哀乐。哀乐声低缓、沉重，像细细地哽咽，又像缓缓地哭诉。大喇叭听了一会，便穿衣起床，站在阳台那儿听。哀乐声夹杂着些许嘈杂，就像悲凉中多了一些戏谑。出了什么事儿？大喇叭穿上衣服，下楼朝哀乐声走去。一排一排找下去，找到了七十二栋，看到一个单元入口前，搭起了一个蓝色的灵堂。灵堂中间摆放着一张照片，四周置放一些松枝和花圈。照片上搭条黑纱，再上方，白纸黑字写着：孔冬怀千古。孔冬怀谁呀？照片上的人似曾相识。不管是谁，人走了，就得祭拜下，死者为大么。他情不自禁走上前，跪在烧纸钱的瓦盆前，不由自主地磕了一个头。有孝子上前扶他，见他起来，发现面生，胆怯地问，请问？随后又把后面的话压进嗓子里，咕咕噜噜说，谢谢，谢谢。

大喇叭又看看照片，孔冬怀？名字没有听过。一回头，发现昨天上午在北门那儿遇见的两个老人。看到他俩，大喇叭不顾一切地上前问，孔冬怀谁呀？其中的一个泣不成声，看了一会大喇叭，吸溜鼻涕说，能是谁？

看看照片，大喇叭突然想起来，就是说他"俗气"的那个老头，昨儿还那么大的气性，夜里咋就走啦？

另一个老人哭兮兮说，跟你争执后，我们去了河边，走了会路，而后开始打牌，他玩的是 4H，没有达到墩数，心口疼，最后就倒在了地上。

什么 4H、墩数？不懂桥牌，不知道那个老人说什么。大喇叭一直回想昨天上午争吵时孔冬怀说话的口气，想起自己的不依不饶，心一下沉了，坏了，是不是被我气的？他突然失声道，真被我气着啦？他突兀地说出疑问，让所有人都吃了一惊，孝子问那两个老人，谁呀？

那两个老人不知道大喇叭叫什么？照过两次面，闹得不愉快，不太清楚姓啥名谁。

大喇叭不说他是谁，上前对孝子说，我不是故意的，他说我光张嘴就行，说我俗气，我才生气的。

两个老人，一个面目沉黑，一个面目白皙。面目沉黑的老头拦住了大喇叭的话头，对孝子说，这人脑子不清楚，别听他的。

谁脑子不清楚？

面目白皙的老人把大喇叭推到一边说，别添乱行不行？

一黑一白的两位老人，为啥不让他把上午的经过讲清楚？想了半天，明白那两个家伙的意思啦，如果老孔真是心梗走的，生气肯定是主要原因。跟我吵架，他生气，打牌发生了什么，才是造成他心梗的直接原因，追溯责任，一黑一白，才是直接责任人。除此，还有其他原因么？

孝子听到一黑一白说他脑子不清楚，上前对他说，我家办丧事，谢谢你磕头。孝子意思催他走，可他不想走，他大声对孝子说，我脑子清楚得很，是我惹了你爹生气，我有责任。突然冒出一个人，主动承揽责任，孝子们说话口气声变了。面目黑沉地说，去去去。而后回头对孝子说，你看看，脑子清楚的，谁会主动承担责任？

孝子困惑，不知道这个老人跟他父亲发生了什么，这时面目白皙的主动跟孝子解释说，心脏病是啥？一个喷嚏就熄火的病。

大喇叭看着一黑一白，急忙说，你们怕，我不怕，有错就得承担责任。

孝子确实感觉大喇叭脑子有问题，这才上前说，老人家，我爸走啦，你也祭拜过啦，不要吵闹可行？

大喇叭不说话啦，站在一边嘀咕，搁在从前，满村子的人都会前来帮忙，在这里，居然嫌我多事？他退到十几米开外，看着灵堂想，唉，还是城里人可怜，就这样草草设个灵堂。大喇叭知道孔冬怀早被送到了殡仪馆，一个人在冷藏室躺着。这里设上灵堂能说明什么？可小区就是这么规定的，谁也没有办法。当年小铜锣走，社区领导也让他把小铜锣送到殡仪馆，在楼下设个灵堂，大喇叭死活不同意，跳起来说，小铜锣在家里走的，一切都得按农村风俗办。他把小铜锣装进冰棺材，让儿子、儿媳、孙子，包括其他亲人一起给小铜锣守灵。除了吹响器，一切都按农村风俗办的。冰棺材从楼道抬不进来，也抬不下去，用一个吊车，从阳台上的窗口吊上吊下的。临到出殡，往下吊冰棺材时，大喇叭对着冰棺材里的小铜锣喊，不怕，就一会，一会就到地上啦。在大喇叭心里，小铜锣的丧事，是这个小区里办得最风光体面的，也是大喇叭闹的，小区出台规定，只能在家设灵堂，人得提前拉到殡仪馆存着。唉，当年不那么闹，也许孔老也能放在家里头？这个家伙，居然说我俗气？这下好啦，躺在殡仪馆里清高了吧？这时，大喇叭又想起一黑一白的态度，他们咋就惹着老孔啦？打个牌也能走人？又不是喝酒。怎么说，另外仨人都有责任，可他们居然不敢担责，还不让我说。想起老孔孤单单一个人躺在殡仪馆里，大喇叭涌出的全是伤心，好端端的，眨眼就走啦？眼泪慢慢滚落到脸上想，早知老孔有心脏病，昨儿说我啥，我都忍啦。

悲凉加上难过，大喇叭像突然得了神经综合官能征似的，手脚一起颤抖。冬天的夜，真是冷呀，歪歪斜斜走到自家楼下，忽然不想回家洗漱啦，那会大喇叭想，不行，我得为老孔喊上几嗓子。于是，他掉转回头，径直走向北门。

小丫头还没有上岗，中年冷峻男缩着脖子看着他，他不想说话，脸上挂着恼火和冰冷。冷峻男见他神情跟平时不太一样，急忙打开门禁说，天冷，血管脆，刚刚才走一个。

大喇叭眼睛发涩，第一次听到中年冷峻男跟他说话，随着战栗和悲伤，他不想说话，还加快了脚步。一路小跑，跑到了河边，接着寻找到那张石桌。石桌就在风景带的中间，石桌四周摆放着四个石礅。石桌上结满霜冻，石礅上也有一层落霜。他不想擦去霜冻，一屁股坐在石礅上，大声喊，老孔，孔冬怀，心脏不好，脾气为啥那么大？喊完，他默默看着另外三个石礅说，你们忒不是东西，把老孔气走了，居然不敢承担责任。

东边的天空露出了鱼肚白，接着露出晨曦，眨眼间，万道霞光很快飘荡在城市的上空。接着，太阳冉冉升起，河边和树木也罩上了雾气。冷，让大喇叭不仅打起了牙战，手脚还急剧颤抖起来。大喇叭不敢多坐了，踉踉跄跄往回走。

走到北门，中年冷峻男看了大喇叭一眼，急忙打开了门禁。

大喇叭不想多说一句话，战栗着身子往家走，直到打开房门，走到阳台上，才摸摸额头。一摸，才知道发起了高烧。咋啦？像感冒？想到感冒，接连打了几个喷嚏，大喇叭赶紧找出复方感冒灵颗粒，冲上两袋，喝完，而后上床入睡。

滚烫让他心里难受，他感觉殡仪馆里躺着的不是老孔，就是他本人。他甚至感觉到了四周空气的冰冷和寂静，连嘶嘶啦啦的风声都没有。他想说话，想站起来走到温暖的房子里，可怎么也睁不开眼睛。糊里糊涂中，接到儿子的电话，儿子说，还是联系不上。

大喇叭醒啦，这才明白过来，还躺在家里的床上，大喇叭瓮声瓮气说，联系不上算啦。

儿子听出大喇叭的声音不对，忙问，爹，你病啦？

大喇叭说，小区一位老人走了，跟我吵架后走的。

儿子问，你怎么能跟人吵架呢？是不是有麻烦啦？

大喇叭，有麻烦才好呢。

儿子不放心，急忙说，我今儿就回去，你肯定病啦。

大喇叭说，我今儿不在家，去看一个朋友，别给我添麻烦啦。

儿子说，你越这么说，我越不放心，到底咋啦？

大喇叭说，我能咋呀？让我安静会好不好？

儿子不知道说啥好啦，迟疑间，大喇叭果断挂了电话。

起床后，感觉嘴苦，人也晕乎乎的，还想下楼看看老孔，转念想，非亲非故，人家还不待见，找啥不痛快。按照先前的规律，如厕、刷牙、洗脸，之后烧水、泡茶、拖地，再次坐在阳台上，怎么都感觉跟过去不太一样，鸟儿不在树上，阳光像结层霜儿一般晃荡着，风儿哐哐不带哑上咳嗽，就连嘴里的苦味儿也打着漩涡一般转往喉咙深处……锁上门，走向电梯，走到楼下，而后快步走向北门。肉嘟嘟的小丫头已经站在门岗那儿，看到他，并没有打开门禁，也没有对他微笑。他挤出笑脸，想问声好。可小丫头不想搭理他，就像不认识他一般。

他糊涂啦，小丫头到底咋啦？站在门禁前，一动不动，意思是开门呀。

小丫头打开门禁后才说，昨儿跟你吵架的那个老大爷走啦。

他点点头，而后说，要知道他走，说啥也不跟他吵架啦。

小丫头这才悲凉地说，心脏病不能生气，我不多事就好啦。

他知道小丫头有些责怪他，他不想解释了，加快脚步，走到街上。

他拦住了出租车，他想去看看过去的村庄。

出租车司机见他冷脸，开车途中，一直没有说话。到了地点，出租车司机才冷冷地说，二十二元，要不要打单？

打什么单？他不想搭理司机，默默掏出一百元。

出租车司机扒拉了半天，才找出七十八元，而后说，现在谁还这么麻烦。

他不想吵架，不想说话，他只想看看原来的村子变成什么样子啦。

村庄过去在城市的东边，叫李家拐子，为啥叫拐子，不知道，只知道一个庄子大部分都姓李，都是不远不近的几门人。他的名字难听，叫李满堂，估计爹当初给大喇叭起名时，肯定想到了儿孙满堂。大喇叭先去找过去自家的小楼房。当初，楼房在村里，绝对一等一地好。可找不着那块地了，也找不到门前的那口池塘。整个村庄都变了现代化的产业园，到处都是栅栏和厂房，当然也有职工宿舍楼和办公楼啥的，任你看半天也看不出过去村子的任何模样啦。村部在哪儿呀？大镲、响鼓的家在哪儿呀？那些老树都拔了？池塘也填啦？

可不是么？所有的记忆只能在脑海中存活了，那片鲜活的村庄现在消失得无影无踪，好像从来就没有存在过似的。他不相信自己的眼睛。现在能做的，就是约莫这家厂房过去属于哪块地、哪口塘？那家厂房过去属于谁家房子、谁家田？约莫半天，只能见个大概。顺着纵横交错的园区道路走了几个来回，肚子咕咕叫了起来，这才想起，今儿连早餐也忘记吃了。靠在一棵香樟树上喘息一会。脑海中生出了老槐树、一排排老椿树，还有乌桕树啥的，那时候，大家伙就在树下排戏、吹唢呐、敲铜锣。他不由自主地向记忆中村头走去，还是栅栏和厂房，站在栅栏外面，他仿佛看到大镲的肩膀一耸一耸地，响鼓也变着花样敲着鼓点，很多人跟着节奏摇晃着头。一个愣怔，仿佛见到小铜锣靠在树上，嘀嘀当、嘀嘀当，对着他微笑。那会儿，眼神迷蒙起来，接着，想起了唱腔和表演绝对一流的大白菜，当年村支书喜欢说，村头槐，大白菜，怹他神仙都不换。大白菜才叫角，连市里的角儿都称好。分散安置，大白菜去了城南，跟村支书安置在了一起，那时候人们悄悄说，村支书有私心。村支书听到坊间议论，嘿嘿笑，然后故意说，我就这点私心，咋啦？

回到眼前，大喇叭想，得，就找村支书，过去他当家，现在他还得当家。记得村支书和大白菜都被安置到了城南的某个小区。城南小区多，一个一个问，不可能问不到。再次打了出租车，到了城南最高档的小区，想，那次安置的小区档次高，极有可能就是这个。高档小区叫豪庭花园，付了车费，下了车。然后迟疑走到门岗，问保安，这个小区有没有叫大白菜的？就是喜欢唱戏、响当当的角。还有一个叫李金玉的？过去当过村支书。你听听，我叫李满堂，他叫李金玉，我们合在一起是不是金玉满堂？说了半天，保安依然面无表情，听他不再说话，保安才严肃地问，哪栋哪室？

不知道。

不知道怎么找？

怎么都能找呀？

保安说，对不起，涉及住户隐私，没有联系方式，想帮你也做不到。

现在咋啦？分散的小区，难道就把人世间的亲情分割完啦？

大喇叭说，我们过去一个村的，分散安置后，失去了联系。

联系方式应该有呀，微信、电话，还有抖音，怎么会联系不上？

问题是，当初没人建通讯录，都是老人，不会玩微信和抖音呀。还有那会儿我们都认为，一个城市里住，咋会联系不上呢？

保安不耐烦啦，大声说，没有联系方式，无法帮你。

失望就像冷风，一直往心里长，生出更多的失望后，他对着保安吼，你们是不是铁石心肠？

保安呵呵笑了，而后说，我们不负责找人，各干一行。

这个家伙，伶牙俐齿，算啦，回家，回家才好。

回去的路上，大喇叭又想起村支书李金玉，这个怂货，村支书白当啦，也许现在日子过好啦，把谁都忘啦。大白菜去了哪里？不多的几个外姓媳妇，除了李金玉想跟她住在一块，哪个不想？她过得好不好？

下车到了北门，肉嘟嘟的小丫头还在门岗。快中午了，肚子一直咕咕叫，感冒好像又重了一些，咳嗽几声，不再对小丫头笑了。

小丫头打开门禁，也没有说话，见他失魂落魄一般走了很远，小丫头才大声喊，我也有错。

你有错，我错就大啦。他回头说，好心介绍我们认识，有啥错？心里发冷，鼻子冒火，他什么都不想说啦。

8

回家做了中午饭，随意吃点，便上了床。大喇叭梦里跑得飞快，不知道要去哪儿？好像漫无目的，又好像要去的地方很远。很快，他累了，累像窒息的风竖在一边，大喇叭清晰见到了"累"的形状，就是那种杂乱无章、无头无脑的一堆乌云堆在石头上。风顺着树梢，窒息声停在树叶上，像一串串气泡，噗噗破碎，化成白雾啦。他盯着"累"，看了很久，而后顺着"风"的窒息声，坐在树的下面，很快，风的窒息声变成了鸟的鸣叫声，"累"也消失不见了。身边的树摇身变成了老槐树，接着，"呼啦啦"生出许多老椿树、乌桕树。这是哪里呀？传说的伊甸园？等他闭上眼睛四处逡巡时，见到大镲啦，大喇叭笑了，这不是李家拐子么？为啥又像又不像？大喇叭喊，大镲，为啥我找不到李家拐子啦？大镲耸肩。他恼啦，高声喊，是不是见到大白菜啦，故意耸肩？一晃眼，大镲不见啦，转过身，看见响鼓啦，响鼓把鼓槌扔到树梢那般高，才向鼓槌招手。滴溜溜转，鼓槌下坠，眨眼又回到响鼓的手上。不服气，大喇叭也跟着展示绝活，大喇叭的绝活倒立吹唢呐，呜里哇啦，面不改色心不跳。大白菜穿粉衣，扮虞姬，唱：看大王在帐中合衣睡稳，我这里出帐外且散愁情。轻移步走向荒郊站定，猛抬头见碧落月色清明。大白菜身姿好，扮相媚。气得小铜锣靠在树上，嘀嘀当，嘀嘀当，敲得就像丧钟一样。不知哪儿吹来了一阵风，眼前一切都消失啦。这才知道，原来他坐在树下打起了盹。继续往前走，累和风声都不见啦，满天彩虹，一头搭在山上，一头搭在海里。他明白了，他要去的地方很远，远到天涯海角，这么走下去，无法走到近前。就像明明看见了彩虹，可他无法走上彩虹桥。手拿唢呐，跟着一阵风，继续往前冲，边冲边喊，小铜锣，等等我。风累了，一个哽咽，把他摔在峡谷中。峡谷阴森，特别怕人，站在峡谷深处，大喇叭恐慌喊，小铜锣，彩虹不见了。喊着，喊着，突然睁开了眼睛。

外面黑乎乎的，拉开窗帘，才知道天并没有黑透。回过神，才知道吃了感冒药，睡得太实沉啦。不行，得起来，这么睡下去，肯定起不来了。起来，他对自己坚定地说。可身子不听使唤，下了几次劲，都没有坐起来，咋啦？真的老啦？努力朝上，最后坐正了身子，心口却怦怦跳个不停。歇了会，下床，先到洗漱间洗把脸，而后撑着身子，走到阳台上。楼下的路灯还没有亮，哀乐一直响着，树上没有一只鸟。看看阳台，平常如旧，他想，小铜锣肯定没有回来。得搅拌一碗面汤喝。

喝了一碗面汤，身体暖和多了，感觉额头汗涔涔后，他再次想到了下楼，大喇叭想，小丫头估计还没有下班，得跟小丫头说声对不起，上午进小区，自己态度不好。

撑着身子，来到门岗，小丫头见他走来，挂上笑脸说，老大爷，上午我心情不好，误会你啦。

误会？难道小丫头这会清楚了老孔去世与他无关啦？就算无关，也有间接责任，为此，一直愧疚。听到小丫头那么说，大喇叭有好多话想对小丫头说，小丫头也好像有话对他说，可那会交接班的来了，中年冷峻男见他站在门禁那儿，盯着他看，只好挪挪位置，大喇叭知道得走了。

灯光拖长了他的背影，天完全黑透了，大喇叭不知道要走向哪儿，好像走到哪儿都不是他要去的地方。河边的树丛中斜躺着一条流浪狗，还有几只流浪猫，猫蹿来蹿去，狗龇牙呜呜叫着，想买点饭菜给猫狗，忘记了带钱，只能绕到一边说，不要吵架哦，明天就给你们送饭。藏在树上，装饰河岸的霓虹灯，红的、紫的、绿的，浓稠不一地闪烁着，拖曳出夜的神秘和诡异。曲径中，有人快步走路，也有人靠在树丛中说话。大喇叭想上前跟谁说句话，人家并不搭理他，一口气没上来，哐哐咳嗽半天，才学起大白菜的腔调唱：看大王在帐中合衣睡稳，我这里出帐外且散愁情。轻移步走向荒郊站定，猛抬头见碧落月色清明。大喇叭嗓子不好，哼出的声音，跟着五颜六色，残破之后便散了。

9

大喇叭依然选择早上七点之后走向北门，今天他走得很慢，有一肚子话想对小丫头讲，最想说的是李家拐子，还想说小铜锣和大镲，当然也想说说响鼓的女儿，劝小丫头赶紧把自己嫁啦。最后才说孔冬怀，说心里的愧疚和难受，一肚子话哟，得找个机会慢慢说。小心翼翼且忐忑不定往前走，边走边瞄着门岗。等走到门岗的附近，一个愣怔站住了，小丫头并不在门岗，一个又高又胖的女人，看上去比中年冷峻男魁梧多了，正在为进出的人打开门禁。大喇叭想，小丫头呢？换保安啦？等待那个女的回头，大喇叭看清楚了，这是一位中年妇女，模样还算慈祥。谁呀？小丫头咋没上岗？

又高又胖的中年妇女也看到大喇叭啦，见大喇叭死死盯着她的胸牌号，才笑笑说，我是一一六号。大喇叭清楚记得小丫头的胸牌才是一一六号，为啥这个又高又胖的女人也是一一六号？大喇叭急忙问，小丫头呢？

中年妇女问，哪个小丫头？先前的门岗？听说她辞职啦？

辞职啦？怎么可能，再说，就算辞职，也该跟我说声，留个电话也好。不该这样，真的不该这样。大喇叭眼睛潮湿起来，走向门禁，一动不动地站在门禁那儿。

中年妇女迟疑了一会，打开门禁后看着大喇叭。

大喇叭依然一动不动，挡住别人的去路，催促几声，大喇叭才一步一步走到街上。到了街上，很快又走回头，再次返回门岗，站在门禁前，依然低头冷冷地站着。

中年妇女问，是不是有事？

大喇叭没有说话，走进门禁后，又回头往外走。几次三番，中年妇女不知道这个老人咋啦？小声问，是不是心情不好？

大喇叭这才伤感问，小丫头真的辞职啦？

中年妇女不知道小丫头的具体情况，昨天她才应聘上岗，她对大喇叭说，初来乍到，以后多关照。难受就像百十斤重的担子一下压在大喇叭的心上，压得大喇叭喘不过气时，真想大喊几声。可看看中年妇女的友好态度，吐口气忍了。这会儿听到中年妇女说关照，大喇叭的态度突然变了，大声说，关照？谁关照我呀？来来往往，你们还不是像防贼一般防着哦？

中年妇女没有想到这个老头脾气这么大，笑笑说，管理有制度，都是为了你们好。

大喇叭看都不看中年妇女一眼，继续大声说，我看围墙就该拆啦。

中年妇女特别委屈，见大喇叭走了很远，才高声笑着说，拆去围墙还叫小区么？

大喇叭又气又想笑，气的是小丫头一声不吭就辞职啦，难道因为我的几句话么？好笑的是，这个中年妇女无辜，刚才跟她闹啥你讲？一步一个脚印又回头往门岗走，走进门岗后，大喇叭才大声对中年妇女说，我叫大喇叭，嗓门并不大。

中年妇女笑，笑完说，记住你啦。

大喇叭不再说话，冷峻着脸，回头往自家走去了。

吃了晚饭，大喇叭又吃了感冒药，早早上床睡觉啦。

很快，大喇叭又坠入梦境。梦中的他还在继续奔跑，不知要去哪儿？他一直急匆匆地走。走到一棵老槐树下，他站住了，这棵老槐树不像村头那棵，长得细瘦，树冠也小。他一直寻找村头的那棵老槐树，还有许多老椿树、乌桕树，一回头，看见小铜锣穿着通红的大衣，站在远处向他微笑。小铜锣不说话，为啥笑得意味深长？低下头，大喇叭像做错事的孩子一般对小铜锣说，我错了，小丫头也走了。小铜锣不说话，还在意味深长笑，笑着笑着，忽悠悠升到半空。大喇叭急忙喊，小铜锣，不要走呀，我知道错啦。

喊着、喊着，突然又醒啦。窗外没有窸窸窣窣的响声，只有嗞嗞拉拉的夜岚之气，大喇叭穿上羽绒袄子和棉裤，再次走到阳台上。

夜灯泊在夜岚中，露出不清不楚的昏沉，他看看那棵平窗口的树梢，好像上面还没有鸟，那些鸟儿去哪啦？难道它们也要离开我么？那会，他想起了见过两次面的老奶奶，她最近去了哪里，为啥买菜和散步都遇不到啦？他想，是不是回农村啦？还是生病啦？想不明白，"呼啦"一声打开所有的窗户和纱窗，对着外面说，小铜锣，你说，我脑子是不是真的坏啦？

才说完话，突然听到楼下有响动，窸窸窣窣的，像夜岚之气，又像有人走路。接着，他听到更大的声响，呼呼啦啦，像扫地，又像刮风。谁呀？小铜锣走错房间啦？他不管不顾往楼下走，走到响鼓家的门前，把耳朵贴在门上，呼啦，呼啦，确实有人在扫地。谁呀？是不是上小偷啦？他没有多想，啥也不顾地"砰砰"拍门。突然间，门开出半条缝，露出一张沧桑的脸，他吓得一跳，后撤几步问，谁呀？

灯光暗，那人并没有说话，而是拉开门，一把将他扯进屋里说，你个老家伙，连我都不认识啦？说话间，那人拉亮了顶灯，大喇叭这才看清，是响鼓？！响鼓什么时候回来的？他好像不认识响鼓一般，一直盯着响鼓的头，响鼓的头发咋啦？乱成了一窝稻草？那个苍蝇拄拐棍都上不去的头发咋弄成这样？

响鼓说，我回来后，夜就深啦，想你睡了，没敢打扰。

确实是响鼓呀，狗日的响鼓，到底咋啦？为啥把电话号码也换啦？还有大镲呢？他过得咋样？他一口气说了很多问题。

响鼓摇手说，你坐会，我把屋里扫扫。

屋里到处都是灰尘，大喇叭拿起拖把说，我帮你拖地，我拖得可干净啦。你快说，到底咋啦？

响鼓说，说什么？真的没有什么好说的。

头发咋啦？是不是丫头对象还没有谈好？

响鼓突然流泪说，不听话，真的不听话，你说我学城里人干啥？还吃西餐、穷讲究，丫头完啦。

什么叫完啦？丫头大啦？尊重她的选择好不好？说不定缘分不到，缘分一到，什么都好啦。大喇叭边唠叨边拖地，突然想起响鼓老伴啦，急不可耐问，你家的咋没跟着回来？

响鼓说，别提啦，崩溃啦，丫头没得抑郁症，她竟然得上啦。这次回来，我得把房子卖了，算命先生说，不是自家的房子焐不热，省城那个出租屋的风水坏了。

什么乱七八糟的，大喇叭见响鼓失魂落魄的样子，大声说，你还没有告诉我，为啥把电话号码换啦？

都是她呀，抑郁后，不让我联系任何人，说丢人，不听不行呀。

那大镲呢？他的电话为啥也打不通啦？

我咋知道？我没有联系过他，他也没有联系过我，走散啦。

灯光贴着墙壁藏起锋芒，冷趴在空气中一直作祟，大喇叭丢下拖把，再次拽住响鼓的胳膊说，你们到底咋啦？

不咋呀？就是心情不好。

是不是手头紧？要不要我帮忙？

不要，真的不要，不是钱的事，就是感觉累了。

大喇叭一屁股坐在沙发上，沙发垫子早旧了，积尘随着灯光飞扬。大喇叭说，我去找李家拐子啦，也去找了李金玉和大白菜，还有好多小区都没有找，我想找到大家聚个会，哪怕见见面也好。

响鼓说，找啥哟，家家有本难念的经，日子就是这样。

难受就像一口气，堵在心头，堵在周身的每一个角落。大喇叭不想说话啦，他站起来拖地，一个来回，又一个来回，地板已经十分干净啦，可他还要拖下去，直到响鼓拉住他的手，大喇叭才眼泪汪汪说，亲和热，咋就碎啦？你得把电话号码给我，一定给我哦，明早我们一起去找李金玉，他当村支书的，得负责好不好？

千 里 坂

1

　　我知道梅子不忍离去，我们约定一起去千里坂，去看二丫，而她却先于我撒手而去。我的遗憾就在这里。那天殡仪馆的烟囱扯带出呜呜的响声，风兜着黑黢黢的潮气，不停下坠。看着焚化池里的一堆灰烬，我分明听到梅子在说，去吧，我在千里坂等你。

　　梅子说的千里坂是我的故乡，一处由四面绝壁封堵起来的山坳。有人打趣说，千里坂属于"井坳之地"。有人不服，反驳说，千里坂更像河流的眼睛，始终炯炯有神。去得山坳，须得翻过其中的一面绝壁。绝壁之外便是平缓的河滩地，能种小麦和水稻，当然也能种黄豆和玉米。滩涂地之外便是环绕的河流，为了防洪，山坳人家便在滩涂地四周砌上了勾缝的垒墙，垒墙之外便是清澈的河水了。河水流经垒墙又在下游汇拢在了一起，浩浩汤汤，扯带出的味道，多有宽广辽阔之意境。连接山坳到外面的唯一通道便是大小不一的一千多颗"跳跳石"，跳跳石何时修建，多有争议。有说元朝末年的，有说明朝中期的，它们沉没水中，哑然失语，从来不作争辩。山坳人家种地、干活抑或去集市，须得攀爬完五百多个"坂眼"，走下绝壁，才能踏上这边的跳跳石。有趣的是跳跳石上的油汪与坂眼的油汪连成一道乌漆麻黑的通道，念珠一般拖曳至河的对岸。

想必山坳人家应该识数的，可他们从来不想说清跳跳石和坂眼的具体数目，挑在嘴边的永远都是：五百多个坂眼，一千里路。之后，再也不说下文，问得急了，队长才解释说，模糊点好，世上本无清楚之事。

刚学会走路那会，爹娘就把我带到坂眼路上，一步一个台阶，悬垂而下。爹拉着我的小手反复叮嘱说，这是你的路，你得健步如飞。有天走到半道，实在挪不动半步了，爹便抱起我说：兔崽子，五百多个坂眼，一千里路，得一步一步走着出去。

那时候不记事，后来娘告诉我说，一步一步走着出去。

我肯定似懂非懂的。

像我这般大小的孩子都能身轻如燕飞上飞下时，而我依然不能利索走完五百多个坂眼，爹有些沮丧，沉脸对娘说，不像我的儿子，少了一口气。这句话我记住了，直到如今。

刚记事时，爹便喜欢跟我说千里坂的往事。爹说往事多半都在晚上，他会靠在风箱上，有一句无一句的。火炉的旁边，横卧着一具老旧的风箱，风口通向炉底，推拉风箱，炉火就会"噗噗"跳个不停。爹最喜欢说的还是跳跳石和坂眼，爹说，有了它们才有了这里的滋味。有天晚上，爹突然提起了一位画家。爹说，画家不知为啥迷了路，顺着"跳跳石"走进了河滩地。画家背着画夹和纸伞，手里还提着一盏旧年油灯。说到这，爹自己笑了，可能爹想起了画家的形象，抑或想起其他什么事情，笑完之后，爹说，他哪里知道，河滩地前全是绝壁。不知道画家怎么找到坂眼的，转了几个来回，才顺着坂眼向绝壁爬去。那边有鸡鸣也有狗吠，这边却是悬崖峭壁。才爬到一百多个坂眼，或许还不到，哈哈，画家就摔了下去。爹平时没有这般风趣，说起画家，好像来了精神。爹说，好在山崖下面全是良田，没伤着他的胳膊和腿。画家受到惊吓，晕了过去。碰巧油灯始终亮着。有人路过，看到油灯，便将他背到甲长家里。保长、甲长现在不兴叫啦，那时候的甲长比现在的队长威风嘞。甲长不慌不忙端来一碗凉水，喝上一口，运上气，噗噗噗；又喝一口，噗噗噗。凉水扑面好久，画家才苏醒。说到这里，爹又笑啦，这次还笑出了声，呼呼不停。娘不笑，娘说，扯恁远干啥？没得正经。爹说，你猜画家醒来怎么着？娘不吭声，我好奇。爹说，画家醒来就慌作一团问，到底是人是鬼？哈哈哈，鬼能救他么？

我问，后来呢？

爹说，后来就简单啦，画家见自己还活着，小鸡啄米一般感谢救下他的人。可甲长是谁？警惕着呢，揪住画家问，为啥夜闯千里坂？

画家支支吾吾说不清。

或许画家说了他此行的目的，只是甲长听不懂，大家都听不懂。就算听懂了，大家也不清楚那个遥远的地方到底发生了什么？看起来那个画家并不像坏人，笑意友好而温暖。只是模样有点奇特，不说长衫，单说头发，就像女人的披肩。长也就算啦，问题特别乱，里面还夹杂着泥土和草屑，看上去不男不女的。甲长越看越生气，招招手，人们就摁住了画家的双臂和头，甲长亲手操剪，咔嚓咔嚓，很快剪去了他的长发。而后又问，说吧，来自哪里？到此作甚？

爹说起老辈人脸上全是庄重和肃穆，我听烦了，打起了瞌睡。爹见状拍拍我的头说，别小看千里坂哦，没有它，就没有我们这些后人。爹说，先祖为了躲避战乱，历经千辛万苦才来到了这里。爹丢下画家又说千里坂，娘那时候出来打岔说，头一句脚一句的，颠三倒四。爹提提我的袖子说，原本绝壁上住着一位道长，相传就是他开凿的坂眼呢，可随着先人们的到来，那位道长很快就消失在云端里。

人能去云端么？我问。

爹说，成了仙，神仙当然能。

我想象着神仙的样子。

爹说，最后画家连比带画，说起国语，大家才明白他的意思。爹又绕回画家这里，他就是那么说故事的。爹说，画家的意思，千里坂这里，属于世外桃源和人间仙境。甲长总算明白了画家的赞美，这才高声大喊，上酒。后来在甲长的安排下，每家都请画家喝酒，轮到我家时，你太爷还跟画家拜了把子呢。

爹说了半天，我也没有明白千里坂与画家的关系，道长也好，画家也罢，我早瞌睡啦。爹见我打瞌睡，捅捅我的胳膊说，就是那位画家最后留给你太爷一幅画，可惜那幅画后来不知丢失在哪里。

爹见我昏昏欲睡，不再搭理我，拉开风箱，呼哒哒、呼哒哒，火炉很快蹿出火苗，爹心情不错，看起来又想打铁啦。

爹是铁匠，打了一天的铁，早已累了，可爹说起往事，又来了精神。娘拦住爹的手，小声说，说些旧事挺好的，不着急。

爹停下拉风箱的手，而后又灭了炉子，之后，不再说话，抱起我，碎步走向卧室。那晚的夜呀，又黑又沉，山坳里的星光确实亮呢。

2

　　山坳人家的日常生活基本做到自给自足，因此少不了木匠铁匠油匠啥的。恁多手艺人里，铁匠和油匠好像更吃香。想呀，谁家也离不开锹锄犁耙和油水。爹是唯一的铁匠，长期受到人们的尊重，因此也养就了爹的坏脾气。爹发起火来比溅起的炉火星子还怕人。娘怕爹，我更怕。不过爹很少发火，倘若发火多半因为打坏了铁件。爹说，手艺是活着人的一张脸，活在世上就得争一口气。

　　七月的某天下午，爹连续打坏了三把菜刀，情绪坏到了极点。天阴沉着脸，山坳里油锅一般滚烫。爹把菜刀回炉后，气哼哼骂天。爹的骂声比闪电还急，直到暴雨倾盆，爹才停下骂，看天。天空吐着火舌，雷声溜地而起。爹举起胳膊，仰头朝天，仿佛在祈祷什么。

　　就在那时，队长吹响了哨子。哨声从炸雷的缝隙中蹿出，一声高过一声。

　　这个时段吹哨子，意味着出了大事。爹带上娘，拼命往坂眼里那里跑。我跟在后面，顺着坂眼，随着大人，不顾一切地向跳跳石奔去。

　　走过河滩地，走到跳跳石那里，才感到情况比想象的怕人。雷电闹腾之后，天空好像被人罩上了幕布，深蓝色火焰始终在幕布上滚来滚去。雷声一直在绝壁上空来回撞击，好像遇见任何阻拦都要将它炸碎似的。更为怕人的是，跳跳石随着雷声和闪电，不顾一切地摇摆起来，似乎它们也怕打雷，想急速逃命而去。

　　那会我才明白，队长吹哨子就是让大家赶快抢救跳跳石。

　　坂眼和跳跳石就是山坳人的命根子，这是谁都知道的事情。

一切都始料未及，一切又像命中注定。就在雷雨交加的紧急时刻，爹第一个冲向跳跳石，娘随着爹，丝毫没有犹豫。爹是铁匠，山洪暴发时，每次都是他第一个跳上跳跳石，而后，把第一根木棍捆在两颗跳跳石之间，捆绑住跳跳石之后，人们才依次向前，固定并压住跳跳石。闪电照亮了雨幕，也照亮了爹的身影，我见爹不慌不忙地箍扎着铁丝，动作自然而熟练。风不知不觉间大了起来，雷电、激流加之狂风，跳跳石摇晃幅度更大，好像它们一刻也不想多待、一定要挣脱而去。仅仅这样倒也罢了，紧要关口，炸雷贴着水面响起，激起水柱，数人之高。也就在那一会，一条百十斤重的大鱼漂在了河面。大家都被眼前的景象吓坏啦，不由自主哆嗦起身子。爹好像也被吓到啦，只看那条翻着肚皮的大鱼一眼，腿突然软了，接着，一个趔趄，猛地扎进河里。让我意想不到的是，娘不顾一切地跳进河里，娘想抓住爹的手。等爹娘牵住了手，却被激流卷进深水潭里。大家都知道，跳跳石下方有一处深水潭。深水潭多深多大没人清楚，至于跳跳石为啥置于深水潭的上方，也没人能说清，反正跳跳石下方就是个深水潭，落水之后，绝对不能漂向深水潭里。浪花推着爹娘，快速向深水潭飘去，直到一个巨浪卷起，爹娘不见了踪影。

就在那时，我看见一只鸟震落在垒墙边，其他鸟儿疯了一般飞舞在那只鸟的周围。我突然想到，得救爹娘。于是我疯了般拽住队长的衣襟，大声喊，你们都得跳进水里。

队长抱住我的头，把我深埋在他的怀里，队长的浑身上下也在战栗。我不管，拼命挣脱开队长的拥抱，挨个央求傻掉一般的叔叔大爷们。

任我怎么哀求，大家始终无动于衷。

那只鸟，不知道死了没有，我得救它，我疯了一般跑向那只鸟的时候，却被一只有力的手拽住了后背。就在我奋力挣扎时，不知谁给了我一拳，打得我眼前一黑，倒在了地上。等我回过神，看见的都是冷漠的脸。

风大了起来，跳跳石越发摇摆不定，且幅度越来越大。大家的精力又回到了跳跳石上，人们拿出早已准备好的长条木棍，继续用树棍捆绑跳跳石。武大锤是爹的徒弟，身材魁梧，脸膛黑亮，跟爹后面抡大锤，人们给他起了个"武大锤"的外号。见跳跳石有危险，武大锤不顾一切冲上跳跳石。很快他在两颗跳跳石之间捆绑上长条木棍，之后，其他劳力在跳跳石逆水那侧顶上木棍。女人和老人随之站在固定好的跳跳石上，想尽量压住那些跳跳石。为了防止爹娘的悲剧，队长这才大声喊，都在身上绑上绳子，与跳跳石连在一起，人在，跳跳石在，千万不能滚进深水潭里。

我被一个老人摁在滩涂地上，清醒过来，才想起大喊，救呀，就在水里。面对我的喊叫声，无人理会，大家好像忘记了我的爹娘似的。不知不觉间，雷电早已停了，可河水更加凶猛，我爬起来一直要往河里跳。可那位老人却死死地拽住我的胳膊。不知道过了多久，与我这里，确实度日如年。眼睁睁看着深水潭上面打着漩涡，就是不见爹娘踪影。我再次疯狂起来，不停踢打老人。其他孩子不知道怎么帮我，他们或许被我的样子吓到啦，或许也不知道怎么办，他们跟在我后面哭喊，却没有一个人上前帮我。我终于瘫倒在地上，再次晕厥过去。就在那会，一道响雷炸开了云层。等我睁开眼睛的时候，风首先停住了脚步，暴雨随之戛然而止。幕布揭开，太阳终于露出笑脸，人们这才失魂落魄一般上了岸。那时我才听到队长喊，快去捞铁匠和他的女人。大家慌作一团找来竹筏和木船，队长带人撑着竹筏向深水潭漂去。依然有人拽住我的手，还有人蒙住我的眼睛，抓钩抓，粘网粘，大家希望像捞鱼一般捞出我的爹娘。大半天时间过去了，来来回回几十趟，始终没见爹娘的影子。我跟着焦急的人群一直向前，走到孤岛的末端，无法前行，只好站在末端的垒墙上，看着队长带着几张竹筏和木船向下游找去。

我到底被人抬回山坳，天黑啦，我就坐在家门口，我要等爹娘回家。两天两夜，我米粒未进，有人送饭，也会被我一脚踢翻。直到第三天的上午，一行人才抬回爹娘。有人说，不知为啥冲得那么远。有人说，可怜呀，一直手拉手，任谁也掰不开。我确实看到一副宽担架，爹娘并排躺在我家堂屋的地上。上面盖上一层白布，白布很新，不知道从谁家拿来的。我早已不能说话，可我说啥也要掀开那层白布，我得问问爹娘，到底咋啦？哭着喊着，惹恼了队长，队长像提溜小鸡一般提溜起我。我执拗地扭动身子，可怎么也落不到地面。急眼时，我想起了爹娘的死与队长有关，他不吹哨子，爹娘不会去抢救跳跳石。他要是早早安排竹筏，爹娘肯定不会淹死。我想起了那只死去的鸟，突然嘶哑着嗓子骂，狗日的队长，你不如蚂蚁，不如鸟。队长糊涂了，不知道我说什么。趁队长不备，我死命咬住队长的手。队长还没有"嗷"出声，我便疯了一般扑在爹娘的身上。那是一摊湿漉漉的软绵，软得就像两团棉花，我顾不了禁忌，再次想掀开那层白布。没想到队长再次提溜起我，很快把我丢给了武大锤说，看住他。之后，队长安排人把爹和娘装进两具棺材，队长说：铁匠呀，放心吧，还按老规矩来。

钉上棺木，我才被武大锤放在地上，那时，我愤恨地踢打武大锤，武大锤那时才悲伤地低下身子说，踢吧，打吧，我没有用呢。

作为爹的徒弟为啥不救爹？我骂武大锤忘恩负义，还说，从此，你拿跳跳石当师傅吧。

武大锤始终不说话，跟着队长，跟着全村人，统统跪在爹娘的棺材前。

安葬好了爹娘，我哪儿也不想去，家里有鸡鸭鹅兔，还有火炉和风箱。那是三间明三暗五的石头房，上面盖有青瓦，墙壁的石头缝里也长出了青草。炉火早已熄灭，风箱不知何时散落在一旁。鸡鸭鹅兔到处乱窜，许是它们也被吓坏了。我不会做饭，不会洗衣，更不会照顾它们。那时，来了好几拨人，送饭的、洗衣的，最后来的才是队长。队长看起来很伤心，见我不吃不喝，二话不说，拉着我的手向一堆人群走去。

暴雨之后，天热得邪乎，山坳就像大蒸笼，每个人都像馒头。鸡鸭鹅兔比人聪明，到处寻找阴凉。我泥鳅一般挣脱队长，队长却死命拧住我的胳膊，走到那堆人前，喘息好久才说，铁匠和他媳妇走了，这孩子咋办？

大家说，老规矩。

队长说，这回不按老规矩，我养。

村民仍旧喊，谁也不能坏了规矩。

队长咬住腮帮子说，眼睁睁看他们走的，心里有愧。

有愧是啥？最该走的是他。爹娘走了，就是他的错，他收留我，就是贪占爹娘留下的家。不，我挣脱开队长的手，大声抵抗。队长说，小兔崽子，你说"不"就"不"啦。那会我想起了爹的脸庞，又想起爹的脾气，还有那团通红的炉火和打铁的声音，我再次骂起了队长。我的唯一反击就是叫骂，除此还能做啥呢？夏日的山风带来一股股水腥味，连同那些腐烂鱼虾的臭味充斥着我的嗅觉，我的骂声好像也沾染上浓重的腐烂味，肆无忌惮，簧片一般响亮。后来感觉骂啥都不能解气，我想起山坳人的禁忌，骂队长狗日的。哪承想，我的骂声刚落，队长便将耳光抽到我的脸上。那个耳光很重，抽得我耳朵嗡嗡作响，那会我听队长严肃地说，记住，骂啥都不能骂娘。

就骂你娘，你娘狗日的，狗日的娘。

队长气急败坏，可也没有办法，只好上前把我捂进怀里。

队长的怀里臭烘烘的，我呸。

3

每次从梦中醒来，我都会想起梅子，梅子在时，家里永远都是干净的，像这样的春天，她会把换季的衣服早早地熨烫并归置好，而后还在案头上放上几盆绿植和鲜花，之后，站在一边，笑盈盈地对我说，春天就该这个样子。

梅子是老县长的女儿，老县长是抗战后期参加革命的，老县长身板直、个子高、嗓门大、脾气躁，说话直来直去。我崇拜老县长，也暗恋梅子。我知道我没有资格喜欢梅子，可我不管，崇拜和喜欢是我的自由。后来我拼命学习，就是为了脱离千里坂，躲开队长。当然，我不否认，队长确实视我为己出，好吃好喝的，都由我先挑。为了供我上学，他停下了二丫的学。上小学时，我走在前面，他跟在后面，担心我从跳跳石那儿掉进河里。上初中时，挑几十斤米，走到学校，还会跟老师说，看着我家兔崽子多吃点肉，这小子不上膘。上高中时，特别叛逆，怕人知道我是无爹的孩子，从来不让他去教室。他躲在暗处，我下课的路上，乘人不备，塞下钱就走。即便如此，我还是不领队长的情，恨，早已种在心里，他怎么做，我也不会原谅他的。

我清楚记得，接到大学录取通知书的那天晚上，队长专门跑到镇上请来了电影队。二十世纪七十年代末，放场电影是件特别奢侈的事情,尤其像千里坂这样的山坳,放场电影比登天还难。队长花了大半年的积蓄,从乡里请来了放映队。我是他的养子,又是他的未来女婿,他值得那么做。放电影的当晚,队长很动情地在大喇叭里说,兔崽子是老乔家的骄傲,也是我老周家的骄傲。我姓乔,队长姓周,好在队长没有给我改姓。我上小学的时候名字叫乔传桥,队长起的。我不喜欢这个名字,五年级那年,我自己改成了乔传海,队长照例拿我不着。那晚放的电影叫《地道战》,黑白片子。换片过程中,队长扬扬得意地摁响了大喇叭,继续显摆说,我们的祖上是不是都像赵平原、高传宝?就说那位画家吧,你能想到他是地下党?他拉起的千里坂游击小分队,哪个装过孬熊?这是谁都知道的事情,我娘活着还抱怨说,那个画家和那杆人马都走了,百十号人呀,都死在他乡。爹怼娘,打日本鬼子,死再多人都值。队长的意思是,画家和牺牲的每一个战士都是英雄,言下之意,我也是豪杰,我是山坳里考上的第一个大学生嘛,他有理由骄傲。

我讨厌队长的显摆,就算他把二丫说给我当媳妇,我还是不能原谅他。是他害死了我的爹娘,还占去爹娘留下的明三暗五的石头房。别以为把我养大,就能得到我的原谅。苦在二丫对我挺好,打小就跟在我的后面。哥长哥短,待我像亲哥一样。

我考上的是华东师范大学数学系,我知道大学毕业,只能当个数学教师,跟老辈人的英雄壮举无法比,可队长非要连在一起比较,让我内心特别抵触。电影放完了,队长还处于兴奋中,拉着放电影的几个人说,走,回家再喝几杯。此前晚上已经喝过酒,现在才十来点,按说,放电影的完全可以收拾家伙回到乡里,可队长不依,说跳跳石那里难走,难得遇到这等高兴的事情。

放电影的当然乐意,高高兴兴地跟着队长回到家里。

队长老婆重新做了菜，二丫一直打下手。夜宵依然不简单，有鸡有腊肉，还有新鲜的河鱼，几道时令蔬菜，鸡蛋炒辣椒也是有的。摆满一桌菜，队长拿出一坛酒说，这坛酒，埋在地下十多年，说来还是那个啥？队长显然忘记了那个人的名字，二丫说，画家的后人丁子良将军，对，丁子良将军给的。反正我不知道院子里还埋下一坛酒，队长做事一直神秘。

给大家斟满了酒，轮到我时，队长也给我倒了一碗酒说，丁子良将军说，真男人，得靠酒养。我知道丁子良，他找到千里坂，还说要给千里坂修座桥啥的。队长当时激动得要跪下。后来桥没修好，丁子良也没了踪影。有说之后他被打成了右派，有说他平反后就生了病，反正后来再也没有消息。酒真不是好喝的，既然丁子良将军说，真男人，得用酒养，我一定让队长看看老乔家的人是不是真男人？我端起一碗酒就喝，才喝下半碗，说话就不太利索了。惹得放电影的家伙哈哈大笑说，毛还没长全乎的家伙，知道什么叫较劲？队长不允许放电影那些人调侃我，拦住他们的话头说，有些委屈得含在心里。想必队长也有委屈，我不管，我分明看见深水潭上面的漩涡，也感受到了爹娘躺在白布下面的软绵，压抑很久的情绪，让我无法冷静，我对队长说，做了亏心事，当然得忍着。

面对我的仇恨，队长不当回事，常常跟人解释说，兔崽子小，长大了便会明白的。我上高中时，依然不喊他爹，他喜欢站在我的角度对人说，心里打了结，好在没有时间解决不了的问题。现在我考上了大学，按说已经长大成人，可我的恨还在心中，一刻也没有放下。放电影的那几个人没想到我会那么说，他们纷纷说我不懂事，还说我不知感恩。队长老婆也很生气，站在一边叹息。还是队长拦住了他们的话头，队长放下碗笑嘻嘻说，就他这个兔崽子，说啥也是我的"儿"和未来女婿不是？

一屋子的人都笑了，只有我没笑。

那时候考上大学意味着很快就能转成商品粮户口，可计划经济时代一切都得按计划来，转商品粮户口前，得送给国家一定的公粮。第二天清早，队长送走放电影的几个人，急忙喊来十几个精壮劳力，从几个存粮的大缸里舀出一千多斤粮食，然后得意地喊，好的都送给国家，走，转粮油关系去。山坳人当然知道队长显摆，高兴事，大家不会介意。于我看来，那一会考上大学的仿佛是队长，他一点也不在意我的感受。转完粮油关系，又转户口，轮到上大学前，队长又把我带到爹娘的坟头前，这才烧纸说，铁匠，你是知道的，那天根本无法救你嘛。如果派人下去，死去的何止你们两个？如今，我把兔崽子养大成人，还把他送进了大学，心里受下啥委屈都值啦。

队长什么意思？演戏给我看？没门。

4

这天晚上，我在老县长家喝酒，老县长酒量大，说话的声音就高，老县长说，传海呀，我们这代人说老就老啦，未来得靠你们这些后生。老县长欣赏有知识有文化的年轻人，才有我后来转行的机会。那次老县长到县中学去调研，听到校长介绍我是华东师范大学的毕业生，便说，这样的后生放在学校里浪费啦，把他放到乡镇锻炼去。

县委书记是位中年退伍军人，资格浅，崇拜老革命，什么都听县长的。县长一句话就把我调到了千里坂，用老县长的话说，好钢要在炉中磨，千锤百炼方堪大任。

我糊里糊涂回到了千里坂，由于老县长的关照，不到三年就当上了乡党委书记。为此，有人提意见说，突击提拔干部不合常规，还有人趁机猜想，老县长是不是想把乔传海培养成女婿？老县长面对猜忌，大大方方解释说，培养年轻干部就是我们这代人的责任。

这次老县长喊我到家喝酒，意思让我想办法在跳跳石那里修座木桥，老县长说，千里坂为革命作出了牺牲，早该修座桥啦。

队长为了修座木桥，过去找过我多次，他每次找我，我都会生气。爹娘早已走了，修桥给谁走？让队长他们忍受跳跳石的折磨去。我学会了打官腔，哼哼唧唧对队长说，我是千里坂走出来的人，不能一上任，就想为家里办事吧？老队长见说得有道理，只好叹息一声，一脸遗憾，走出门去。

现在老县长亲自跟我提修桥的事，是不是队长找到了老县长？

我老调重弹说，刚提拔当书记，这个时候为家乡人修桥，人家会不会说我以权谋私呢？

老县长摸摸花白头发说，小家伙，关键问题，我们摸着良心问，到底有没有以权谋私？

我们喝得天昏地暗，我率先醉了，那时候我跟老县长说起了爹娘的走，说起队长的冷漠，老县长说，传海呀，在我这里，怎么都感觉老队长做得对，你想呀，那个时候，谁也无法相救呀。老县长由我爹娘说起当年他们解放一座县城的事，说眼睁睁看着熟悉的战友倒在城门前，我们干着急呀，炸不掉暗堡，再多人上去也白搭。

就在那时，梅子走了出来，梅子为了阻止老县长喝酒才出来的，梅子说，他得了冠心病，怕激动，怕回忆过去。梅子一头乌黑的长发，穿着白色的连衣裙，比起别人，梅子穿连衣裙更好看。

上大学时，我就喜欢看穿裙子的女生，有次为了看一条红裙子，我跟着那个女生走了两百多米，后来，那个女生以为遇见了流氓，小跑而去。梅子的出现，让我突然间有了清醒，不能醉态百出，更不能把老县长喝醉。

老县长不管不顾，突然提起丁子良将军，老县长说，丁子良将军说，真男人，得靠酒养，我稀罕真男人。老县长喝多了酒，话特别多，说来说去，又说到了千里坂，老县长说，千里坂有句民谚说得好，五百多个坂眼，一千里路。别小看了千里坂，那里的人，心里有股气，珍贵着呢。

老县长光顾说话，见梅子苦笑，这才想起介绍我，他指指我说，乔书记，青年才俊。而后指着梅子对我说，梅子，在医院上班，让我宠坏了。梅子落落大方伸出手，而后说，听爸爸一直说你，你也别喝啦。

我知道我该走了，晕乎乎回到宾馆，那一刻我才知道，无法忘记梅子啦，那条白裙子就像一道魔咒，罩住了我所有的心思。

按说，修一座木桥代价不大，预算也就两百多万元，可乡里的年财政收入更少，只有三十多万元。真要想修的话，得争取以工代赈项目。如果争取不到项目资金，唯一的办法，便是动员全乡劳力集体出工，省下工钱。这么舟车劳顿，我自然不会干的，何况我心里夹杂上恨呢？当然，我也没有忘记，当初队长给我起个"乔传桥"的名字，想必就惦记上修桥的事。哼，他越想做的事情，我越不能让他称心如意。见到梅子后，我决定退婚。

那是冰天雪地的上午，打定主意后，我亲自去了趟千里坂，我让队长把二丫喊来，我把二丫带到人群中，就像队长当年收养我，当众说清。我也想明人不做暗事，当众退婚。恨长成了记忆，让我失去了理智。我站在一块石头上说，很多习俗都得改，就像红白喜事随礼啥的。就说订婚吧，就是旧习俗，现在时兴自由恋爱，为啥还要包办婚姻？

二丫知道我想说什么，当着那么多人的面，她怕我扯去面纱，让我俩都做不起人，于是她打断我的话说，订婚就是旧习俗，不能作数，何况我一直都没有承认。

人群中突然炸锅啦，有几个上了年纪的人上前指着我的鼻子说，绿尾巴狗到天边都是绿尾巴，当了书记就想当陈世美？武大锤已经结婚生子啦，他上前揪住我的衣领说，了不起呀，别忘了你咋走到今天的？信不信我宰了你？

我见群情激奋，大声问，你们能不能听我把话说完？

我们不听，没有你这样做人的。人们开始驱赶我。我一生气，掉头就走。

走到跳跳石那儿，队长拦住了我。队长脸是黑的，嘴唇也是黑的，好像情绪也是黑沉沉的。队长吧嗒几下嘴才说，兔崽子，你可以委屈我，委屈二丫，可你不能寒了千里坂老少的心，记住，倘若你能在这里修座桥，人们还能原谅你。

想用修桥的事情要挟我？没门。我不想搭理队长，头也不回地跳上跳跳石，蹦蹦跳跳走了。

就在那天晚上，我吃过饭才走回寝室，乡政府大院忽然聚集了很多人，办公室主任很快找到我，说山坳人闹事。我想，队长不是善茬，他肯定不会善罢甘休的，该来的都来吧，就此做个了断也好。我走到乡政府大院中央的花坛旁边，听到几个老人说，太憋屈啦，世上竟有如此忘恩负义的人？有位乡干劝我，冷静，千万别争辩。还有位干部附在我耳边说，遇到群众闹事，让他们先说，等他们说累了，才找出他们的漏洞。我摁住脾气，听几个老人掰扯。几个老人先从画家说到丁子良将军，而后说到打鬼子牺牲的每一个千里坂战士，最后说到有情有义，然后才转到我的头上，说我抛弃二丫，就是忘本。

当着乡里干部这么说我，党政办主任于心不忍，赶紧通知了派出所的干警，干警们手持警棍说，你们在乡政府闹事，就要负法律责任。

队长气喘吁吁地赶了过来，见事态扩大，转头对山坳人说，谁让你们来的？给他留个面子，想想铁匠，想想他娘，有啥可计较的？

有位老人喊，你还要护到什么时候？他早变质了呢？

另一个老人喊，好呀，当官啦，就安排人拿着警棍吓唬我们？也不问问千里坂老少爷们，到底怕过谁？

队长扶住那位老人说，子不孝，父之过，你们要想出气的话，就骂我，行不行？

几个老人唏嘘地摇头说，你呀，唉。之后那帮人情绪复杂地跟着队长走了。

这件事，很快就传开了，社会上议论纷纷，说我当上书记后六亲不认，还要退亲。那时候到处在放《人生》的电影，有人还拿电影中的高家林和我作比，说我无情无义，比高家林还高家林。传得远了，有个乡镇的党委书记专门找到乡里，当面腌臜我。还有一位县直干部戏谑喊我"老高"，家林书记。意思我就是高家林。很快，全县上下都在说我道德有问题。这时，县委组织部的同志找到了我，严肃说，婚姻自由不假，可婚姻也要讲究道德和仁义，说说为啥退婚？

婚姻自由，这应该不是组织关心的事？

组织同志用公事公办的口吻说，你是县委重点培养的年轻干部，道德品质也是根本。

冬天的风带上了刀子，到处翻滚。乡政府破旧的四合院子里，枯树叶一直"哗啦哗啦"响个不停。我搓搓手对组织同志说，一切都是假象，真相是，队长占了我爹娘留下的明三暗五的房子，还有一群鸡鸭鹅兔。队长把我抚养成人不假，可你们去问问他是不是心里有愧？他不带人救我爹娘，就得承受今天的结果。还有，他强迫我跟二丫订婚，还说要把我变成他变成亲亲热热的一家人，征求过我的意见么？我喘息很久才说，不要小看队长这个人，鬼着呢。这些都不说啦，就说这次退婚吧，二丫也说不作数，不承认这门亲事，可他却把我堵在跳跳石那里，逼我修桥。可我刚回来乡里，他就组织人闹事。你们想想我内心的委屈，谁能体谅我呢？

　　组织同志不明白前后经过，提醒说，我们姑且相信你，可我们履行的是正常干部提拔程序，希望不要辜负县委的培养，积极消化负面影响。

　　我频频点头，组织同志又作了有关调查，好几天才离去。

　　打那之后，我找到老县长，主动说了事情经过，我怕组织偏听偏信，惹老县长为难。可我不想说自己退婚，只说山坳人闹事，说，家门口眼面面前几个人，撕不开面子，无法打开工作局面。老县长不知道真相，选择听信我的解释，见我态度诚恳，或许护犊心切，点头说，我会关注的。很快，组织便把我调到县城旁边一个镇担任镇长，我知道老县长的话再次起到了作用。可不知为啥，组织却把我改任了镇长，说是一种处理也不为过。老县长见我消沉，主动找到我说，我怎么听到一些风言风语呢？在你这里，姑且当作一次磨炼，经受住考验，才是好同志。

　　我知道老县长不知道真相，或许人们考虑我是老县长的人，给他面子，没有把我的情况说清。我知道事情轻重，这样调整，已经难得啦，没有老县长，门都没有。怎么说，都不能让老县长难做人。于是我调整状态，积极配合镇党委书记工作，在大力发展乡镇企业方面，我们那个镇很快成了全县的先进典型。老县长满意，县委书记也满意。很快，我又被组织任命为镇党委书记。从那天开始，我经常去老县长家，也想方设法接触梅子。

能感觉出梅子对我一直怀有好感的，从她的笑容和言谈中，我能读出别样的滋味。

又是一个冬天，天猛地冷了下去，我提着一筐鸡蛋去看老县长，刚进门，见老县长脸色青紫地躺在沙发上。县长老伴急得到处打电话，电话那边的人听不清老县长老伴说什么。也许她太紧张了，前言不搭后语。来得早不如来得巧，见此状况，我放下鸡蛋，慌忙背起老县长就往楼下跑，跑出小区，便拦住一辆车。因为送医院及时，老县长的心肌梗死没有造成悲剧。

梅子特别感激，主动找到我说，是你捡回爸爸一条命。

有了这层关系，谈恋爱是水到渠成的事。风言风语，人们开始议论起我和梅子，说我退亲，原因在这呢。老县长听到风言风语，很生气？问我是不是退过婚？我说是，接着解释说，那是没有得到双方承认的订婚，是队长的一厢情愿。老县长看了我半天才说，你不够诚实。我恳求县委书记出面解释，县委书记可能考虑老县长的面子，主动找到老县长说，老同志呀，乔传海本来就是你选定的未来女婿嘛。老县长心存芥蒂，否认说，我何来那样的心思？县委书记摇头哈哈大笑说，你们这帮老干部，生怕别人说你们自私，好吧，你的病，我来治。县委书记保媒，老县长不再反对，事情进展自然顺利。

新婚之夜，梅子问，有人说你退亲，为了就是今天？

我一本正经说，是你爸故意接近我的。

梅子说，我爸才不会那么想呢，或许我们不该恋爱呢。

我说，到今天了，你还想反悔？

梅子呵呵笑，不爱你，我才不会结婚呢。

梅子是地区卫生学校毕业的，学的是护理专业。梅子爱干净，做事利索。新婚后，我就住在老县长家里，我在镇上工作，一个月回不了几次家。回到家里，我知道怎么做。那时候烧饭做菜都用蜂窝煤，做蜂窝煤球是个体力活。我知道怎么打煤球，什么都做得井井有条。我先把煤炭稀释、搅拌、摭熟，然后用煤块机一个一个轧下去。上午把煤球打完，天黑再一块一块搬上楼。煤球晾晒的过程中，我便去粮站买米、买面，之后，开始打扫家里卫生。人们见我勤快，都说老县长选对了女婿。老县长疑惑地看着我，看不出半点虚情假意，这才陪我喝点酒。

就在那时，不知哪位好事者又把我退婚的真相添油加醋说给老县长听，老县长黑了几天脸，又找我问，当初为啥要那么说？

我开玩笑说，我想一直照顾你。

老县长说，扯淡么。

一天饭后，老县长突然喊住我说，得替千里坂修座木桥，否则，我心里愧疚呢。

老县长为啥又想起替千里坂修座木桥的事？

我不顾一切提出反对意见，我说，对于你来说，属于关心革命老区建设，可别人会怎么想？我是哪儿人？你是谁的老丈人？

老县长迟疑了几天，又对我说，我的原则，实事求是。他毅然决定替千里坂修座木桥。

正当他着手落实时，退休的文件到了。那年入冬之后，市县进行了大面积人事调整。先是撤地设市，接着，县委书记提拔为副市长，很快市里派来了一位年轻的县委书记，政府这块，老县长到龄退休，县委副书记接任县长。接到红头文件后，老县长长叹一口气说，眨眼就老啦，事情还没做好呢。

老县长退休的第二年，我被提拔为副县长。有人说，是老县长运作的结果，我问梅子，梅子说，我爸才不会为你着想呢？我亲自问老县长，老县长歪头问我，很在意？之后，沉脸说，当啥不重要，重要的是要有一颗实实在在为民办事的心。

我知道老县长爱听什么，急忙说，我打小就是孤儿，知道民间疾苦。

老县长这才满意说，希望没看错人。

我当副县长的头一年，就遇到新县长提出给千里坂修座木桥的事。

我故意问，是不是老县长交代的？

新县长点头。

我一本正经说，既然征询我的意见，我的态度，暂缓操作。

新县长诧异。

我说，想呀，我才当副县长，又是老县长的女婿，这么急马三枪地替家乡修座木桥，其他人怎么想？

新县长说，好吧，我尊重你的决定，也希望你跟老县长沟通下。

我笑着点头，表示感谢。

在此之前，我不知道队长已经组织了几批相关人员来找老县长，据说那天队长很动情，先说画家，后说丁子良将军以及那些为了抗击日本鬼子牺牲的一百多名千里坂的战士。最后队长声泪俱下，说起了新中国成立以来，为了抢救那些跳跳石被洪水卷走的每一个人。说到动情处，队长哽咽说，队里有个不成文的老规矩，谁家大人走了，孩子交由全队人抚养。可提起那些人，我就想哭，想呀，如果有座桥，何来这些悲剧？

老县长热泪盈眶地说，老同志，你放心，这件事情，我会亲自过问的。

新任县长让我跟老县长沟通，也算卖个人情。他征求我的意见，说明他足够重视。既然我反对，由我跟老县长沟通，合情合理。实际新县长怎么想的，我并不清楚，于我来说，这个时候不能修，否则对我，对老县长都不利。当然这是明面上的心思，暗地里，我还恨着队长呢？他不知道怎么使坏呢？否则，老县长都退休啦，为啥还盯着修桥的事，不是添乱么。

我的策略是什么都不说，拖下去，拖是解决问题的最好办法。

5

很快就到了夏天，这个夏天对我来说特别惬意，办公室不仅装有空调，还有相随的工作人员，县里把这些工作人员统称为秘书，实际就是那么个意思。大概到了七月二十五日吧，对，就是那个日子，那天是梅子的生日。梅子叫上几个闺蜜，由我亲自主厨。我们已经买了新房，脱离了老县长的约束。就在我们唱生日歌那会，家里的固定电话响了，是秘书打来的。秘书说，千里坂那里山洪暴发，又死了人。

我是分管水利的，秘书第一时间肯定要报告给我，听到消息，我头"嗡"地大了，急忙问，千里坂？山坳那里？

秘书说，为了抢救一块跳跳石，一个妇女丢了性命。

千里坂，跳跳石，为啥恁多事？我说，你安排车辆和雨靴，最好带上雨具，我这就去。

夜里十点多，我们驱车赶到了千里坂，乡党委书记已经先于我早早抵达。死了的妇女是武大锤的媳妇，原因并不复杂。武大锤媳妇人高马大，人们说由她踩上石面，跳跳石别想晃动。武大锤老婆受到怂恿，越发积极，踩踏上跳跳石，还故意扭动几下屁股。问题出在跳跳石下面的那口深潭，由于它的存在，加大了水的吸引力。跳跳石很快前后摇摆起来。结果就把武大锤的老婆晃到了河水里。这种情况我清楚，爹娘也是为了抢救跳跳石而走的。

武大锤哭，大家哭，武大锤的儿子才三四岁，比我当年小，不哭，还时不时笑。

人们复述说，暴雨来得急，没有任何征兆。

我爹娘去世那天，雷电相加，怕死人。

大家七嘴八舌说情况，惹得武大锤更加悲伤。我安抚武大锤，不停拍打他的肩膀，谁知他反手揪住我的衣领问，你是不是这里走出去的？

我不知道他想说什么。

武大锤又问，这么多年，为啥不能在这里修座木桥？

我当乡党委书记时，假如听了老县长的话，克服困难，或许能把木桥修上。前番顺从老县长和新县长的意思，也有这种可能，可其中的奥秘，不是武大锤能懂的。我打断武大锤的话，大声问，修座桥容易吗？

秘书上前推开武大锤，乡党委书记跟着解释说，不是一个钱两个钱的事。

队长见我理直气壮，上前说，乔县长。听到队长那么称呼我，心里别扭脸上一直镇定。火光中，我见队长压抑住所有的悲伤，怔怔看我，见我低头，他才一字一顿说，你如果还是铁匠的儿子，就想办法替这里修座木桥。

我始终不吭声，见大家都在看我，我提高音调说，修桥不是哪个人的事，是项目，需要论证和资金，不能因为我是铁匠的儿子，就不按原则办事。我说得掷地有声，二丫见状，拦住队长的话头说，爹，不要为难他，他也不容易。

听二丫那么说，我心特虚。也许有了特别的触动，我对乡党委书记说，你们打个报告吧，呼吁一下可以的。

乡党委书记连连点头。

之后，我安排村里和乡里根据相关政策，替武大锤申请相关补助，再为武大锤老婆申报烈士的荣誉称号。

队长见我现场这么安排，拉住我的手说，走，回家吧，你娘一直盼着你呢。

我甩开队长的手，武大锤又拉住我的手说，我们可是看着你长大的。

我从现场赶回县城天快亮了，囫囵睡会才起床，便被老县长堵在家门口，老县长进屋就发火，问，到底死了几个人？

我说，一名妇女。

老县长问，你分管水利，为啥不能替千里坂修座木桥？

我冷冷地说，县里的财力你是知道的，再说，我刚当上副县长就给家乡修桥，人们怎么想我？如何看你？

老县长怒不可遏地说，我不在乎。

梅子上前阻拦说，爸，退下来，就少管闲事，为啥这么对待传海呢？

老县长摇头说，不要替他说话，我早发现这个家伙虚头巴脑的。

梅子疑惑说，他可是你的女婿呀。

我的女婿咋啦？

我不想说话啦。

后来乡里打来了申请报告，想起老县长的态度，我一生气，反而把报告压了下去。

6

从夏天到冬天好像一眨眼的工夫，天降白霜时，我接到了一张邮寄来的请柬。打开请柬，我错愕地张大了嘴。二丫要跟武大锤结婚？请我喝喜酒？到底怎么回事？既然有大红请柬在手，说明一切都是真的。这个二丫，疯了吗？不说年龄差距，就说现实也不合适。按说我退婚已经好几年啦，她应该能找个更合适的人家。我无法理解二丫的选择，回家对梅子说，二丫咋就答应了呢？

梅子说，接你喝喜酒，就该大大方方地去。

我托朋友开车，驱车去了千里坂。

出嫁的唢呐已经吹响，锣鼓也敲了起来，多少年没有进过队长家的门，到底多了生疏。等我跨进门槛后，才发现满屋都是人。队长老婆一直在抹眼泪，看见我，她哭得更凶了。队长神情木然，见我堵在门口，指指凳子，意思让我坐下。二丫听说我真的来了，走到我的面前说，你到底来了。

我说，我肯定会来的，我来只想问你，为啥？

二丫说，不为啥。

队长老婆说，还不是因为你。

队长这才说，不说啦，五百多个坂眼，一千里路，说啥都是命。

二丫倔强说，孩子还小，这么做，值。

队长哭了，在场的所有人眼睛都湿润了，我心里不是滋味，眼睛也涩涩的。我心里清楚，二丫不是为了爱情，为的是一份责任。看来任何劝慰都失去了意义，我只能沉默，也许沉默才是最好的解脱。

喝出嫁喜酒的那会，二丫端上一杯酒走到我的面前说，哥，五百多个坂眼，一千里路，妹妹不怨你。哪怕孩子大了，不认我这个娘，我也不会后悔。

我的眼泪夺眶而出，那一刻，我只能低下头去。

喝完喜酒，我去了爹娘的坟头，我想问问爹娘，是不是做错了什么？我在爹娘的坟头坐了很久，眼泪也下来了。就在我擦泪的瞬间，发现队长坐在我身后的不远处。见我落泪，队长苦笑问，这里是不是很干净？我这才发现，爹娘坟头的后面栽有六棵松柏，前面修了一条向上的台阶。坟头上面铺满了石块，前面还立块墓碑。说来确实有些愧疚，参加工作后，我一直没有给爹娘上坟，不是没有时间，而是因为我不想看见队长，不想回到这里。没想到这里的人们并没有忘记我的爹娘，还给他们修了坟、立了碑。

我看看队长，看看坟头，不知道说啥好。

队长喃喃自语说，传海，五百多个坂眼，一千里路，先人留下的话，须得仔细琢磨。

祖上的意思含蓄，或许告诫后人，人生须得走好关键几步，才能走得更远。可我不想就此说下去，我抚摸墓碑想，是不是委屈了队长？能不能换个角度想想他呢？

队长呷摸几下嘴说，你能回来喝喜酒，说明还在意这里。好吧，不说啦，不过我还是要谢谢你的，武大锤媳妇追认烈士的文件已经到了，补助也到啦，知道你尽心啦。

我什么都不想说，对与错，留给历史和时间。我只能那么想，还能说什么？

回到县里，消沉几天后，老县长却找到了我。老县长知道我从中作梗的真相，大发雷霆，他对新任县委书记说，传海就是虚头巴脑的家伙，心眼连芝麻粒都不如。

县委书记把老县长的话传给我，我更加生气，一把年纪啦，为啥这么说女婿？是不是老糊涂啦？可他是岳父，是恩人，是老县长。我的委屈只能埋在心里，啥也不能说。

到了第二年的夏天，千里坂那里又发生了洪涝灾害，这次雨水历时长，雨量大，山坳人家都被困在孤岛里面，我带人营救时，才真切感受到应该替山坳人家修座木桥。回到县里，我主动找新县长，新县长摊开双手说，错过时机啦，今年雨水大，调整不出专项资金，只能遗憾啦。我心有不服，找县委书记争取，正当我积极协调时，一纸文件，将我平行调整到临县担任副县长。这样的安排确实有些让人恼火，我不服，找组织反映内心的委屈。组织提醒说，到哪儿工作，都是组织培养干部的需要，个人有意见，保留便是。

临走的头天晚上，我去看老县长，老县长的情绪却出奇地好。老县长慢悠悠说，转岗前，我想告诉你一段历史，那时候我在另外游击小分队，日本鬼子进山扫荡得拿千里坂当码头，你知道的，在山坳那边修座码头，进山扫荡就方便了许多。你是知道那位画家的，是他组织的千里坂游击小分队，一直顽强抵抗，鬼子始终没有修成码头。不仅没有修成码头，绝壁前，还丢下不少尸体。最后鬼子只好绕过河道，改由陆路进山扫荡，这么一折腾，就为山里大部队转移争取了时间。后来，我们奉命留守，打游击。我们游击小分队与鬼子周旋，不巧，陷入绝境。又是画家带领小分队替我们解的围。那场反包围战打得苦呀，千里坂小分队打光了最后一颗子弹，剩下的几个人全部跳了山崖。为了保护我们，他们选择了牺牲。每每想到那一幕，我都会流泪。可像千里坂这样的地方，解放这么多年，却始终无法修座桥，说不过去呀。过去县里财力不够，能理解。后来条件允许了，而你却百般阻拦。建议你去临县，就是希望你好好反省，记住，任何时候都不能忘本，更不能忘记感恩。

知道真相后，我一直凝视着老县长，那会，我好像不认识老县长似的。我知道说啥都晚了，只好站起来鞠个躬，而后，头也不回地走出门去。

7

梅子为此没少受委屈，为了照顾我，她申请调到临县人民医院。办好了调动手续，离开老县长时，梅子心里有苦，忍不住抱怨起老县长，梅子说，他再有不妥，也不该这样折腾？

老县长也心疼梅子，想了半天，才揉揉眼睛说，有些爱，你不懂。

梅子后来跟我说过这件事，我还在气头上，无法理解老县长的苦心。

我到临县工作一年之后，队长也退了下来，山坳人家改叫了村民组，村民组长由武大锤担任，可木桥始终没有修成。乡里想起了我，派武大锤请我出面协调。

武大锤长胖了，看上去油光水滑的。他放下一袋花生说，不是我说你，那么大的事，为啥不积极？

我想，武大锤肯定知道了事情的真相，凡事无法回头，解释无用，何况我也一肚子委屈。武大锤喝上梅子递上的茶水说，爹说啦。我知道，他口中的爹，指的就是队长。武大锤说，爹说，只要你能回家找人把桥修上，恩恩怨怨，一笔勾销。

我不想搭理武大锤，今天不是昨天，我找谁修桥去？

武大锤说，师傅活着，肯定也会骂你的。

我实在无法忍受武大锤的放肆，他有什么权力这么跟我说话？我板着脸说，很多事情没有那么简单，你不懂。

武大锤说，是的，我确实不懂，可我懂知恩图报，懂做人。

我不想问二丫和孩子的情况了，更不想问老队长的身体状况，我说，你现在当了村民组长，你想办法呀？

武大锤火冒三丈说，这么说，你不愿意出面找人啦？

我沉默，沉默确实是个不错的选择，武大锤再生气也没有办法。

武大锤见我冷漠，站起来指着我的脸说，不当副县长，以为我想找你？

说完，武大锤气哼哼地夺门而去。

这个武大锤，还是这个脾气。我回头责怪梅子说，看看你爸，什么都对村民说，这下好啦，我再也无脸回去啦。

梅子无辜，夹在中间确实难做人。没有办法，她只好安慰我，不要生气，还说，不行，她回家找老县长，看看有没有其他办法？

我没有吭声，梅子这么做，也算是一种态度吧。

半年多，因为我不想回去，梅子一直没有回家看望老县长，这次因为拜托老县长做事，她才请了三天假。三天之后，梅子回来的。回来后，好像病了一场。我问到底怎么回事？梅子说，爸爸早就气病了？我问咋？梅子说，爸爸找了很多领导，现在形势变了，大家都在算经济账，在意投入与收效，尤其当着爸爸的面，提出了"性价比"。气得爸爸说，我不知道怎么比，只知道千里坂需要一座桥。

最后，县里决定把山坳人家搬迁出来。计算成本比修桥开支少，还从根本上解决了山坳人进出问题。可山坳人家不愿意，事情就僵持在那啦。气得爸爸到处说，现在的干部忘本啦。

什么叫时也运也？错过最佳时期，一切都无法挽回。我心里生了些许愧疚，就像一座山，压在我的心上。为了搬走那座山，我不停安慰自己，当初自己没做错啥，真的修了木桥，到头来会怎么样？回头想，最坏的结果不过如此，还能咋样？想到这，我心里打起大大的问号，难道我错啦？五百多个坂眼，一千里路，一步走错，面目全非啦。那座山永远地留在心底，我想，有它在，沉重点也好。

我只能这么感叹，感叹完，便去散步。来到临县，亲戚朋友少，加之分管的都是一些无关紧要的工作，找的人也少，静下来，心思就多了，想来想去，我又开始抱怨起老县长。假如他能忍耐一段时间，哪怕半年，也许我就能把问题解决好了，现在说啥都晚啦。

梅子心情比我还沉重。老县长生病住院，她心不安，想回去陪护，这边不好请假。弄成这样，她作难，我也生气。我大声问梅子，谁是始作俑者？之后，我啥也不顾地说，弄得好像全世界就他一个人正直似的，让他受受罪也好。

梅子突然间跟我翻脸了，梅子说，爸爸说得没错，你就是个虚头巴脑的家伙。

这是我们结婚后第一次吵架，那时我不知道梅子已经怀孕两个多月了，否则梅子不会那般焦虑的。也许梅子想得更远，往后生下孩子谁带？一家两头扯，老县长毕竟上了岁数。听到梅子数落我，我失去了冷静，大声说，你爸不那么做，我能到这里？现在，连你也说我虚头巴脑。那晚上，我和梅子分了床，梅子半夜的哭声吵醒了我，我知道不该责怪老县长。当我走到梅子房间时，梅子说，回趟千里坂吧，起码那些人需要你的解释。

我不想回去，说啥也不想低头，再说，人心有杆秤，回去，他们也不会原谅我。

我的女儿生下来不久，老县长两口子也搬到了我家，孩子小，无人照顾，他们得来。

一家人蜗居在一起，做什么都不方便，惹得岳母天天抱怨老县长。

老县长还是过去的脾气，只是嗓门没有那么大啦。老县长说，爱的形式不一样。

我还能说什么？或许我还无法体会老县长的爱，就算体会清楚了，也不想说了，很多时候错过，责怪更没有意思啦。在那时候老人家南方谈话之后，改革浪潮一浪高过一浪。我分管的工作也多了，无暇顾及家里的事情。

这天下班回家，看见老县长跟老队长正在客厅拉家常。老队长怎么找到这里的？看看一边坐着武大锤，我明白了大概。客厅本来就二十多个平方米，孩子的摇床占去一小半，屋里显得格外狭小。老县长不讲究，怎么拥挤都不在乎。武大锤坐在一边喝茶，梅子正在喂孩子吃奶，到处乱糟糟的。心有不悦，我进屋不想出来啦，老县长不依不饶，喊我出来，我只好嘟哝着脸，坐在一旁。队长说，是不是这样就能修桥啦？

又是修桥的事，我头都大啦。看来是老县长惹来的事，他去解答吧。

老县长说，修建烈士纪念馆确实是个办法，肯定会引起上级重视，或许会特批修座桥。可修建革命烈士纪念馆需要多少钱，不说审批，单就资金，也不是修座木桥能比的。现在修木桥，预算起来也就三四百万元，不行的话，发动群众，自己干，就像当年大修水利，不也干下来啦。老县长看看老伴，抖抖嘴唇说，家里还有十来万元存款吧？我这里一分不留，都捐了。他回头看看梅子问，你家有多少？梅子呜呜啦啦的，梅子再节约，估计家里最多只有两三万元存款吧，都捐了，孩子长大怎么办？可我依然不能表态，故意咳嗽几声，意思提醒老县长不要再说下去。可老县长不管，继续说：我再发动一批老干部，我就不信修不起一座木桥。

老队长急忙摆手说，那样的话，更不妥。你还是问问县里，你是老革命，说话管用。

提起这茬，老县长生气了，扭头说，都怪这个家伙。说完他生气问我，说说，当初安的什么心？

我神情很不自然，不过我不想解释。

老队长发话啦，还是过去的声调，他慢悠悠说，五百个坂眼，一千里路，算啦。

我心里不是滋味，那时候我得说点什么，我急于争辩一般对老县长说，想呀，后来，我打算周旋时，你却建议我来到这里。现在你们怎么想，不重要啦。

老县长痛心疾首地说，还在找托词，什么时候你才能坦荡？

气得我一句话都不想说啦。

老队长说，算啦，算啦，我们等。说完，老队长和武大锤站起来要走。

老县长问，天黑了，去哪里？

老队长说，去车站凑合一夜，这天不冷。

梅子说，我给你们开宾馆，吃完饭再到宾馆住。

老队长说，不啦，二丫也来啦，只怕现在已经到了车站啦。既然二丫也来了，我不好再说什么，梅子也不好插话。老县长说，走，我陪你们去。

老队长说啥都不同意，坚持自己带着武大锤走了。

老队长走了，老县长脸色很不好看，晚上吃得也少，第二天天刚亮，老县长拉着老伴说，我们走。

老伴问，我们回去梅子咋办？

老县长说，你不走，我走。

8

梅子从医院回家的小半年时间里，天天跟我说话，秋天么，梅子喜欢躺在阳台上半闭着眼睛说往事。梅子得的是肺癌，她不抽烟、不喝酒，还特别爱干净，咋就得了肺癌？医生说不清楚，我也说不清。为此我买下很多中药书籍，得出结论，所有的病症，都是由湿寒引起的，祛湿去寒没错。当归、白术、覆盆子啥的，我买了不少，不管用，我开始研究各种祛湿驱寒的中草药，坚持煮汤给梅子喝，最后依然没有挽回梅子的生命。梅子有天昏睡中，喃喃不清跟老县长说起了话，梅子说，爸爸，你确实错啦，一个心中跑鹿的人，你却给他上了把锁。我知道梅子在说我，梅子念叨说，他不开心，我能开心么？我想到了梅子的郁郁寡欢，尤其老县长走后，她的不快乐放大到了极致。梅子常说，这辈子最大的遗憾，就是没把爸爸和你的心结打开。我说，我早放下啦。

或许人生的后半程，我真的放下抱怨，可我还是不想回千里坂，我知道，在所有人的心目中，我的亏欠无法更改啦，他们那么看我，为啥还要回去呢？后来上了岁数，不能开车，连走路都打战，越发不想回去啦。

可梅子走后，我能感觉到，她不停催我，虽见不着她，可她的催促声一刻都没有停下。好吧，是得有个交代啦。

临县到千里坂说来也就二百多公里的路程，中途需要转一次车。坐大巴，外加打的，上午十点多我到了千里坂镇上。乡已经改叫了镇，变化的不是名称，是大面积建筑和人的精神面貌。想到老县长的执拗，我嘴角露出笑意，喃喃自语地对身后的梅子说，这么多年，他失望可以，可他不该说我品质有问题。梅子说，你是知道爸爸的。我说，我是发自内心想促成修桥事情的。可他已经等不及啦，弄得后来一直无法修好。我说，这些都不说啦，问题是，他后来越来越不相信我，你猜他后来跟组织怎么说？他说，心术不正的人一定不能手握实权，让他赋闲，才是最大的正确。这些话都是后来别人告诉我的。你说我心里能好过？

梅子说，爸爸走啦，记住他的好，检点自己的不足吧。

我听到梅子笑了，一回头，还是没有看见梅子。我自己也笑了起来。

春天的阳光确实温暖，脚下还是那条熟悉得不能再熟悉的青石板路，河边的茅草滩改建成了青砖黛瓦的仿古街道。仿古街道的后面，延伸出几条巷子，也是古色古香的。我想绕过这条街，直接走到河堤上，然后一口气走回山坳。走着，走着，见到了一个叫"如家"的酒店，我改变了主意，"如家"名字好，得进去看看。

酒店老板是个中年妇女，看上去肥硕而臃肿。我想，现在生活确实好了，为啥到处是胖子？中年妇女特别热情。见我登记，挑起眉毛问，旅游，还是走亲戚呀？

不是旅游，也不是走亲戚，属于回家，可我找不到回家的感觉。这是梅子去世后，我第一次单独出门，心中早生了些孤独和恐慌，好在我一直跟梅子说话，反正她一直跟在我的后面。我没有回答中年妇女的话。

登记好啦，中年妇女递上一张门卡，而后说："如家"的条件属于全镇最好的，有什么困难跟我说。

住宿休息，有什么困难？我背起挎包，顺着楼梯上楼。打开房间门，发现房间确实比较干净，到了干净的地方我就会想起梅子，我想，门不能关上啦，不能把梅子关在了外面。我干了两届副县长，最后转任了县人大常委会副主任，赋闲实际挺好的，我没有抱怨老县长。退休前，我又转任为县政协副主席。去了临县，二十多年一晃就过去啦。我退休那年老县长走的，临咽气前他对我说，你不该忘记千里坂和老队长，那里的每一个人都值得你尊敬。

我说，知道啦，年轻的时候不懂事，你放心好啦。

老县长气息微弱，喊梅子上前，他一把拉住梅子的手，却说不出一句话。看得出他想对梅子说句抱歉的话，可他一句话都没有说出，拉着梅子的手就咽气啦。那种"突然"扯带出我内心的悲凉，我把岳母拉到一边说，说来是我让他失望了。

岳母说，他什么都能放下，唯一放心不下的就是梅子。他常说，梅子受到了他的牵连。

那一刻，我的眼睛湿润了，梅子不开心，想必老县长早就知道啦。

洗漱一番后，我关上了门，想梅子就坐在房间的某一处，反正她喜欢站在我身后，不会说话。推开窗户，新鲜空气滚滚涌入房间。还是那种熟悉的味道，让人嗅闻起来无比兴奋。放眼看去，河边种植了红的、白的、黄的花草，春天里，叫不出名儿的花草一地斑斓。回过神，我不由自主地捂住眼睛。我在心里问，梅子，你看到了么？

就在那会，手机响了，一看是女儿打来的，摁下通话键，很快传来了女儿的声音，女儿在省城工作，一直担心我的行程，我说，到了，挺好的。之后，便关了手机。我嫌女儿啰唆。女儿一点都不像梅子，也不像我，跟她姥姥挺像的，啰啰唆唆。

从早上到现在，确实有点累了，我得躺会。躺下才几分钟，好像便迷糊了过去。首先跳入眼帘的就是跳跳石，跳跳石左右摇摆，最后又唱又跳，咚咚扎进下面的深水潭里。梅子就在半空中，俯身看我。我抬头问梅子，为啥一直跟着我？

梅子不说话，就在那时候，我突然醒了。

醒来后，我不想待在房间啦，我对梅子说，走，我们到街上找人说话去。

才下楼，看见中年妇女还坐在吧台前。见我下楼，她扬起眉毛问，中午在不在酒店吃饭？

酒店还管饭？

为了方便客人，偶尔做几样土菜。

"哦哦"两声后，我往门厅那边走，走到玻璃门前，我停住了脚步。我想问点什么，譬如，知道不知道乔传海和老队长？还有武大锤和二丫？我眯缝着眼问，记不记得有个叫乔传海的人？乔传海？中年妇女想了半天才说，很早时候的事啦，听人说，那人不咋的。

我接连"哦"了几声，眼睛便湿润啦，岁月将我模糊成了"不咋的"。我有些不甘心，接着问，知道不知道一位画家呀？中年妇女问，你说拉起队伍打鬼子的画家么？怎么会不知道呢？哦哦，我连连点头，又问，记得周千里么？周千里是队长的名字，我也想听听人们怎么评价他。中年妇女想了半天才说，好人，可惜好多年前就走了。我又"哦哦"两声，彻底不想说话啦。中年妇女仔细辨认我，看了半天才问，你到底是谁呀？

我是谁呢？我问梅子。

可梅子并没有回答，梅子好像不在我的身后，难道她没有跟着我出来？

顺着古色古香的街道，很快走上河堤。河边不知何时修建了一座码头，码头上插了许多排列有序的彩旗，赤橙黄绿青蓝紫，色系齐全。走下去，我见到了一道闸、一处廊桥，闸和廊桥同样古色古香的。廊桥一侧有几个垂钓人，静如雕塑，屏气凝视河面。我仿佛又闻到了梅子的气息，梅子也好像又到了我的身后。

我对梅子说，慢慢走回去，才不会慌乱。

走走停停，大概走了一个多小时的路程，我知道并没有走出多远。过去从跳跳石那儿走到乡政府至多一个小时。眼下不比当年，走了一个半小时，约莫才走出一半，真要走到跳跳石那边，估计还需要一个多小时。近乡情怯，不想往前走了。肚子一直在叫，得回镇上弄点吃的。返程的路上，我走得更慢，好像每走一步都会踩断一段心思似的。我有低血糖的毛病，一直没有好转。梅子走了后，好像更严重了些。走走停停中，低血糖的症状表现了出来，耳鸣、浑身冒冷汗、四肢无力，好像随时都要晕厥过去似的。我只好走向河边，捧起一抔河水，啥也不顾地喝了下去。那会我想起了小时候上学，我正在喝水的时候，队长却不知何时站在了我的身后。他递出半块馍说，知道你没有吃饱。我知道那是早上队长老婆分给他的一块馍馍，每人一块，我的早吃完了。没想到队长总会留下半块，常常尾随我，塞进我的书包里。现在的河水不知道有没有受到污染？不过看上去水质还不错。接连喝了几口，缓解症状后，才抬头看的游船，游船往码头那边移动，深山、白云和画舫，组成了一幅画，特别美丽。我对梅子说，看到了么？真的漂亮。

梅子好像离开了我，这会她去哪里了呢？

走回镇上，快到下午一点钟啦，一家面馆还在招揽生意，我上前要上两碗面，一碗牛肉的，一碗羊肉的，我想尝尝家乡的味道变没变？

老板觉得我有些怪，多问了句，饿啦？

我不想说话，我想让梅子吃上一碗。可梅子还没有出现，走到后半程，她好像不再相随，不知道飘到哪里去啦。

老板又多看我一眼，之后问，旅游的？还是返乡报恩的？

返乡报恩？

你不知道，千里坂走到今天，多亏了外出打工的那些人，他们富啦，纷纷返乡报恩，就说那些知青吧，也回来投资建设呢。

我嘘嘘呼呼不想说话啦。吃了半碗面之后，头上开始冒汗的，耳鸣声也没了，于是我放慢速度，小口吃了起来。上学的时候吃不起牛肉面，更吃不起羊肉面。当上乡党委书记后，我请队长吃过一次牛肉面，或许那天我想起了半块馍馍，我想让他知道世上还有比馍馍好吃的东西呢。队长那天很开心，抹抹嘴巴说，知道你不坏。

算啦，不想这些啦，打个嗝，我又把筷子伸向羊肉面。到底没有把两碗面吃完，站起来结账时，老板说，听你口音好熟咧。

我想，能不熟悉吗？我在心里问梅子，你说我该怎么回答呢？

见我不说话，老板开始收拾碗筷，街上照例很安静。

回到宾馆，不知不觉中，我又想起了二丫。二丫养大的孩子现在去了哪里？她和武大锤后来要没要孩子？为啥这么多年都不回来？还断绝了所有的联系？挣脱和疏离的结果值得么？千里坂这么多年走了多少人？又生下多少孩子？一点也不知道呢。梅子病重时一直提醒我，哪怕负罪，也该回去，趁我还在，我陪你。

我当时的解释是，心里愧疚。难道仅仅因为愧疚么？我把所有的委屈都撒向了千里坂，爹娘走啦，我的恨种了下来，后来几经周转，与初衷和本意越来越远，委屈、愧疚和无奈，让我还有何颜面回来？

就在那时，电话又响了，还是女儿的，何时开的机，我已经忘了。

女儿说她不放心，说要过来陪我？

我说，不用。

挂了电话，我想，其实应该喊上女儿的，她心里早已没有千里坂啦，有的只是临县。临县才是她的故乡。

9

醒来已是下午三点，这个时段去千里坂正合适。

再次走到河边，水面上的阳光多了一些内敛和柔和，迎着微风，河水激濑。我又想起了队长，那个让我纠结一辈子的人，如今，我多么想当面向他认个错。那年的冬天，我正在开抗雪救灾会，秘书喊我接电话，听口音，我就知道武大锤打来的，我不想说话。沉默之际，武大锤那里却哭上啦。武大锤哭着说，爹不行啦。

我知道他口中的爹，就是队长。可我还是不想说话。

武大锤说，回来见爹最后一面吧，他一直念叨你，迟迟不肯离开。

放下电话，烦躁就像一根绳索勒住我所有的情绪，去还是不去？去，县里刚刚安排我下乡慰问受灾群众，确实无法走开。不去，山坳人家会怎么想我？忙完工作，我还在纠结。半夜回家，我只好对梅子说了实情。梅子说，他是你的养父，该回去。

我说，不是不想，是无法走开，救灾时刻，县里人手不够。

谁没有爸爸？爸爸走了，奔丧还不应该？梅子越说声音越大。

我不再说话，叹息说，休息吧。第二天清早，梅子问，要不要我请假陪你？

我说，不用，我自己回去。

我到底没有回去，那天坚持看完了最后一家受灾户，天就黑透了。如果驱车回去，或许还能见老队长最后一面。可我突然不想回去了，我想，回家认个错还有意义么？误会就误会吧，让他带着缺憾走吧，谁活着心里没有遗憾呢？

揉揉心口，我沉思了一会，什么都没说，直接打道回府。

梅子见我神情忧伤，以为我心情不好，什么也没问。第二天清早，二丫电话打到家里，二丫说，爹一直等你，直到后半夜才走的。

梅子知道真相后，跟我急眼啦，梅子说，你为啥这般无情无义？爸爸没有看错人。梅子好多天都不搭理我，到了政协工作后，梅子见我情绪不好，才放下态度安慰我。后来到了清明节，梅子提议说，我们回家上个坟吧，你爹你娘也在那边呢。我咂摸嘴说，这么回家还有意思么？你以为山坳人还能原谅我么？

梅子说，是非曲直在那，认个错能咋的？

今天，就在此刻，熟悉的气息又到了身后，我感觉梅子又回到了房间，我对梅子说，后悔没有听你话。

梅子说，到了今天啦，对与错，确实无关紧要啦。

我后悔听了梅子的话，不该把梅子从医院带回家。假如开刀，或许能治好呢？好多癌症都治好啦。可梅子特别固执，这点像老县长。梅子说，陪你这么多年啦，得去陪陪爸爸妈妈啦，我不想把自己弄得面目全非，我要体面回家。

我尊重梅子的决定，出乎意料的是不到半年梅子就走啦。

离千里坂越来越近了，没想到风景却越来越好，河床下全部铺上了护坡，护坡之上到处都是花草，这边地里的小麦正在拔节，油菜花也刚刚绽放。我一步又一步走向千里坂，好像一步一叩首，赎罪来了。我一直在寻找解脱，可始终没有更好的理由，最后我想到爹活着时候常说的一句话，人活一口气，全凭一张脸。我想，或许就是爹的这句话，把我困住啦。

　　走走停停，到了跳跳石那里。出现在眼前的却是另外一番景象。河面上并没有跳跳石，取而代之的是一道廊桥。廊桥宽大而豪华，看上去就像一列火车似的。桥面上铺排整齐的方砖，能跑车，方砖之外留下两道宽绰的人行道。桥墩也是水泥立柱的，看上去结实。可那些跳跳石呢？它们去了哪里？千里坂没有了跳跳石，还叫千里坂么？车辆驶过身旁，卷起一阵风，也卷走了我的所有思绪，我不顾一切地走向栏杆，向下看去。河水清澈见底，里面并没有什么绿茵。跑到护栏这边，我要看看深水潭的模样，谁知道，深水潭已经不在了，或许在修桥的时候早被填平了。看向绝壁，绝壁高耸，组成的环山上面或插上了彩旗或修建了亭阁啥的。千里坂什么时候变成这样的？谁投资兴建的？

　　我急步往千里坂走去。

　　过去的滩涂地已经变成了花的海洋，郁金香、玫瑰、格桑花，还有什么花，已经叫不出名字啦。不知名的鸟儿三五几只，分散到各个角落，叽叽喳喳。花海四周搭上了洁白的户外帐篷，垒墙四周全是行人。而原来那些跳跳石，却整齐地排列在新开挖出的一口池塘中，石面依然油光滑亮，只是上面蹦跶着一群开心的大人和孩子，想必他们在体会山坳人家早年进出的乐趣。

　　我急忙走向坂眼那里，我想看看坂眼是否还在？坂眼的油汪已经不见啦，它们的四周长满了粉色的花草，想必也是经过精心打造的。坂眼的一侧。修下一条向上的山道，山道栏杆都是汉白玉雕刻，道面铺的是橘红色的软面塑胶。我情不自禁爬向顶端，首先映入眼帘的是一处亭子，亭子的一侧，我见到辟出的一块平地，地上铺下细纹大理石，后面居然修建了一座"千里坂纪念馆"。字是楷书，端庄而大气。

我不敢相信自己的眼睛，我回头问梅子。

我仿佛听到梅子笑，她笑啥呢？

走进纪念馆，仔细寻看，我看到了画家的名字，丁孜然，对，就是这个名字。我见到了画家进山时背着的油纸伞和提着的油灯，随着丁孜然名字的后面便是一个又一个烈士的画像和名字，画像看上去更加立体和英俊。那些名字中间，有姓周的也有姓乔的，有姓武的也有姓丁的，一百多个画像排列有序，露出的全是坚贞不屈的笑容。当我走到新中国成立后"英雄图谱"的展览区，我突然看到了爹娘的名字，他们的名字也是楷书写就，看上去特别端庄。旁边还有武大锤老婆的名字，回头再看，我发现为抢救跳跳石牺牲的每一个人的名字都在上面，好像修建的纪念馆的人故意要让他们与英雄并排而立。之后，展出的便是为千里坂发展做出突出贡献的人。那个部分，我看到了丁子良将军，还有队长和二丫，有武大锤和我熟悉的每一个人。一阵汗颜，我走出纪念馆。隐隐约约，梅子又在身后说话，梅子说，忏悔没有早晚，去山坳看看吧。

顺着坡道，走到山坳人家，那些房间都做了新的打造，看上去结构没有改变，改变的只是装饰和点缀。先看了队长家的房子，已经按照磨坊的样式进行了打造，门扉上面写道：一盘磨，带给你的不是乡愁，而是对农耕文化的特有眷恋。武大锤家被设计成了油坊，旧式榨油机的上空写道：挤压不是毁灭，而是重生。我想起了我爹娘丢下的明三暗五的石头房，不知道它们是否还在？如果在的话，又被设计成何种模样呢？急速走去，我看见电子打铁炉始终忽闪火苗，风箱也在。门额的一旁写道：锻造是一种磨炼，每一次浴火，都在期待最后的蝶变。我眼睛有些模糊，这样的话，好像专门有人说给我听似的。

人来人往，我不知道还要找寻什么。

就在那时，我看到了一张熟悉的面孔，只是那张面孔失去了早年的光泽和柔软，现在已是沟壑纵横，皱纹密布啦。我知道她是二丫，对，就是她，除掉她还能是谁呢？我走近二丫，看她能不能认出我？

二丫见我站在门口，嘀咕说，站在那里遮光，里面还有展板。

我问，看看我是谁呀？

二丫打岔说，我给铁匠叔看房子，他们早就走啦。

我问，耳朵咋啦？

二丫打岔说，你问谁建的？她到处找人，不见那人，继续嘀咕说，刚刚还在的，去哪儿了呢？哦哦，来啦，就是他。

我看到一个三十多岁的人，个子高大，眼中露出的全是坚定和自信。

二丫指着我说，他问谁建的？当然要说你嘛。

那人喊，娘，不要挂在嘴上啦，做这么点事，不值得炫耀。

我知道了真相，突然泪流满面。走上前，拉住二丫的手，大声喊，认得我吗？

谁呀，武国海，他是武大锤的爹，早走啦。

我大声说，梅子就在我身后，她也回来啦。

不要感谢孩子啦，都是他应该做的，还想问啥？

我一脸惊愕，愣怔在石头房里。我想跟梅子说句话，可梅子好像随着夕阳裹挟到浮尘中了，一上一下，貌似安静极啦。

南过驿巷

1

事情得从二十世纪九十年代说起。当年阿富汗汉学专家艾哈迈迪率领一干人等步入南过驿巷后，寿州文化馆研究员柏永年始终跟随左右，见艾哈迈迪不停发问，柏永年才耐心掰着手指说，明嘉靖年间，寿州城内，一溜地上，呼啦啦建起十几家驿站，那帮邮差和军士到了驿站，拴上骡马，藏起响铃，之后，到处找洗澡堂、理发室和小饭馆。久而久之，围绕驿站，有人建商铺、开旅馆；有人生火打马掌；还有人擀面、烧汤、做便捷的冷水拔面。不几年，十几家驿站连缀成巷，城里人就把这道巷子称之为驿巷。艾哈迈迪听到柏永年这番解说，点头说，是这么个理。之后，艾哈迈迪揪着浓密的花白胡子说，天下古老，原本都是用烟火勾勒的。实际在此之前，艾哈迈迪已经去过西安、洛阳、开封，一路向东，到了杭州、扬州和南京后，再次折返向西来到寿州。从他的行程轨迹中可以看出，寿州原本属于行程之外的添加，可能艾哈迈迪突然觉得寿州终究是无法一带而过的古城。

那天天气炎热，艾哈迈迪下车后便脱去长袍，拱手感谢恭迎的寿州官员。举办简短的欢迎仪式后，艾哈迈迪便在柏永年的带领下走进驿巷。当他听完柏永年的介绍后，中国之行的诸多感触"咯噔"一声着了地，他想起了沿途的热气腾腾，他想用"烟火勾勒"之喻，给所有行程画上圆满的句号。

也许艾哈迈迪就是那么信口一说。谁知道，艾哈迈迪话音刚落，柏永年便带头拍起了巴掌，现场很快获得一片热烈的掌声。可随着艾哈迈迪的离开，柏永年与几个考古专家由此发生了争执，尤其那个鼓着鱼泡眼的考古专家达道宽最为较真，一直追着柏永年嚷，古城之气不能用"烟火"来概括。

总体说来，柏永年还是比较欣赏艾哈迈迪比喻的，不说别处，单就"郢都"落户寿州，两千多年来，哪朝哪代的寿州人不是奔着吃穿而来的？柏永年说话永远不紧不慢，一字一顿中，好像能拧出汗味，更能拎出执拗和自信。他指指板凳，意思让达道宽坐下。可达道宽偏偏不听，横在柏永年面前，大有不争出个高低誓不罢休一般。柏永年只好再次掰着手指说，看看寿州这么多年出土的坛坛罐罐，哪件不与吃住和祭祀有关？

说来确实如此，可达道宽依然继续坚持自己的观点，倔强地说，"烟火"之说多有调侃，乃至不严肃。古城承载的文化信息，不是一句轻飘飘的"烟火"能说透的。达道宽说得也对，但较真起来，谁也无法准确形容古城的前世今生。柏永年待达道宽喘息的机会，再次掰着手指说，从比喻学出发，用"烟火"来概括，当不为过。达道宽听到柏永年还在维护艾哈迈迪的说法，大为光火，指着柏永年说，你这个家伙看起来满腹经纶，实则庸俗不堪。

柏永年知道，达道宽有自高自大的本钱，自从考古发现了"郢币"，后来又在报恩寺下发现了"金棺银椁"后，就连市委书记、市长在他面前说话，也要低声下气喊几声老师，他的眼里还能装下谁？前些年，达道宽还能收敛性子，随着柏永年被评上高级职称、做了文化馆研究员之后，达道宽突然之间改变了态度，就算撞个满怀，也懒得搭理柏永年。别人问及达道宽咋啦？达道宽鼓鼓眼睛说，写写人文志史算作研究的话，寿州城里岂不一大堆这等研究员？

柏永年听到各种版本的传言，一次逮住机会，专门上前找达道宽理论。达道宽面对柏永年的追问，大大方方说，有本事，你研究个惊天动地的事情出来，拾人牙慧，也算研究？

气得柏永年扭头便走，边走边跺脚，好像要把达道宽踩在脚下似的。

座谈会是市委、市政府安排文化局召开的，柏永年和达道宽一前一后走进了会议室。寻得席卡，发现座位挨在一起，达道宽突然指指席卡上的"柏永年"说，这个家伙应该研究"烟火"才对。柏永年生气，抬头问，你难道不食人间烟火吗？达道宽拿起席卡跟别人换了座位后，才嗷嗷喊，烟火岂能囊括一切？

文化局局长丁大山见两个家伙刚走进会议室就开始争吵，气得敲敲会议桌说，找你们来是讨论如何开发驿巷的，为个怼比喻，值得么？达道宽拧着脖子说，值得。柏永年嘴角微微上扬，见达道宽的鱼泡眼流露出的不服输神情，没好声气地"喊"了一声。那声"喊"尽显不满和不屑，气得达道宽再次站起来说柏永年庸俗、怂蛋、恶心人。

丁大山皱皱眉头，掷地有声说，有本事，都给我献计献策，最好能让沉甸甸的古城焕发出青春和光彩，吵来吵去，算什么本事？

那时候，全国各地都在搞开发，市委、市政府自然不敢怠慢，市委书记在全市干部大会上高声喊，上错床下来，走错路回来，只要能让发展插上翅膀，如何探索都不为过。市委、市政府着急呀，别的县区，短短几年时间，城市建设发生了翻天覆地的变化。作为全地区率先撤县设市的寿州焉能落后？谁都知道，寿州曾做过楚国的国都，朝代更迭中，也肩负过州府道台的重任。因了古城的名称，如今城市发展却背上了沉重的包袱。奶奶的，一草一木动不得，如何开发和建设？市里着急，经过反复论证，咬牙撇开古城，在古城之外寻得一片丘冈地，修路架桥植树，三通四平之后，市委、市政府率先盖起办公大楼，接着，借鉴其他城市的开发经验，借地生蛋，很快建成新的商贸区、物流区、住宅区等，短短的两三年时间，新城栉比鳞次，总算跟上其他县区的发展步伐。初战告捷，市委、市政府忽然心血来潮，安排文化局局长丁大山组织考古专家和有关文化学者，专门讨论古城开发之事。市委、市政府的意图十分明显，新城初具规模，古城不能按兵不动。一新一古，两轮驱动，城市建设才叫完整。为此，市长专门交代丁大山，眼看迈入二十一世纪，不能让古城就此偃旗息鼓吧？市长看起来精神抖擞，他张开宽大的手一把按住丁大山的肩膀说，通淝、宾阳、靖淮、定湖四个城门动不得，可城内的驿巷总能修葺一番吧。市长的手势有些重，弄得丁大山一直趔趄着身子。市长见丁大山不堪重压，这才拿开手，在空中划拉几个弧度后，加大手势力度说，如果能把驿巷打造成明清一条老街，再想办法打造郢都、宋街、府衙之类的景观，古城是不是有了新的变化？

丁大山明白了市长的意图，专门召开了这次座谈会。

没想到，会议伊始，柏永年和达道宽却脸红脖子粗地争吵了起来。

丁大山制止住柏永年和达道宽的争吵，清清嗓子，很快说清了市委、市政府的意图。柏永年听完丁大山的一席话，突然间蒙了，打造郢都、宋街、府衙啥的，不能凭空想象，文化古城，重在内涵和古韵，肆意开发，肯定丢失了古城的精髓。越想越怕，眉毛窝成一团时，柏永年兀地摇头叹息起来。那声叹息就像阻滞的一口痰，卡在柏永年的嗓眼里咕噜噜响个不停。待气息平整后，柏永年引经据典说，魂魄归来，闲以静只，自恣荆楚，安以定只。柏永年早已习惯这种说话模式，每说一个观点时，总喜欢先说古人怎么说的，再旁征博引，最后才说出自己观点。有人说柏永年迂腐，有人特别欣赏他的说话方式不紧不慢，很有学究滋味。丁大山肯定不喜欢柏永年这种说话方式，上来说出这等没头没脑的话，显摆？

丁大山或许不知道这四句话的意思，抬头问柏永年，你到底想说啥？

这时的达道宽好像会前根本没有同柏永年争吵过似的，正言附和，他说的是《楚辞》中的《大招》之句，意思，魂魄回来，须得闲适和安静。说完这些，达道宽故意对着柏永年吐吐舌头，意思别拽文，你懂《大招》，我也懂。

柏永年这边不想搭理达道宽，继续感叹说，寿楚之地，崇尚遨游，更喜神情和身心的安定，假如开发，让驿巷面目全非，寿州的魂魄何处找去？

丁大山想不明白，刚才还你来我往争论不休，听到开发驿巷，居然一唱一和的，这两个家伙搞什么名堂？刚想发火，没想到柏永年忽然来了一句，煎鰿臛雀，遽爽存只。

柏永年到底想说啥？这般操蛋。丁大山沉吟半天才说，什么魂魄、静只？别扯淡行不行？丁大山的轻易阻断，惹得另外几个考古专家和文化学者生了气，大家七嘴八舌地说，开发驿巷肯定会损坏古城的面貌，就算修缮，也得科学才行。

见大家一致反对，达道宽来了劲，"呼啦"站了起来，指着丁大山说，驿巷的一块砖、一片瓦，哪怕一粒灰尘，都是文物，某些程度上来说，开发就是罪过。

柏永年性子慢，说话不仅糯还黏糊，听达道宽高声大语的，他也跟着激动起来，随后黏黏糊糊说，也许我刚才说的话，丁局长没有听懂。没听懂不怕，我现在告诉你，我想说的是，用汤煮鲫鱼，多么爽口呀。这番解释，明显有瞧不起丁大山的意思，柏永年见丁大山满脸尴尬，这才调整气息一字一顿说，两千多年养就的古老之气，不能因为开发，堕落于风尘。

刚刚说出开发意图，便惹得这帮家伙好像商量好似的一致反对。丁大山大为光火，很快失去了淡定，他看看达道宽，又看看柏永年，再逡巡一遍参加座谈的人，见大家情绪激动，丁大山啥也不顾地站了起来，大声说，你们这帮所谓的专家、学者，就喜欢吹毛求疵。蹬鼻子上脸是吧？故意闹别扭是吧？

柏永年没想到丁大山会用这种口气说话，心里添气，话语间多了火药味，尖刻问，那你找我们到底座谈啥？

丁大山冷脸看着柏永年半天，意识到柏永年是故意挑衅，脑门充血说，看看那些斑驳的墙，还有蜘蛛网般的电线，再想想驿巷的脏乱差，不开发能行么？

柏永年觉得丁大山有点危言耸听，这么多年，驿巷从未修缮，不是一直好好的。他研究过那些古建筑，就目前这种气候条件，顶它百十年风霜雪雨并不难。开发是啥？推倒重来，岂有不阻止的道理？想到这里，柏永年目光更加坚定，继续感叹说，老而日衰，岁忽忽而不反。造孽没有回头的日子。

丁大山忍无可忍，打断柏永年的抢白，大声问，你还能不能好好说话？

没想到柏永年比丁大山的火气更大，一巴掌拍在桌子上，一改黏糊，斩钉截铁说，我好好说话，你能听懂么？见丁大山有些发蒙，柏永年压抑情绪说，别烦我等饶舌，听人劝吃饱饭，只怕经年之后，你等力主开发之人，只会落下千古骂名。

丁大山突然哑口了，他没有想过未来之事，眼下想到的只是落实好市委、市政府交代的任务。听柏永年说他会留下千古骂名，丁大山愣怔一下，随后想起了：北京的故宫、西安的大雁塔、扬州的东关街、南京的秦淮河，包括丽江和阆中古城，越想越有底气，才提气说，很多古城都在开发利用，为啥到了寿州，恁啥碰不得？说到这里，丁大山多了痛心疾首的表情，他感叹说，同志们，要我说，思想僵化才是最可怕的事情。

达道宽看看柏永年，柏永年又看看达道宽。接着他俩一起看看大家，见大家依然不赞同，达道宽突然来了精神，指着丁大山说，我们思想僵化？那好，今天我就代表这些冥顽不化的家伙，郑重告诉你，开发驿巷，门都没有。说完，达道宽屁股一抬，负气走出了会议室。

柏永年见达道宽亮明了态度，紧接着也站了起来，加重语气说，历史终究证明，谁开发，谁就是罪人。说完抽去屁股底下的椅子，咚咚走出会议室。

气得丁大山"砰砰"捶着桌子喊，我咋碰上你们这等人，全他娘的不懂事咧。

2

南过驿巷的中间地段有口"三眼井"，寿州人喜欢说"三眼井"与驿巷相伴而生。柏永年研究之后说，喏，我认为，先有井，后有驿站的。想呀，为啥那帮军士、邮差不在其他街巷落脚呢？达道宽听到柏永年这般解释，反驳说，喏，我认为先有驿站后有三眼井的。想呀，军士、邮差、骡马入住之后，须得用水吧，官府见驿巷用水困难，为解苦厄，方才下令圈建砖井的。

柏永年入驻字画店之后，不想与达道宽较真，两个落魄之人还争论个啥？

达道宽这里不行，用达道宽的话说，理越辩越明，不清不楚，不是他达道宽的风格。

柏永年入住字画店后，尽量躲着达道宽。柏永年想，很多事情没有记载，判断年份靠推测和佐证，就说三眼井吧，几百年过去了，没有具体记载，早沦为先有鸡还是先有蛋之类的命题，这等争吵，没啥意思，罢了、罢了，达道宽怎么说，我这里怎么认就是啦。

可达道宽见柏永年不想争论，随后跟进字画店，不依不饶地说，要不我们打赌，看看谁说得对？

柏永年又好笑又生气地说，你说得对可行？

达道宽乐啦，嘿嘿说，怂啦？怂就认个错，说你那研究员是冒牌的。

多少年啦，还计较这个？现在连工作都丢了，研究员算什么？柏永年使劲将达道宽推搡至门槛。就在那时，达道宽扭头看到许二娘端着一碗花生向字画店这边走来。

达道宽见许二娘越走越近，急忙说，想想当年，我们就该好好相处。

柏永年提气喊，别提当年。

达道宽嘟囔道，当年咋啦？

那时许二娘就要走到面前啦，达道宽压住其他话，撩起长腿，从许二娘的身边蹿了过去。

许二娘很淡定，对着达道宽的背影说，达老师也在呀。

达道宽非但没说话，仓促间，依然忘不了朝地上"呸"了一声。

许二娘并不介意达道宽的放肆，端着花生，抬头张望字画店门头上方的匾额。她喜欢端看"闲以静只"四个字。每次走到字画店前，她都要先默念匾额上的四个字，心气收敛之后，才会看字画店两边的楹联。许二娘知道楹联之词出自柏永年之手，"无东无西魂魄归来；无南无北烟火汇聚"，这等俗白，不及"闲以静只"来得深邃。好在字也是隶书，照例黑漆打底、绿漆成字，看起来倒也不失端庄和稳重。

许二娘端详许久，才走进店内。

一般情况下，许二娘进得店来，不会先看柏永年，而是先看仿古案板上是否干净。许二娘知道，如果案板干净，八仙桌边的柏永年肯定不开心。假如案板凌乱，柏永年脸上肯定洋溢着惬意。今儿案板一边凌乱，一边干净，弄不清柏永年到底是喜是忧，还是喜忧参半？摸不清就里，许二娘才把目光投向八仙桌一边的柏永年，发现柏永年心事重重，许二娘便把手中那碗花生放在八仙桌上，含蓄笑笑。算作招呼之后，许二娘操起毛掸，走到八仙桌后面的条案前。条案，寿州人习惯称之为"上头"，上面供奉重要的物品。譬如家谱、瓷器、祖传宝贝啥的。一般情况下，条案的上方多会置挂一副中堂，中堂两边挂上卷轴配对。柏永年自然不会例外，也做了这种传统的安排。字画店后墙上，柏永年挂上仿制的郑板桥《修竹新篁图》，两边配上"民于顺处皆成子；官到闲时更读书"的卷轴配联。中堂和卷轴啥的不用打扫，倒是条案容易堆积灰尘。许二娘隔三岔五就会替柏永年打扫下条案。今天也不例外，她打来一盆清水，用纱布擦拭完仿古瓷瓶，待字画、瓷瓶干爽后，又把字画卷轴一一归拢入瓶。之后，才悄无声息地坐在八仙桌的另一边，静静看着柏永年。

柏永年一直发呆。许二娘见柏永年神色还算平静，半天才说，吃呀，卤水中添了点橘皮。

卤水煮花生是许二娘的绝活，许多人吃了许二娘的卤水花生，都说好吃。有人劝许二娘开一家"卤水煮花生"小卖铺，许二娘不为动心。这两年，银器生意冷清，人们都奔着黄金、钻石去了，无人光顾银器店。柏永年曾劝许二娘改换门庭。许二娘沉着脸说，你为啥不改？得不到柏永年的回答，许二娘又来了一句，小五金也很赚钱。柏永年明白许二娘的意思，他早已习惯将无数话堵回肚里，虽说气息叽叽咕咕的，可只要不说话，就不会惹许二娘生气。

许二娘祖上和柏家大院仅有一墙之隔，明清以来，两家从驿巷起家，一家占据了东大街，一家占据了南大街。许家长、柏家短，两家为争夺城内首富，彼此较劲两百多年。随着寿州解放，两家太爷面对苍天大笑一番后，才握手言和。眼下柏永年和许二娘倒没有比拼之意，许二娘的意思，你柏永年能坚守，我也能。柏永年明白许二娘的心志后，咬牙不再规劝。可眼见许二娘银器生意冷清，日子窘迫，于心不忍，便拐弯抹角帮衬许二娘。这等琐碎不再赘述，这里单说有天柏永年走到银器店，说替别人代买一些银镯之类的饰品，许二娘当时特别开心，呼呼啦啦拿出一大把银制项链和手镯。大几千的价格，柏永年统统纳入布袋。许二娘当时特别高兴，当即表态给柏永年一点提成。不几天，当许二娘给柏永年打扫卧室时，突然发现那些银饰品原封不动地放在柏永年的床头柜里面。明白了真相，许二娘心头一热，进而流下激动的泪水。

让柏永年感动的不是许二娘对他的各种照顾，而是无论春夏秋冬、刮风下雨，许二娘总会雷打不动一遍遍打扫南过驿巷。实际驿巷内有环卫工人，可许二娘不管环卫工人打扫得是否干净，她都要反复打扫几遍。从南走向北，南过驿巷足够干净啦，可许二娘依然不会让驿巷落下一粒石子，乃至一片纸屑。有一次，她左手拿着畚箕，右手掐着几张薄薄的纸片，遇到几个不懂事的学生，以为她是捡垃圾的，拿起垃圾池里的菜帮子砸向许二娘，许二娘当时看看一身打扮，还咧嘴笑了一下。那几个学生见许二娘不恼反而笑，又捡起菜帮子砸向许二娘。柏永年见到满头都是青菜叶子的许二娘，夺过畚箕问，咋弄的？

许二娘轻描淡写说，孩子不懂事。

起先柏永年好奇，问许二娘为啥不怕委屈？

许二娘撩起湿漉漉的头发说，你不怕，我怕啥？

柏永年听到许二娘这般回答，眼睛一热，心里就潮湿了起来。他知道许二娘想说什么，感动之余，揉揉眼睛劝慰说，实际人们早已谅解了丁大山。

许二娘眼噙热泪，弯腰蹲在地上，很久才站直身子，摇头笑笑。

很多话，就像一坛老酒被置放入洞穴，不经过时间发酵，不会搬出来。直到有一天，许二娘发现柏永年缸里没了米，才难受起来，她悄悄买来一袋米，而后想，假如丁大山当年能像柏永年和达道宽这般有骨气，或许不会变成今天这个样子。许二娘想这些的时候，就会看着柏永年，他希望柏永年能说句后悔的话。可谈到开发，谈到那场变故，柏永年总是一脸刚毅。许二娘知道柏永年心里有结，有天，见柏永年心情不错，许二娘故意说，开发出的那段，也挺好。

没想到柏永年突然火了，指着许二娘问，味道呢？

许二娘知道开发那段确实有问题，可木已成舟，难受又能咋的？许二娘不点头，也不摇头，只是无声笑笑。气得柏永年拽着许二娘往外走，指着一溜建筑说，看看梁、柱、檩，又指指头顶上方的斗拱和门庭，最后才说，比比看吧，哪点能一样？

　　开发的那段，小三层、小五层仿古建筑居多，对比原有的古建筑，不说犄角、斗拱啥的，连外形都缺了精细和滋味。可馅儿入饼啦，还能咋样？

　　许二娘明白，柏永年始终没有放下抱怨，达道宽也没有。由达道宽的那口"呸"，她又想起那几个学生，她想，只怕驿巷的人家，都心存抱怨，她这里只能默默承受着。很多次，许二娘想对达道宽说句道歉话，可达道宽不但不搭理她，还态度生硬。忍住气，她上前小声说，我只想说句抱歉。达道宽却不顾她的颜面，指着新开发的那些仿古建筑说，问问丁大山去，就算借尸还魂，模子也得像呀。许二娘知道达道宽的意思，要怪就怪丁大山吧，谁让他不分轻重，跟着市领导起舞呢？

　　很多时候，许二娘也委屈，丁大山走了，她辞职开银器店为啥？柏永年和达道宽为了驿巷落到今天的地步，她也得有个态度。夜深人静的时候，许二娘也会安慰自己，不原谅算啦，谁都没有原谅别人的义务。心思重了，委屈便多了，夜晚就会做梦，梦里，她喜欢哭，无数次，都是哭着醒来的。打柏永年帮助她之后，梦里不再哭了，而是笑。有一次梦见柏永年拉着她的手说，知道你难受，我这里早原谅啦。说完拉着她走出驿巷，走向护城河。护城河边，晚霞朗照，许二娘攥住柏永年的手问，为啥弄成这样？为啥呢？柏永年也说不出清楚，可柏永年知道，狼护窝，狗护崽，驿巷是古城的根。这些话好像是柏永年说的，又好像不是，正想究问时，一群白鹭搅碎了梦。

醒来之后，许二娘想，为啥柏永年会走进梦里？还相互牵了手？

凌晨时分，再也无法入睡，随即起了床。她知道，很多时候，不在乎打扫，在乎的是态度。事赶凑巧，等许二娘穿着破旧大褂走上驿巷时，居然遇到了几个烂醉如泥的年轻人，他们从哪儿来到哪儿去，许二娘并不知道，可他们的态度，足以让许二娘难受得要死，其中的一个拦住许二娘问，嗨，认得不？许二娘根本不认识他们是谁？另一个说，我们认得你。还有一个话不成句说，咋不跟着丁大山跳楼呀？听起来是醉话，可话里的意思清晰。许二娘泪眼蒙蒙看着几个醉鬼跌跌撞撞走开后，她手杵畚箕，半天都没有回过神。她想，今儿不扫啦，坚决不扫啦，心情沉重走回银器店，急慌慌从三眼井打盆清水，二话不说，一头扎进盆里，那时她想，闷死算啦。

就在那时，柏永年迎着晨光，晃晃悠悠走到许二娘的面前，见许二娘一直把头闷在盆里，柏永年慌忙拽起她问，大清早的，咋啦？

许二娘擦干湿漉漉的手和脸，按按心口说，假如当年，你和达道宽不犯浑，会不会好点？

柏永年知道许二娘想说什么，就算换作今天，他依然还会犯浑。可今天的柏永年不想提及当年，他一直想回避过去。

许二娘歇斯底里说，我忘不了那场斗殴。那是轰动寿州城的大事，柏永年肯定忘不了。当年柏永年和达道宽站在推土机前的形象，烙铁画一般刻在南过驿巷中。想起那一幕，许二娘再次喊道，如果当年你和达道宽稍微冷静点，肯定不会弄成今天这样。

柏永年见许二娘一反常态，随之上前，拍拍许二娘的胳膊。

许二娘想，柏永年这么早上门，肯定有事，于是换成常态问，有事？

柏永年笑着说，睡不着。

许二娘突然压低声音，换成娇嗔的神情说，还文化人呢，舞棒弄砖的。

这么说来，柏永年确实有些惭愧，推土机手只是工程项目的执行者，本属无辜。可那天柏永年和达道宽不知咋啦，把心中的窝火和憋屈全部撒向那个黑黑的、戴着安全帽的小青年。当时，他和达道宽并不认为那个黑黝黝的青年就是一个推土机手，而是坚定认为他是"行凶"的罪犯。否则，柏永年也不会顺手摸起一块砖头，达道宽更不会跟着操起一根木棍。双双砸进看守所，后悔已经晚了。后来，不知谁找来小报记者，用"为阻驿巷开发，文人大战推土机"为标题，报道了柏永年和达道宽为保驿巷打伤施工者全部经过。事情闹大了，引起上面的重视，最后上级派人专门调查、评估，很快停止了南过驿巷的开发。可柏永年和达道宽却因致人伤残，均被判处两年有期徒刑。

小二十年的陈芝麻烂谷子，说了更加难受。可今天不知道咋啦，许二娘执拗要提过往，他只好跟着说上几句。

见柏永年还在拍打她的后背，许二娘推开柏永年的手说，现在回头，不算晚。

什么叫不晚？柏永年知道许二娘想劝他复婚，许二娘今天咋啦？哪壶不开提哪壶？想起离婚时的情景，柏永年的情绪凝固起来。当年老婆提出离婚时，他以为老婆说气话，还从老婆的角度出发，检索自己。可老婆倒好，绝情说，不为自己负责，也得为家和孩子吧？弄成今天这样，你是自作自受。

思夫君兮太息，极老心兮忡忡。柏永年想起《九歌》之句后，连连摇头。

柏永年永远忘不了那个秋雨激荡的下午，他坐在法院的合议庭中，坚持聆听窗外雨打芭蕉的噼啪声。他已两度站在被告席上，不过这次与上次不同，上次是春天，雨是无声的；这次是秋天，雨声急促而狰狞。相同的是两场雨都要将他扯进寒冷的冬天，推向冰雪峭立对面。好在这次法官不像上次那位严肃，始终和颜悦色劝他和老婆和好。柏永年这里不用劝，他不想离婚，更不想离开孩子。可老婆却流泪对法官说，驿巷与他何干？现在好啦，工作丢啦，什么都没有啦，我不想丢人现眼。

老婆的话，就像大团大团的冷空气，吹向深山峡谷，眼前白雪皑皑，脚下也冰天雪地，他不由自主打起牙颤。瞬间，他又由冰冷的冬天来到了狂风暴雨的夏天，面对飞沙走石，他抱住一棵大树，拼命喊着什么。若干年后，柏永年一直困惑，离婚的法庭上，为啥会出现那么多的幻觉？冰火两重天，也许是他的心境，更是他的忏悔。可让柏永年难受的是，为让老婆回心转意，他竟然"扑通"一声跪在老婆的面前。

让他始料未及是老婆坚定地摇了摇头。

而后都是虚幻，包括提笔签字都如做梦一般。

走出法庭，桀骜不驯的秋雨还在继续，涌动的积水和杂草打着皱褶流向窨井盖，柏永年当时的心情比窨井盖上的杂草还乱。就在那时，他看见老婆也走出法院的大门。看得出老婆也很痛苦，强烈的歉疚涌上心头，他急忙脱下自己身上的外套，想给老婆一点安慰。可老婆态度生硬，甩掉他的外套，一头扎进骤雨中。

冒雨走回字画店，衣服和鞋袜早已湿透，那条不算太远的路程，他足足走了一个多小时，等他打开店门，才发现衣服早已湿透，鞋袜好似泡在水里一般。他已经感觉不出寒凉，打了几个喷嚏之后，他才想起熬姜汤。当他喝完姜汤水，再也控制不住眼泪。两间门面的左半间做了卧室，还有一间半当门面。后面三米多宽的庭院，入住之后，他在一角搭起了两平方米多点的仿古亭阁，淘米、洗菜、做饭都在亭阁里面。他擦擦眼睛想，为啥要保护驿巷？排除祖上因素，是不是有些不着调？否则为啥得不到老婆和孩子的理解？这道驿巷曾经有过祖上辉煌，可眼下那些辉煌早已烟消云散啦。他入驻两间门面，还是租的。一块砖头，拍光了一切，找谁诉苦去？越想越难受，接连踢翻几个板凳，才一屁股坐上八仙桌边生闷气。庆幸的是，受到达道宽的撺掇，开了这家字画店。如果不遇见那个好心的房东，离婚之后，他都不知去往何处安歇。

那个晴好的夏天，阳光就像一把火，烧得他七窍生烟。出狱不久，达道宽找到他说，租个店呀，活命才是关键。达道宽指指他的古玩店说，靠山吃山，恁多文物，不信饿着我？他跟达道宽一起，问下无数家门店，门面紧张，无人外租。垂头丧气之时，一位中年男人匆匆赶来，一把攥住柏永年的手说，冲着你叫柏永年，跟我来。当时柏永年懵懵懂懂地想，我的名字这么管用？中年男人冲着柏永年和达道宽跷起大拇指说，你们不认识我，可我认识你们。中年男人见柏永年还糊涂，笑笑说，新城建成后，驿巷这两间门店一直闲着。柏永年明白中年男人白送他做生意时，万分感动。他当即决定付下定金，可摸摸口袋，一脸作难。他急忙退出门店，悄悄给老婆打电话。可老婆倒好，恶语相向说，你有办公室呀，为啥落到小商小贩地步？出狱之后，老婆态度完全变了，一直冷鼻子冷脸。挂了电话，柏永年一脸尴尬。走进店里，摊开双手，不停摇头。中年男人见柏永年沮丧，大声说，白给你开店，你那里不用作难。柏永年想了半天才说，这么的吧，今年的房租，我打欠条。等手头宽裕之后，再如期付完。中年男人摇头笑，见柏永年当场打下欠条，中年男人当场把欠条撕碎说，往后你手头宽裕了，再说好不好？后来，柏永年总算攒了点钱，中年男人象征性地收了一点租金，柏永年觉得不过意，又抽出十几张票子说，世溷浊莫吾知，人心不可谓兮。中年男人明白柏永年心情，又把十几张票子塞给柏永年说，无论到什么时候，我都请你记着，你叫柏永年。

许二娘真不该提起过往，更不该劝他复婚。勾起这番往事，柏永年再也控制不住情绪，苍凉说，直到如今，我还在自问，到底值不值呢。

许二娘看到柏永年痛楚的模样，呵呵说，记得那晚，你垂头丧气的样子。

离婚那晚，天陡然变凉，秋更深了一层。等天彻底黑了下来，柏永年才深吸一口气，缓缓走到案板前写下"闲以静只"四个字。字是临帖，一笔一画，刻板而认真。夜深人静时，柏永年拍打一番脸庞才开始画画。那天晚上，他不知搓揉了多少张宣纸，沮丧至极，索性连毛笔也丢进垃圾桶里。

后半夜，北风开始发作的，"呼呼"声中还扯带出"哐哐"杂音，眨眼之间，工作、职称、荣誉等，全部消失殆尽。留下的只有一颗千疮百孔的心。北风撞响门窗时，柏永年站了起来，才想起到外面透透气。秋夜中的驿巷，到处都是老旧气息，巷内的青石光滑而坚硬，剥落处早变得凸凹不平。接近东大街时，柏永年才发现有几家门店还亮着灯，他以为亮灯的人家也没睡，怀着好奇，慢慢靠近。那时才发现，做早餐的人家已经起了床，正在悄无声息包小笼包子。葱蒜的香味一点一点侵蚀他的味蕾，饥饿就像贼眉鼠眼的馋虫，一直爬到他的嘴边，还扯带出口水。他不敢多站一会，否则，会忍不住推开店面。

南北驿巷大概有三四公里那般长，东大街像一位蛮横的壮汉抽身把驿巷撕成两瓣，一瓣叫南过驿巷，另一瓣自然叫作北过驿巷。东大街宽阔而喧闹，路灯泛出白生生的光芒好像要把他拽回到现实世界似的。由东大街，他想到了西大街，又想起南大街、北大街，他不清楚中国人造街为啥要追求方正？他去过一趟西欧，巴黎的街巷并不讲究，围着塞纳河弯弯绕绕，还弯出无数古老和诗意；他见过意大利的佛罗伦萨，小镇拐拐角角，好像被一根绳子牵扯出无数花球似的滚来滚去。瑞士的米伦、荷兰的德夫哈芬，都不似中国古老街道这般方正，难道方正才是中国之气？他没去过东南亚和日本，不知道东南亚和东京的街巷是什么格局。反正，中国的古城就像汉字一般，一横一直，又方又正。

穿过东大街，便到了北过驿巷。北过驿巷还是原来模样，看上去翘角、瓦当，还有门当户对啥的，依然健在。一座高挑的更楼上，盘桓出六角亭，亭的翘角上挂有六个铜制风铃。北风过后，风铃摇晃出的声响就像曼妙的音符一般，叮铃铃而去。让人扫兴的是，伴随着风铃声，还有遮雨棚和广告牌之类的杂物，随着北风，发出的哐哐不定的响声，那种响声打乱了风铃的演奏，好像一段音符故意带上一些杂乱的休止符似的。看完北国驿巷后，柏永年想，看来北过驿巷还得整治，不整治，保不准真会坍塌下去。想起整治，柏永年突然打了一个冷战，难道当年自己真的错啦？如果当年不是开发，而是修缮，自己会那么冲动么？他的思想片刻都没有停留，他想，就算修缮，怎样才能恢复古老驿巷的原有神韵呢？苍凉和无奈，再次泛滥起来，愣怔半天，他想，我的痛苦究竟来自哪里？

折返回头，再次走回南过驿巷。

他终于走向了新开发的那段。仿制的楼阁跟原来的建筑风格根本不同，不说犄角、瓦当、柱础、门当户对等等雕刻工艺完全不同，就连石鼓、石狮等等门前石雕作品都改为机器制造，连基本的形似也达不到。尤其仿制的楼阁和古老驿巷的结合处，高低、宽窄两张皮，根本不协调。看上去仿造的小三层、小五层建筑仿佛随时要把这边的古建筑挤翻一般，杵在半空。柏永年看到这些，浑身筛糠般战栗起来，他用一只手摁住另一只手想，为什么他们不听劝阻？

平复情绪之后，一抬头，发现一个人站在梯子上涂抹着什么东西。出狱不久，他便发现新开发之后的仿古建筑已经开始脱漆，朱漆斑驳，桁木拔榫，短短两年多，已经面目全非。假如丁大山还活着，他真想一把揪住丁大山说，看看吧，当年我怎么说来着？可丁大山已经走了，物是人非，找谁说理去？

今天不知咋啦，柏永年特别想看看这种不协调，就像内心的痛苦，非得扒拉出来，暴晒一番似的。他抬腿向前，气喘吁吁，挨近了梯子，才发现梯子上站着的竟然是许二娘。刚开始，他还以为是文物部门在做维护，见许二娘专心致志涂抹门柱，他赶紧收住脚步，不再向前。

他不想让许二娘见到他的沮丧，停住脚步后，一转念，急忙折返回头，还草草跑了几步。

不一会儿，他听到身后响起了叮叮哐哐的响声。他偷偷回头，见许二娘扛着伸缩梯，提着油漆桶，咚咚地朝他走来。他无法躲闪，只好背转身子，站在一边，意思让过许二娘。可许二娘已经发现了他，落落大方地问，咋起这么早？

压根没有睡，何来起早之说？柏永年没有说话。

许二娘问，听说离啦？

他羞愧地转过身子。离婚才半天之多，许二娘怎么知道的？他不想解释，不想说话，呆头呆脑地看着油漆桶。许二娘放下肩上的伸缩梯子说，想想丁大山，就不会难受啦。许二娘的意思，柏永年明白，丁大山早已到了另外世界，许二娘肯定也难受。听许二娘提到丁大山，柏永年"嗯呐"半天才说，你又何苦做这种涂抹？说完这句话，柏永年心里便罩上一口气，那口气凉凉的、涩涩的，其间还夹杂着一些酸涩和热辣。

许二娘还在等着柏永年说些什么。

那会，柏永年什么都不想说了，他突然想起了许二娘的过往。他知道许二娘真名叫许赛花，还知道许二娘在家行二。想不明白的是，那个曾经弱不禁风的许二姑娘，结婚后，为啥性情大变？有次跟丁大山吵架，她竟然手持白刀把丁大山撵到街上。打那之后，有人戏称她为许白刀。后来一个好心人说，喊许白刀太过直白，《水浒传》中有母夜叉孙二娘，许赛花在家行二，不如改称她许二娘吧，从此街坊邻居都改称她为许二娘。丁大山被免职后，抑郁跳楼自杀，打那之后，许二娘好像变了一个人，进进出出，就连走路也是悄无声音的。

人们记得丁大山临走之前的样子，七窍出血，就像一件旧衣服摊在地上。警察、保安拉起一道红线，许二娘那天就站在红线里头。之后，人们见许二娘只身进进出出，从不说话。街坊邻居又多了同情，好心人又将许二娘改称为许赛花，还专门上前说，赛花，不要难过。许赛花苦苦一笑说，叫我许二娘挺好的。好心人弯腰说，对不起，希望谅解我们的轻薄。

到了柏永年这里，反而不太习惯称她为许赛花，原本就是许家二姑娘，叫许二娘顺口，见许二娘变了一个人之后，出狱后柏永年专门找到许二娘，安慰说，都过去啦。

许二娘的苦，只有许二娘自己知道，丁大山活着的时候弄出一堆糗事，走了，又把过错留给了她。当她见柏永年主动安慰，急忙弯腰说，我想替丁大山说声对不起。

柏永年说，丁大山的事，你不用道歉呢。

许二娘说，我不但要道歉，还要向驿巷赎罪呢。

柏永年看看许二娘坚定的眼神，心里多了敬意。

抹漆让柏永年发现，已经够尴尬啦，现在，柏永年不说话，她倒不知说啥好啦。见柏永年有躲避她的意思，只好说起柏永年离婚的事。那时候离婚还是大事，半天不到，传了半个城。许二娘不知道怎么安慰，或许更不该提起这事，可既然说出了口，还得说下去，她见柏永年不吭声，扛起梯子说，日子还得过下去。

日子还得过下去。柏永年重复一句，最后摇摇头说，你也不要太难受啦。

许二娘不再说话，扛起伸缩梯子往前走，柏永年停了下来，回头往这边走。那一会，他的脚步多了沉重，竟然像喝醉酒的人，一步三晃，趔趄而去。

夜风多了寒凉，心思还在蠕动，等他走到古城墙脚下，那时他才知道，泪水早已模糊了眼睛。

3

打许二娘送卤水花生走进字画店后，俩人就这么静静坐着，谁也没有说话。很多话早已化成心思，说与不说，彼此都懂。

柏永年捏起一颗花生，剥了壳，然后一颗一颗地细细咂摸，直到"咂摸"出清香和卤汁的味道，柏永年才说，加了点橘皮，味道果然不同。许二娘听柏永年主动说话，出声问，我来那会，你跟达道宽吵吵什么？

吵吵什么呢？好像没有什么？

许二娘见柏永年不想回答，突然提议说，陪我看看报恩寺吧，我想走一会儿路。

寿州的报恩寺在西大街北边街巷中，据说寿州城内的报恩寺建于唐贞观年间，后经考证，寺庙内的舍利砖塔却建于宋朝。大家就此开始了争论，有说报恩寺建于唐朝，有说建于宋。达道宽一锤定音说，建于唐，修缮于宋，再明显不过啦。大家这才恍然大悟，一起夸达道宽不愧为专家。达道宽摇手说，一项工作干久啦，摸摸砖头就知道哪个朝代的。

关于寿州城的报恩寺，传说很多，其中流传最为广泛的便是"花蛇报恩"之说，说一条花蛇为报施主救命之恩，修炼成人形之后，想着各种办法报答救主。后人为了纪念那条知恩图报的花蛇，专门修建了报恩寺。柏永年考证之后，坚定认为，"报恩"之词，源于《大乘本生心地观经》中关于"四重恩"典故。"四重恩"指"父母恩、众生恩、国土恩、三宝恩"，柏永年说，报恩是寿州人的脾性，建庙示人，意在谆谆教诲。可人们还是相信传说，起码传说简单、直接，还多了具体和形象。柏永年为防止以讹传讹，又列出"回向偈"中"愿以此功德，庄严佛净土。上报四重恩，下济三涂苦"来佐证。久而久之，从理性上来说，人们也愿意采信柏永年的说法。

许二娘突然提出去看报恩寺，想必忘不了心中的苦。柏永年想，几次邀约，均未答应，这次说啥也不能推诿了。许二娘见柏永年点头，突然说，假如丁大山当年常去报恩寺的话，肯定不会抑郁而终的。说到丁大山，许二娘的话头扯开啦，由前世罪，说到现世罪，接着说到投胎转世，最后才说，活着就是一场修行。柏永年不信转世和轮回，假如人与牲畜能交叉轮回，满大街岂不都是畜生变成的人？这种说法不靠谱，说它子虚乌有，也不为过。实际城内还有一座建于乾隆年间的清真寺，信奉伊斯兰教的居民也不少。柏永年想，一座城里，有人信奉真主，有人信奉上帝，有人信道，有人信佛，奇怪的是清真寺、基督教堂和报恩寺、明教寺、奶奶庙啥的都建在一座城里，这可能也是寿州的包容与气度。正待研究之时，却进了监狱。出狱之后，他没有心性做这种研究啦，他想，人有信仰，终究是好，有了敬畏，起码做事靠谱。

许二娘见柏永年还在想心思，笑笑说，问问达道宽，能不能一起去？

柏永年听到许二娘让他去请达道宽，急忙站了起来说，那我问问去。柏永年不一会儿便走了回来。回来后，气息不再周正。见许二娘瞅他，呼哧半天，才从牙缝中挤出四个字，这个家伙。

许二娘想，达道宽肯定没有答应，见柏永年生气，喘了几声粗气才说，算啦。

报恩寺二十世纪七八十年代修缮过，修缮的部分，三年前开始损毁，不过总体结构还算完整，看起来依然气势恢宏的。许二娘走进报恩寺便开始礼拜四方，而后泪光涔涔走进大雄宝殿。柏永年默默跟了进去，静静站在一边。许二娘走进大雄宝殿，便开始烧香拜弥勒，之后朝拜如来，而后才跪拜观世音、文殊、普贤等众多菩萨。跪拜结束，许二娘又合掌在顶，慢慢退出大雄宝殿。这等拜佛礼仪，不知许二娘何时学来的？柏永年跟在许二娘身后，慢慢走出大雄宝殿，随后，走到院子左边的一棵柏树下站住。那会，许二娘的祷告还没有结束，柏永年见她合掌在胸，一直绕着大雄宝殿转圈。一圈又一圈，转了八九圈，才放下手，走向柏树下站着的柏永年。等许二娘走到柏永年面前，柏永年才发现许二娘眼中早已蒙上湿漉漉的雾气。柏永年不想问及具体，更不想问许二娘祷告什么，只问，走么？

许二娘不说走，也不说不走，而是用手按住心口，一字一顿说，这里憋屈。

柏永年明白许二娘意思，他还是不想说话，而是看着宋塔发呆。他想起了七八十年代，金棺银椁出土时的情景，那时柏永年癫狂一般地跳起来喊，舍利子，寿州的，报恩寺呀。人们并不知道金棺银椁的价值，只知道金子和银子的贵重，以为柏永年见财眼开，捡到宝贝了呢。

见柏永年发呆，许二娘这才说，回吧。

柏永年默默跟在许二娘身后。许二娘走路的姿势，僵硬而臃肿，从后背看，早没了当年许家二小姐的影子。柏永年出生在二十世纪五十年代初，许家二姑娘出生在二十世纪六十年代中期，柏永年上初中时，许家二小姐才出的世。柏永年清楚记得要"红鸡蛋"一幕，他一手拿着一个红鸡蛋，手舞足蹈之时，一回头发现躺在竹椅上喘息不定的许家老太爷一直咧嘴在笑。柏永年感觉自己有些失态，立马屏住呼吸，彬彬有礼地上前给许老太爷鞠了一躬。许家二姑娘十三四岁时，许老太爷走的，那时一条街的人都穿了孝袍。柏永年结婚后，见过许家二姑娘几次，不过，那时候的许家二姑娘早已出落成袅袅婷婷、模样羞涩的大姑娘啦。嫁给丁大山后，刚开始几年，许家二姑娘还如当姑娘时一模一样，微笑、走路，都是悄无声息地。可丁大山当上文化局局长后，她的性情不知为啥就变了。后来听人风言风语说丁大山的风流韵事，柏永年还为许二娘抱不平。为了评定职称的事，柏永年找过丁大山，那时已被人们称之为许二娘的许家二姑娘还在一边帮腔说，柏家大哥不是外人。至于许二娘拿刀追赶丁大山，变了一个人，可能因为那些破事折腾的。好在丁大山走了，许二娘又变回了过去，先是不动声色地辞职，后来，打扫下驿巷内的祖房，重操祖业，做起了银器生意。柏永年知道，许二娘多半为他和达道宽辞的职，也知道许二娘想替丁大山赎罪，现在看来，许二娘不欠驿巷任何东西，更不欠任何人一份情。让柏永年想不通的是，对丁大山那么不满的人，待丁大山走了，却又选择替丁大山赎罪？从许二娘的僵硬身姿中，柏永年也看出了自己内心的沉重，他走得缓慢而阻滞。柏永年越走越慢，与许二娘拉开了很长的距离。许二娘感觉出柏永年的异常。回头看柏永年落下很远，便停了下来。待两人并肩而行时，许二娘才指指心口说，难受。

难受这种东西特别奇怪，说了出来，反而放大了它的存在。柏永年笑笑说，憋着，选择就要容忍。俩人又拉开了一段距离，一前一后往回走。等走到南过驿巷临近东大街的巷口时，一抬头，碰到达道宽礼送几位顾客。几位顾客都是老板装扮，有人手里捧着甑，有人怀里抱着甗、甗之类的仿制品，还有一人手上捏着几块郢币的模型，叽叽喳喳，样子特别开心。达道宽挥手告别之际，见到许二娘和柏永年一前一后向他走来。达道宽好像撞见鬼神一般，扭头、撩步，一气呵成。

见达道宽这般举动，柏永年心中的沉重变成怨气，故意对着达道宽的身后喊，嗨，小心折腿。见达道宽没有搭理他，柏永年这才回头悻悻对许二娘说，他就这副德行。

柏永年知道，达道宽肯定又卖出不少仿制品，这个家伙，也不知他的炉窑或者铸件房建在什么地方？仿品既然能源源不断生产出来，肯定离不开一座像样的炉窑抑或铸造房。柏永年过去曾问过达道宽，用电炉烧坯还是热铸？达道宽只说，五行八卦，用啥啥成。这个家伙，神神道道的，不说话，也没有必要跑呀。想到这里，柏永年又回头对许二娘说了一句，达道宽人不坏，就是心气小了。

许二娘没有说话。

过去柏永年找过达道宽，让他不要跟许二娘计较，柏永年说，就冲人家跟着辞职，我们就该尊重她。可达道宽不听柏永年的劝说，还扯着嗓子问，弄成今天模样，我跟谁计较？从那会开始，柏永年发现达道宽气量变小了。让柏永年困惑的是，达道宽气量小了，倒也罢了，可他的钱心还越来越重。过去不说达道宽视金钱如粪土，起码不贪婪、不爱财，更不会贪占任何人一分一厘的好处。现在呢，张口闭口都是钱。有人识个宝、鉴个物啥的，常常把手一伸，钱呢。如果仅仅这样也就算了，从前年开始，他又多了爱占人小便宜的毛病。一次他们一起逛街，买了一点板栗，他倒好，拿起板栗就走，害得柏永年跟在后面付款。之后，柏永年早防了他这一手，不跟他一起买东西或者吃饭，眼看占不到什么便宜了，他又变得特别抠门，甚至到了用电用水都斤斤计较的地步。柏永年想，就这么个人，在我遇到困难时，为啥还会出钱帮我？那是柏永年离婚的第二年冬天，生意冷清，生活陷于困境。就在某天的下午，呼啦啦来了不少文物专家和文化学者，说喜欢他的字画。柏永年高兴呀，捧出满意的画作和书法作品。那些人不问价格，掏钱买了大几千的作品走人。他们走了，柏永年想到达道宽那儿显摆下，他捏着一把钱，嚷嚷请达道宽喝酒，达道宽斜睨眼睛说，不去。柏永年拍拍那些仿品说，假亦真，真亦假。真假达道宽，不想占点便宜？就在他得意扬扬踱步走到货架背后的藏物间，一抬头，发现下午卖出的那些字画，竟然都在货架下面。柏永年傻啦，指着达道宽就问，那些人你指使的？成心侮辱人咋的？达道宽不紧不慢地说，给你钱你不会拿的，喏，先渡过难关再说。

唉，这个达道宽，真是难以说清的人。

后来受到达道宽的启发，柏永年如出一辙帮助许二娘，不知道许二娘有没有他当时的心情？柏永年后来常常想，人呀，复杂着呢，即便面对达道宽，也无法说清他的心思。柏永年从那时开始，打定主意，不管达道宽怎么对我，我这里再也不跟他争论啦。

可达道宽那里依然不作改变，偏偏喜欢争论，当达道宽发现柏永年了解到事情真相后，并不让柏永年说出感激，而是鼓着鱼泡眼喊，生意得按生意来。

柏永年面对达道宽的教诲，既惭愧又感动，可心里依然不服，小声问，你让我去画钟馗？画什么花鸟虫草？

达道宽抖抖肩膀说，赚钱才是第一位的。

气得柏永年只好再次搬出《楚辞》，高声道，修夸，非世俗之所服。

达道宽跺脚说，行行行，就算你把《楚辞》《诗经》全背下，看看能不能买下一个馍馍？

柏永年忘记了感动，刻薄地喊，有人活气，有人活命。

达道宽毫不示弱，掐腰说，从此，你活你的气，我活我的命，别过。

没有办法，面对达道宽，不争论不行。

不说过往，就说今儿，明明达道宽不对嘛，邀请你去，说啥都不去。碰个对面，又撩腿就跑。就算丁大山活着，仇怨也该结束啦？想起这些，柏永年内心纠结成一堆乱麻，不知怎么劝慰许二娘。

倒是许二娘平静如初，路过达道宽的古玩店时，还笑嘻嘻地喊了声，达老师好。

可达道宽居然装作没听见。见许二娘转身走了，又特意"呸"了一口。

按照过去，柏永年肯定会上前大吵一番，现在他不想做这种无谓的争吵啦。达道宽这么做，肯定有他的理由，姑且理解吧。

打开店门之后，柏永年又坐在了八仙桌旁，许二娘随后跟了进来。柏永年见许二娘满腹心思站在一边，几次想张口，可话到嘴边，又生怕缺胳膊少腿，索性什么也不说了。

许二娘见柏永年比她还难受，突然笑出了声。

就是那时，店里走进两个年轻人，一高一矮，一胖一瘦，高胖、矮瘦，实际还是两个人。两个人目光停在字画上，样子有些挑剔。

柏永年赶紧站起来招揽顾客。高胖的看看柏永年，大咧咧问，有没有花鸟虫鱼？

柏永年不作回答，又回到八仙桌旁。

矮瘦的对高胖的说，老房子、老巷，不好看。

就在那时，许二娘上前说话啦，许二娘话里多了自豪和骄傲，她问两个年轻人，知道他谁么？两个年轻人不知柏永年是谁。经许二娘这么一吆喝，居然扭头走了。

顾客走了，许二娘又回到八仙桌前的座位上摇头说，年轻人，不懂哦。说完，自嘲一般笑，笑完问，知道这会我想起啥啦？

柏永年摇头。

许二娘说，我突然想起你曾经写过的《信天游》啦。

《信天游》？那是出狱不久，愤懑不已，奋笔疾书的。

　　　　天上小雨飘飘清
　　　　古城生了祸害精
　　　　驿巷开发狐假虎
　　　　寿州政客打锣鼓
　　　　赵钱孙李郑吴王
　　　　哪管驿巷存与亡
　　　　仗义执砖身不屈

驿巷听风志不移

听许二娘吟诵出声，柏永年连连摇手，这等顺口溜，不作算，不作算。

许二娘不想听柏永年的解释，慌乱中，她抓住了柏永年的手。

那时，俩人突然间什么也不说了，握着的手，也像磁铁一般紧紧吸附在了一起。

4

许二娘才离开了字画店。达道宽就捧着茶杯，撩着大步、一伸一缩走进店来。有人说，达道宽上身短，下身长，走路就像鹭鸶一样。实际这种形容多有夸张之处，论起达道宽走路，因其腿长，撩开大步时，看上去一高一低、一伸一缩罢了。柏永年印象最深的倒不是达道宽走路，而是他的鱼泡眼，只要跟人抬杠，那双鱼泡眼仿佛要夺眶而出一般。见达道宽睁着圆鼓鼓的眼睛，柏永年故意扭过头去。达道宽这边先吐吐舌头，而后呛出一声傻笑。笑完，就坐在八仙桌的另一边，捏起碟子里卤水花生就往嘴里搁。

柏永年一把捂住碟子，好意思，谁让你吃的？

达道宽嚼得满嘴扑香，又抢出几颗卤水花生才说，那啥？我是无法谅解的。

那啥走了多少年啦？说白了，他也是受害者嘛。见达道宽根本听不进，柏永年话锋一转，变成了讥讽，大声说，你这个家伙，既然能原谅老市长，为啥就不能原谅丁大山？

猛然间说到老市长，达道宽半天才回过神，拧着脖子说，不一样。

怎么就不一样呀？按说老市长才是始作俑者。

达道宽说，不一样就是不一样。

柏永年学着达道宽的样子，大声"呸"了一口。

大概就在前年这个时候，那个喜欢用宽大手掌摁住别人肩膀的市长得了癌症，当他感觉自己不久于世之后，对儿女说，我想看看寿州的驿巷。老人的心愿得到满足，儿女开车来把老市长送到了南过驿巷。一行人走进柏永年的字画店时，轮椅上的老市长好像忘记了曾经的不快，上前握住柏永年的手说，好呀，柏研究。

柏永年不想说话，也没有必要说话。

陪同的现任领导说，老市长念旧，说句话呀。

柏永年终于说话了，他压住气息，冷嘲热讽地问，他谁呀？

老市长呀？口上喊着呢。柏永年扭过头，硬生生装作不认识，弄得老市长特别尴尬。很快，老市长便去了达道宽的古玩店。可达道宽倒好，不仅一口一声老市长，还追了几百米，送上一只仿制的甗。柏永年事后知道情况后，大骂达道宽。达道宽却大度说，人之将死，其言也善，不能让他带着愧疚走吧？

当时柏永年肺都气炸啦，当场扯着达道宽的胳膊问，那你为啥不能原谅许二娘？

气得达道宽甩开柏永年的手说，不解释可行？

柏永年恼了，摸着心口说，良心呢？

达道宽学着过去柏永年的口吻，"喊"了一声，而后才说，我这里涉及尊严呢。

尊严？什么狗屁尊严。

达道宽不解释，柏永年便认定达道宽找借口，故意跟他斗气。

事后柏永年问及许二娘，丁大山当年是不是伤害过达道宽？许二娘想炸脑壳子，也想不出丁大山如何伤了达道宽的自尊。在柏永年不断提示下，许二娘想起一件事，满脸疑问说，是不是因为她？

那个她，柏永年当然知道指的是谁，柏永年摆手说，八竿子打不着。

你怎么知道八竿子打不着？许二娘说完这话，突然间难受起来，眼前再次飘出那个女演员的样子，蜂腰、细颈，说话有气无力。许二娘打死也不愿意回忆那段往事，正因为有了那个她，丁大山横竖不回家，酩酊大醉后，还闹离婚。最初只是吵架、规劝，加上苦口婆心。可丁大山依然执迷不悟，许二娘急了，才拿刀拼命。后来，丁大山被别人逮个现行，听说达道宽把丁大山堵在办公室，高声叫骂。当时有人猜测达道宽是不是跟那个女演员有一腿？否则咋就惹到他了呢？让看笑话的人百思不得其解的是，达道宽骂过丁大山后，还找了市长，听说市长还让他就此打住。事后，市长找到丁大山，让丁大山注意形象，千万不要胡作非为。吓得丁大山跪在地上承诺，从此就是市长的一条狗，指东不往西。想到这些，许二娘小声说，或许为了她，达道宽的气还没消呢。

柏永年说，要说达道宽是个戏迷，我信；说那，不信。

许二娘又捂住脑壳猜，一一排除，最后许二娘说，你问问达道宽不就知道啦。

柏永年事后问达道宽，达道宽提示说，那声笑，记着呢。

什么笑？笑能伤及尊严么？

回到现实，柏永年见达道宽依然笑着吃卤水花生，心里添堵，柏永年伸手夺过碟子说，想吃，找许二娘要去。

达道宽用手抹抹嘴角说，卤水花生就是香。

哦，现在夸卤水花生香啦？刚才许二娘主动打招呼，为啥不说话？柏永年把碟子抢了过来，放在"上头"边儿问，今儿想成心气人？

达道宽说，唔，我就是不想跟她说话，你心疼也没用。

这个家伙，我心疼咋啦？你不能原谅她，就别吃她送来的东西。

说来也怪，只要许二娘送来什么吃的，达道宽总会闻着味儿赶来。按说，贪占这口吃的，没啥。可你得原谅人家呀？柏永年很快想起一件事，那天晚上，许二娘送来几个卤猪蹄，许二娘前脚刚走，达道宽跟了进来，二话不说，拿起一只卤猪蹄就啃。柏永年说，自己买去。达道宽说，小气鬼，别以为我占了你的便宜，你欠我人情账呢。

这个家伙，什么都记着呢。由人情账，柏永年很快想起重阳节晚上的事。那天晚上，达道宽邀约过去的同事，说老大不小的一帮人，一起过过重阳节吧。说完，还郑重其事地邀请了柏永年。很长时间没见面，又值九九重阳，一帮人高兴得不知啥样子。一番肥吃海喝后，眼看就要进入尾声。达道宽突然站起来对大家说，饭钱我留给了柏永年，现在有点急事，先走一步，先走一步。说完，大步流星地蹿出餐厅。柏永年知道达道宽的鬼把戏，没想到这么重要的场合，还要故技重演。生气说不出，谁让自己来的。眼看大家高兴，只能暗吃哑巴亏，结账、送客，好像达道宽真的把钱留给他似的。等客人都走了，柏永年气哼哼地找到达道宽。你猜怎么着？达道宽没事一般，在店里听京剧呢。见柏永年气鼓鼓兴师问罪，达道宽掸掸衣袖说，谢谢结账，我这里都记着呢。一个记着，拖到今天也没了下文。事赶凑巧，不久，达道宽的老同学听说柏永年的字画有了进步，想买一幅古驿巷画作送人。达道宽听后，大包大揽说，等着。他走到柏永年的字画店，随手卷走好几张。柏永年问他干什么？他说，记着，记着呢。记着什么意思？

等柏永年回过味时才明白，合该达道宽把当年曾经周济他的钱，又拐弯抹角捞了回去。

越想牵扯越多，柏永年赶紧调整口气，大声说，我今儿想说的重点是，既然能谅解老市长，就能原谅许二娘。

达道宽"呼啦"站了起来，瞪着鱼泡眼说，想都别想。

柏永年突然睁大了眼睛，许二娘做错了什么？

她错在嫁给了丁大山。

柏永年突然哑口了。

老市长离开驿巷不久，柏永年曾建议许二娘主动给达道宽送点烟酒。许二娘听了柏永年的劝，提着酒，专门到古玩店去看达道宽。达道宽见许二娘上门，"嗤"地蹿到店外，高声喊，丁大山看着呢。把许二娘气得当场摔了酒。柏永年事后找达道宽理论，达道宽说，让我谅解她，除非丁大山又活了回来。气得柏永年差点吐血。柏永年后来又问许二娘，好好想想，什么时候得罪过达道宽？许二娘想了半天，摇头说，能想起来的话，倒没有这般苦恼啦。

最后柏永年只好再问达道宽，达道宽进一步提示说，让她想想我去她家那回。

柏永年说给许二娘听，许二娘搜肠刮肚想起一件事。那是柏永年刚评上高级职称的第二年，达道宽到处托人申报高级职称。按说，以达道宽的资格、贡献和能力，评个高级职称不算难。可文管所的一帮人不同意，连所长也不替达道宽说话。达道宽不知症结所在，上门哀求丁大山帮忙。丁大山那天喝了酒，口舌松了，特地暗示达道宽说，要跟同事搞好关系。达道宽听到丁大山那般说，当场急眼啦，嗷嗷说，我跟同事之间可好啦，问问文物所，哪个不是我的亲兄弟？实际达道宽蛮可怜的，人家把他卖了，他还跟在后面数钱呢。可达道宽倒好，听到丁大山说他不团结同志，居然掉转话头说起了女演员。还说，因为她，记恨人，恶心。真是哪壶不开提哪壶，丁大山为女演员的事情，一直遭到许二娘诟病，现在倒好，达道宽居然不管不问，当着许二娘的面，旧事重提。丁大山慌了，一把揪住达道宽说，无理取闹么。

达道宽一把推开了丁大山，一屁股坐在沙发上说，既然你不主持公道，我也不要颜面啦，从此，我就在你家门前坐着。许二娘听达道宽那么说，突然冷笑一声说，一个堂堂考古专家，竟然如此不讲究？许二娘冷笑之后说，要闹，到他办公室去。许二娘不知道当时自己那声冷笑，到底什么样子。反正达道宽听到他的冷笑后，站了起来，头也不回走了。许二娘说完这些经过后，柏永年一拍大腿说，症结就在这里，那个家伙，自尊心极强，肯定以为你瞧不起他。明白了症结，柏永年去劝达道宽。达道宽说，如果仅仅为这，我这里也可以原谅，可你知道的，平素我最瞧不起没有骨气的人，想呀，但凡她有点骨气，早离婚啦。

许二娘怎么没骨气啦？真要对比的话，只怕她比你强多啦，柏永年高声说完这些，又指指达道宽说，气量还不如麻雀呢。

达道宽这里还是固执己见，大声说，你是你，她是她，分清楚可行？

回想起这些，柏永年再次掂量前后经过，思忖半天，又想，症结肯定不在许二娘那里，这家伙说白了，一直跟我较劲。想到这里，柏永年把"上头"放着的卤水花生又端到桌子上，哀求说，有气冲我来，别冲人家许二娘可好？

达道宽那里擦完嘴，讪笑说，你是不是单身久啦，闻到女人味儿就糊涂啦？

柏永年真想给达道宽一个耳光，可面对达道宽，他只能委曲求全。可你达道宽得知道好歹呀，想到这里，柏永年挥挥手说，滚吧，别在我眼前晃荡。

达道宽站了起来，一步三晃，走出店门。

气得柏永年一拍大腿，站了起来喊，小心折腿。

5

柏永年正坐在八仙桌边打瞌睡，叽叽喳喳的说话声吵醒了他。抬头一看，黑压压的一群人把字画店围得水泄不通。打头的那位不仅陌生，服饰还有些异样。这些人干啥的？揉揉眼，再次凝视打头的那位。那位身着长袍和坎肩，还一脸和善朝着他笑呢。

笑什么呢？柏永年愣怔一下，跟着站了起来。

有人见柏永年发呆，急忙介绍说，艾先生看你来啦。

艾先生，艾哈迈迪？定睛一看，可不是么。小二十年啦，艾先生怎么来啦？他急忙走上前，张开了双臂。

艾哈迈迪也迎上前，抱住了柏永年。艾哈迈迪操着一口流利的汉语说，嗨，小伙子，到了寿州，我就急忙赶来看你。

听到艾哈迈迪喊他小伙子，柏永年摸摸稀疏的头发，苍凉笑笑，而后泡茶、拉板凳，央请艾哈迈迪坐下。

板凳有限，有人还得站着，柏永年抱起双拳，示意抱歉。门口站着的那些人七嘴八舌说，随意，随意。柏永年这才发现，门前站着的那些人有的似曾相识的。倒是艾哈迈迪身后随着的年轻姑娘和小伙子十分面生。再看，发现姑娘衣着华丽，小伙子西装革履，谁呀？艾哈迈迪见柏永年一直看着他身后的两个年轻人，急忙让过身子，拉住小伙子说，我孙子，看看长得多高。柏永年抱抱拳，艾哈迈迪又介绍那位年轻的姑娘，说是他的孙媳妇。两个年轻人看上去并不冷漠，始终笑眯眯的。待两个年轻人坐下后，艾哈迈迪说，他俩就在新疆工作，听说我来寿州，闹着一起来啦。

柏永年这边说挺好，那边又站起来抱拳对着众人说，各自安歇呀。

大家摆手说，不客气。

见大家都找到合适位置安静了下来，柏永年这才激动说，想不到呀，艾先生还记得我。

艾哈迈迪说，记得，记得。当年我说，所有的古老都是用烟火勾勒的，是你带头鼓的掌，如何能忘？

不提这些还好，提了，让柏永年突然想起了过去，尤其想起了之后的争论。可柏永年不好当面把这些过往都说了，他怕艾哈迈迪听不懂他的寿州话，尽量憋成普通话腔调说，感谢先生念念不忘寿州和驿巷。说完，柏永年对着艾哈迈迪跷起了大拇指。

艾哈迈迪孩子一般地笑了。

站着的有人插话说，知道你的事后，艾先生还流泪了。

柏永年弄个大红脸，多大的事呢。艾哈迈迪见柏永年害羞，劝慰说，过去的都过去了，听人说，你一直想通过画作恢复古老驿巷的神韵，我倒想看看先生的画作，不知妥否？

柏永年听到艾哈迈迪要看画，站起来说，说来惭愧，一直画不出古老驿巷的神韵。不过倒是有张稍稍满意的，这就拿来让先生鉴定。

柏永年走进卧室，翻箱倒柜，找出那张《驿巷风情》。那是幅六尺的画作，从构思到完工，柏永年整整用去一年多时间。这里还不包括开画之前他认真临摹北宋画家张择端的《清明上河图》啥的。拿出画，捧在手里，柏永年心里彻底打翻了五味瓶，想起那段日子，他真想号啕大哭一场。临摹之前，他整天对着宣纸，猜想张择端的心境，先从一牛、一骡、一马开始，最后才从车、轿、船和房屋、桥梁、城楼以及结伴而行的三五人群中，寻找需要把握的精髓。可问题是，怎么临摹，都达不到张择端笔下的那种神韵，一次次失败，一次次从头再来，等局部临摹有些相似之后，又开始临摹整幅作品。画作出来，回头对比，怎么也表现不出张择端的味道。心里难受，撇开张择端，开始研究明清建筑风格。稔熟明清建筑特点之后，才开始创作的《驿巷风情》。整个创作阶段，柏永年常常夜不能寐。不说构图，就连局部处理都会陷入了困境。他一直在具象和意象中摇摆不定。不知搓揉了多少张宣纸。某天早上，许二娘迎着霞光走来，从大致轮廓中，他窥视出许二娘内心的安静。于是，他获得了新的创作灵感，对，不能太过真实，须得在写意上下功夫。当他定位到"滋味浸染"后，才算找对了路子。于是他在后庭花园、三眼井、六角亭等细节处理上，尽量描摹出一种味道。为了那种味道，他常常一个人坐在六角亭的对面，苦思冥想。有天，他看到了一只猫卧在风铃的下面、风铃迎风而响，猫却一动不动。他再次获得灵感，成了，这种祥和、安逸，就是他寻觅很久的味道。春夏秋冬，四季轮回，不知道荒废了多少宣纸，等他画好《驿巷风情》时，天空已经飘起纷纷扬扬的雪花。过了正月十五，他找来了达道宽，达道宽又电话喊来另外几个画家，大家鉴赏之后，一致称赞说，写意时，大开大合；细节处，笔致精细。尤其沧桑和寒凉情绪，表达完整，透出一种浓浓的忧伤气息。达道宽当时还神情庄重地念叨一声"魂魄归来，闲以静只"，然后才豁达地说，这家伙，想通过苍凉表现大彻大悟之后的祥和，进而表达魂魄安定之后的那份阒寂。

柏永年随着大家的点评，眼泪哗哗流了出来，他连连摆手说，味道不及，不及呀。

现在，《驿巷风情》就铺展在仿古案板上，艾哈迈迪拿着放大镜，不停查看。看到最后，艾哈迈迪揉揉眼睛说，可贵之处在于画作中透出的祥和和安定，包括那份忧伤和寒凉。艾哈迈迪夸赞完之后，突然流出泪水说，由你的驿巷，我想到家乡的巴米扬大佛啦。艾哈迈迪用衣袖擦干泪水说，老了，容易伤感，见笑啦。

谁也不知道艾哈迈迪当时想起了什么，见艾哈迈迪流泪，柏永年赶紧抽出几张抽纸，递给了艾哈迈迪。艾哈迈迪接过抽纸，并不擦拭眼睛，反而目光涔涔地说，人世间，唯有祥和最珍贵。柏永年知道艾哈迈迪想说什么，他知道不能就此话题继续说下来，他急忙岔开话题，说起画画经过。艾哈迈迪越听越激动，最后把手放在画作上，久久不愿拿开。

见艾哈迈迪如此喜爱《驿巷风情》，柏永年心中增添了豪情，提气说，先生如果喜欢，这幅画送你啦。

柏永年突然说出这句话，让在场所有人都感到吃惊，单就听柏永年说画画过程，就已经很感人啦，一年时光，其中艰辛不是能用钱去衡量的，可柏永年没有丝毫犹豫，爽快答应送给艾哈迈迪，他还亲自卷轴，装进画盒中。

艾哈迈迪接过画作，激动地攥住柏永年的双手，扭头对孙子、孙儿媳妇说，跪下，快给先生磕头。

柏永年怎么好意思承受两个年轻人的跪拜，急忙拉起小伙子的手说，冲你爷爷对寿州和驿巷的尊重，送幅画不算什么。

艾哈迈迪听柏永年那么说，一把抱住了柏永年，老泪纵横地说，先生，你的慷慨，我的子孙永远都会记住的。

就在那时，人群中多了骚动，柏永年一抬头，发现达道宽正拨开人群，往里走来。达道宽当年也曾见过艾哈迈迪，只是艾哈迈迪对他没什么印象。达道宽见艾哈迈迪还这么硬朗，上前捅了一拳说，终于来啦。艾哈迈迪被达道宽捅得一愣，达道宽不管不顾地说，我一直想当面求教呢。想想看，历史和文化，岂是一句"烟火"能敷衍的？历朝历代的社会、人文，尤其经济发展水平，"烟火"如何囊括？

艾哈迈迪感觉出达道宽的咄咄逼人，回头问柏永年，这位是？

柏永年剜了达道宽一眼，而后淡淡说，他呀，一个倒卖仿古文物的家伙。

达道宽没想到柏永年会这么介绍他，气得吹胡子瞪眼睛，正想急赤白脸做一番自我介绍，可艾哈迈迪并不看他，又扭头去跟柏永年说话。达道宽急了，不顾一切地扯住艾哈迈迪的胳膊说，别听他胡咧咧，我，他指着自己的心口说，达道宽，寿州的考古专家，郢币，楚国的。金棺银椁，舍利子，北宋的，听说过？

艾哈迈迪有点发蒙。

柏永年这才正儿八经地说，他确实是考古专家，跟我一样，失去了工作。

艾哈迈迪这才扭头握住达道宽的手，久久不愿放下。

松开达道宽的手，艾哈迈迪又回头对柏永年说，这次寿州清真寺举办活动，邀我参加，说着，艾哈迈迪从随身携带的布袋中掏出一本发黄的《古兰经》，而后神情肃穆说，我知道，你不信。可我想把它送给你，愿真主保佑。

柏永年接过《古兰经》，弯腰致谢的时候，达道宽急忙拉起艾哈迈迪的手说，走，去看看我的古玩店，看看我做的甋、甄、鬲、簋、盥啥的。

柏永年总算逮住了机会，挤对达道宽说，说了半天，哪样古物不与烟火有关呢？

达道宽一时找不到反驳的话，脸忽然红了。

倒是艾哈迈迪显得自然而大度，呵呵说，我这就去，感谢真主，让我结识了你们。

艾哈迈迪站了起来，在众人的簇拥下，向古玩店走去。

看得出，这次接待与上次不同，上次是政府出面，这次是清真寺邀请。规格虽不同，可热情都是一样的。柏永年不想凑热闹，挥手告别了艾哈迈迪，又回到八仙桌边。突然而至的激动，打破了柏永年内心的宁静。柏永年无法抑制内心的兴奋，边顺手捧起《古兰经》，抚摸一番后，突然想起了许二娘，对呀，今儿这边如此热闹，怎么没见她呢？他想跟许二娘说说艾哈迈迪，说说两次交往的印象。放下《古兰经》，他急步走上驿巷。才走几步，发现许二娘的店门上了锁。去了哪儿呢？柏永年怔在驿巷内，不由自主，掏出了电话。

许二娘说，我上街买点油漆和莲藕。

柏永年放心了，连说，你忙，你忙。

挂了电话，柏永年心思全乱了。

6

最近一段时间，柏永年老是梦见许二娘，有几次梦见许二娘拉着他的手一齐奔跑。梦境多数都在驿巷中，一道巷子，就他们两个。他们毫无顾忌地靠在门柱上亲嘴。还有一次，梦见许二娘靠在他的怀里说，再坚硬的城池，也有被攻破的时候。他激动地搂着许二娘的脖子说，我不是城池，也不是堡垒，我的大门始终向你敞开。弄得许二娘刮了一下他的鼻子，翻身跑了。他拔腿就撵，跑着、跑着，睁开了眼，一切不过一场美梦。

后来，这等杂七杂八的梦越来越多，他已经分不清哪是现实哪是梦境。现实中的许二娘不太说话，他也不怎么说话。可梦里的许二娘和他，都是话痨。他清楚记得，一次梦见许二娘光着身子，骑在他的身上喊，我是小花蛇，我要报恩。那时，柏永年也跟着喊，我是小花蛇，我也要报恩。高潮迭起时，他再次醒来。醒来之后，柏永年短裤居然黏稠一片。他知道怎么回事，这么多年啦，他没有想过那种事，可梦里居然想了，还那般龌龊。

有几次，他想问问许二娘有没有梦见过他，可他张不开口，他想，许二娘比他小十几岁，就算做梦，肯定不会梦见他这样的人。苦闷就像蜿蜒流淌的水，一直潺潺向前。那时，他便开始踱步，边走边默念《大招》。他喜欢"魂魄归来，闲以静只"八个字，他知道这八个字后面还有一些话，那些话总能让他慢慢走进安静。艾哈迈迪走后，他想，抽时间，一定跟许二娘说说《大招》，省得她整天拜菩萨。

胡思乱想时，许二娘端着碗走到了字画店门前，许二娘还如过去一般，先看门额，后看门柱，然后看案板，最后才看柏永年。见柏永年脸色潮红，许二娘心生好奇，缓步走到八仙桌，哆哆嗦嗦放下碗。

碗里存放的是莲藕汤，还冒着腾腾热气。许二娘努努嘴，意思让柏永年趁热喝。

实际柏永年这会不想喝莲藕汤，他想说话，可话到嘴边，又不知道说啥好了。好半天啦，想好的，说《大招》，可《大招》不知道藏在何处啦？想了半天，柏永年看到驿巷内的晚霞，才有了开头，忙说，安定才有滋味，也不知你我祖上怎么生活的？

许二娘没有想过这等问题，祖上的事情听说过一些，起码门面房不是现在这样，听说门厅之后，还有五六进房子，正房、天井、厢房、廊道，复杂着呢。当然也听过说许家和柏家的恩怨，这等事情早已过去，提它干么？许二娘想到这里，岔开话头问，艾哈迈迪能看你，说明他也在意驿巷呢。

是呀，一个阿富汗老人都能惦记驿巷，何况我等？想到这里，柏永年再次拉着许二娘的手说，可惜的是丁大山想不开，我这里，一点不后悔。

许二娘说，我信。说完这句话，许二娘抽出了手，催着柏永年把莲子汤喝啦。柏永年这才咕咚咕咚喝完莲子汤，而后放下碗。许二娘拿起碗，小声说了句，别胡思乱想啦。之后，又慢慢走出字画店。

谁知道，许二娘走了，柏永年心思更加浓稠了，他没有去过阿富汗，但他坚信艾哈迈迪肯定跟他想法不同，起码不似他这般视角狭隘。他又想起了那场打斗，他至今都不明白为啥把那个青年当成了罪犯？人家奉命拆迁，不该大打出手呀。也许那会他想起了祖上，想起了热气腾腾的驿巷生活；也许当时脑子乱成一锅粥，涌出的都是执念，谁伤害驿巷，谁就是罪犯。劳动改造时，他一直反思自己，劳动路上，逮到了机会，专门问及达道宽。可达道宽倒好，大喊大叫地说，任何一个文化研究员和考古专家碰见那样的事都会大打出手的。是呀，虽说身负责任，可还得讲究方式方法，打打杀杀，有失体面。

吃了饭，上了床，柏永年好不容易睡着了。可乱七八糟的事情跟着梦境来了，这次做梦更加稀奇，他居然看见翘角唱歌，风铃弹唱，门楣和桁梁跟着跳舞。一个翻身醒来，再也不想睡了，一直睁眼熬到天亮。

吃完早餐，天阴了，北风顺着驿巷钻进门店，八仙桌那儿特别冷。柏永年没事，刚想走动几步，突然接到达道宽的电话。达道宽只说一句话，快来，而后就没了声音。

出了啥事？柏永年急忙跑向古玩店。

走进古玩店，柏永年慌了，发现达道宽歪在地上，口中吐出了黏液。

柏永年慌忙问，咋啦？达道宽不能说话，颤抖的手好像指着什么。柏永年背起达道宽冲出古玩店，一口气跑到东大街，拦住了出租车后，便打通了达道宽老婆的电话。

两个月之后，达道宽出院的。这期间，柏永年看过达道宽几次，最后一次，达道宽已经能说话了，只是口齿不太清楚。他对柏永年说，让你咒着啦。柏永年想起过去胡乱中说的那些混账话，特别不好意思。达道宽住院一个多月，柏永年更加孤寂，他想，那家伙在眼前晃悠倒没觉得珍贵，冷不丁住院啦，心里反而空落落的。连续跑医院，达道宽看出了柏永年的心思，笑着说，看来还是离不开我吧，算啦，往后别来了，过几天我就出院啦。

就在今天清早，柏永年晃晃悠悠走上驿巷，一抬头，发现古玩店的门开了，柏永年不管三七二十一，一头扎进店里喊，是达道宽吗？出院啦？近至货柜间才发现，达道宽正坐在椅子上擦拭仿古物件。柏永年急忙上前说，真是你呀，说好就好啦？

达道宽站了起来，指着嘴，又踢踢腿，而后说，好啦。柏永年这才发现，达道宽的嘴歪了，腿瘸了。柏永年急忙上前扶住达道宽说，没好利索干吗出院？达道宽摇头说，这辈子好不利索啦。说话间，达道宽拖着瘸腿，捧出另外一件仿制的物件。柏永年急忙上前拦住达道宽说，往后这些事，我来。达道宽歪嘴笑，笑完之后说，你来？你能天天来吗？

好端端的大长腿，忽然间瘸啦。想起过往逞下的口舌之快，柏永年心里特别难过，背过脸想，为啥老把折腿啥的挂在嘴上？气息周正后，柏永年心里更加愧疚。达道宽见柏永年黏黏糊糊样子，拍拍歪嘴说，幸亏你抢救及时，要不真的完了。柏永年这才上前仔细查看达道宽的歪嘴和瘸腿，最后抬头问，真就这样啦？那好，这些活，你放下，我来。达道宽指指板凳，拍拍心口说，拉倒吧，别到时候把许二娘给我招惹来啦。都这样啦，还记恨许二娘，真是的。柏永年心里这么想，抱怨并没有说出口，而是帮达道宽一一摆好仿古物件，弄好之后，柏永年才回到自己的字画店。那会，柏永年的难受才开始真正生根、发芽。达道宽的嘴和腿化作一片阴影，始终晃在眼前。熬不过，索性关上店门，走进驿巷里。

　　驿巷的古建筑在冬阳的照射中，显得更加老迈和沧桑。北风点点滴滴，踩着斑驳阴影而去。扯带出的腐烂气味，平静而悠远地绽放开来。臭豆腐、烂咸鱼、酱馊味？不知道什么味儿一起钻进鼻孔。他翕动几下鼻息，打了几个喷嚏，接着想，今天咋啦？到处都是这种味儿。走着，走着，他想起达道宽的步伐，心中的那片阴影跟着胡乱味儿纠缠在了一起，他情不自禁想，这些古建筑会不会腐烂啦？某天该不会像达道宽突然来个中风？一个愣怔，惹得心口发热，急忙仰起头，查看眼前古建筑的桁木、门柱和梁枋啥的。直到发现，很多木质构件已经开始腐朽，豁然间，吓出一身冷汗。就在那时，那家门店的主人问他看啥？他指着梁枋问，真的烂啦？那人跟着柏永年的目光，看到几处木榫腐烂处居然垒上了麻雀窝和蝙蝠洞。柏永年问那人，咋就腐烂啦？那人说，老建筑容易招惹它们。柏永年心中的阴影再次放大起来，随之，打了一个趔趄，靠着砖墙才站直身子。过去他研究过这些建筑，按照当初的预测，怎么也能撑个百十年，现在看来，如果不及时抢修，估计过一段时间就会倒塌。为啥损毁得这么厉害？酸雨还是温差？抑或麻雀和蝙蝠惹的事？想起过去他曾反复叮嘱许二娘千万别往古建筑上涂抹，现在想，早知风化得这般厉害，不如任由许二娘呢。

想起许二娘，柏永年心中的那片阴影又放大了一轮，达道宽老了，我也会老，接下来，便是许二娘啦。到那时，就算我和许二娘还能那般坐着，只怕什么也做不了啦。想到这里，气息蹿到口中，噗噗响个不停。

前天许二娘打扫驿巷，又被几个学生用烂菜帮子砸了一身，那些学生为啥老把她当成拾破烂的啦？看她的穿戴，还是其他原因？说来也是，打许二娘辞职之后，就没认真打扮过自己。他想替许二娘买几件像样的衣服，可许二娘说不要，就在大前天，柏永年亲眼看见几个学生又往许二娘身上扔烂菜叶子。他气不过，上前训斥那几个学生。

许二娘拦住他的话头说，孩子背后是大人的态度。

柏永年拦住学生问，爹娘教的？几个学生没有回答，拔腿跑了。

许二娘痛苦说，冲这，我就该好好忏悔。

柏永年说，不怪你，要忏悔由我来。

许二娘没有说话，可泪水却像断线的风筝。

今年以来，许二娘明显老了，心思更多。问了几次原因，许二娘什么也不说。问急了，许二娘才说，儿子回来啦。儿子回来好事呀。许二娘指指心口说，好事坏事，我这里知道呀。后面的话被许二娘吞进肚里，可柏永年想知道为啥。问多了，许二娘才叹口气说，丁大山跳楼那年，孩子才上初中，孩子当时受不了同学们耻笑，一直闹退学。许二娘说到这里，突然情绪失控，哽咽着，不想说了。

实际儿子闹退学那会，许二娘气不打一处来，她拉过儿子说，你爸爸连死都不怕，你还怕同学耻笑吗？从那天开始，儿子变了一个人，不惹事，不说话，遇到再大的委屈，都咬牙忍着。很快，儿子成了尖子生，转眼考上了名牌大学。儿子大学毕业，去了央企。结婚、买车、买房、生子，一样没让许二娘操心。说起这些，许二娘该高兴才是，可正因为儿子争气，让许二娘感到特别亏欠儿子。去年春节，儿子回家过年，专门把过去的老房子装修了下，说啥都要接许二娘回家过春节。可许二娘打死不同意，坚持要在银器店里过。儿子没办法，听许二娘的。春节过完，儿子见许二娘还不愿意回去，便雇下一个钟点工，照例保洁房子。今年六月，许二娘添了孙子，许二娘把平生积攒的钱一把给了儿媳妇。没想到儿媳妇说啥也不要。亏欠和愧疚又衍生出更多的无助，在儿子儿媳妇眼里，她是一个无用的人。今年九月，儿子说啥都要在老房子里给孙子"庆百天"，儿子眼泪汪汪说，爸爸从那儿走的，我想让爸爸看看孙子。

儿子的要求并不过分。

可许二娘居然执拗说，那套房子和你爸一起死了。

气得儿子当即回了省城。

北风呜咽，许二娘颠三倒四说着往事。当柏永年听到许二娘说到儿子失望走了时，眼泪跟着一阵风流了出来。那会，他想起了自己的儿子，他的儿子除了结婚、生子，象征性地通知下他，平时根本不跟他联系，就算他主动关心，儿子也是不咸不淡的。

冬天的冷风像翻滚的刀子，扎得遍地都是伤痕，柏永年乱七八糟想着心思，胡乱味儿越来越浓稠，柏永年又打了几个喷嚏才回过神。慌慌张张走到字画店，正开锁，一回头，发现许二娘已经站在他的身后，许二娘问，看你失魂落魄的样子，到底咋啦？

柏永年扬扬手，猛地推开了门。

许二娘默默跟了进来，很久才小声说，听说市里要整修驿巷，这回可得留神啦。

谁说的？

一位买银镯的中年人，说得有鼻子有眼的。

想起腐朽的梁柱和那种无法说清的腐烂气味，柏永年高兴地问，真的假的？

许二娘说，谁知道呢？告诉你一声，防范点没错。

柏永年的心事一时半会说不清，只好囫囵说，挺好的呀。

听到柏永年突兀地说好，许二娘好像不认识柏永年一般，大声问，你是不是糊涂啦？

7

从冬天到春天就是一眨眼的工夫。柏永年这天走进后庭院中，抬头看见，盆栽的映山红开了，回头看看别的盆栽，迎春花、风信子啥的，早已黄的紫的粲然一片。柏永年摇头想，又是一个春天，日子过得真快呀。

摆弄下花草，柏永年便开始打扫后庭小院，之后，如厕、洗漱，进而熬粥。这等活计，他做得缓慢而仔细。见稀饭熬好了，他才上街买了两根油条。嘘嘘呼呼吃完早餐，又坐在八仙桌前，捧出了洪应明的《菜根谭》。这本书他不知道看了多少回，他稔熟其中的每句话。当他看到"己之情欲不可纵，当用逆之之法以制之"时，心里一热，感觉出异样，他连续拍了几次头想，坏了，坏了，我竟然离不开许二娘啦。

忐忑不安时，见一个年轻人站在字画店门前东张西望的，他放下书本，站了起来问，买画？年轻人跨过门槛，走到仿古案板前问，先生是不是柏永年？

柏永年抬头看看年轻人，不认识。

年轻人主动笑笑，笑完自我介绍说，我是市政府办公室的张天威，市长让我买幅你的画。

市长？

艾哈迈迪临走时，专门跟市长提起你，还说《驿巷风情》中透出的滋味特别感人。

柏永年"哦哦"半天，哆哆嗦嗦拿出新画的《驿巷风貌》。而后问，艾哈迈迪真那么说啦？

年轻人说，当然啦。

柏永年一高兴，大度地说，那你告诉市长，就说这幅画送他啦。

年轻人走了，柏永年多了后悔，这个年轻人是不是政府办的呀？失去工作这么多年，早不认识政府那边的人啦，没有核实，咋还把画送出去啦？真是老啦？

春风缓缓穿过驿巷，驿巷内多了生动，连青石也好像起死回生一般泛出青光。柏永年看看青石回春的样子，想约达道宽去看看古城墙，也许那些经历过朝代更迭的墙砖才能给他一些安慰。他慢腾腾走到达道宽的古玩店，大声拍响门环说，我来啦。达道宽正在打磨一件既像锅又像盆的东西，柏永年上前扯住达道宽的手说，看看古城墙可好？

达道宽放下物件，笑呵呵说，古城墙有啥好看的。说完，达道宽神秘地说，告诉你一个好消息，市里要修缮驿巷啦。

真的假的呀？

这回不是开发，是修缮。

柏永年笑，笑完之后说，看来真的喽。

达道宽说，昨天我找市长啦，千真万确。

太好啦。

达道宽见柏永年这么高兴，有些出乎意料，激动说，我还以为你会反对呢。

柏永年说，修缮又不是开发。

达道宽笑笑说，这么说，我放心啦。接着哈哈大笑起来。只是歪嘴笑出的声调不够干脆和爽朗，夹杂着嘶嘶啦啦的腔调。

柏永年好久没见达道宽如此开心啦，上前拿开物件问，对，就这么笑，多走路。

达道宽不接柏永年的话茬，自言自语说，就在昨天，为了修缮驿巷，我把这么多年的积蓄全捐啦。

你说啥？

比起你的画作，我这里来得是不是更为直接？

柏永年打死都不敢相信达道宽会把积蓄全部捐了出去，这么抠门的家伙，啥时慷慨过？不是被人忽悠了吧？于是赶紧插话问，捐到哪儿啦？甭被骗啦？

达道宽呵呵问，我会被骗？说完，达道宽特别沮丧地说，苦在只有三十万元，远远表达不了我的心情。

柏永年听达道宽像是说真的，上前抓住达道宽的手说，没想到你能这么做，我服。说完跷起了大拇指，还接连点了几下大拇指头。

达道宽得意说，我就知道，总有一天，你会服气的。

柏永年面对得意的达道宽，再次伸出大拇指说，我何时说过不服？说完，柏永年的神色陷入尴尬，愧疚地说，这么的吧，我也存了点钱，不行的话，你也替我捐啦？

达道宽听后哈哈大笑说，拉倒吧，你那几个钱，留下跟她过日子吧。"她"当然是指许二娘，听到达道宽劝他跟许二娘过日子，柏永年眼泪扑簌簌往下掉，接着露出酸涩表情问，你到底原谅她啦？

达道宽说，哟哟，还哭上啦？我什么时候说过不原谅她啦？

你说过，确实说过。

达道宽说，好吧，算我说过，我打今天开始原谅她啦，可行？

半个月之后，工程队按期入住驿巷。达道宽主动把古玩店腾出作了施工队的临时指挥部，达道宽对指挥长说，把柏永年也请来当个技术指导，那家伙有真才实学。

这次修缮，市里下了大本钱，不仅从北京请了维修故宫的专家当顾问，还从徽州请来了能工巧匠。为保证驿巷修缮工作万无一失，市里特意安排了专项资金。

沉溺已久的憋屈瞬间得到释放，柏永年想，魂魄归来，为了啥呀？还不是精神安定么？这下好啦，通过这次修缮，驿巷肯定能焕发出新的生机。心里高兴，柏永年主动带着施工人员挨家挨户做工作。

等柏永年带着一行人走到许二娘银器店时，许二娘瞅瞅柏永年问，你带他们上门，什么意思？

柏永年说，按照市里安排，提前说一声。

许二娘好像不认识柏永年一般，疑惑问，你同意他们开发啦？

柏永年拍拍脸颊说，修缮，不是开发。见许二娘发蒙，柏永年急忙解释说，达道宽为了修缮驿巷，把所有积蓄都捐啦。他都能这么做，我们难道不能做点什么吗？柏永年说得又急又快。许二娘听后摇头说，看来你真老了，你难道忘记当初啦？

柏永年摇头问，当初跟眼下不一样。

许二娘失望地关上门，大声喊，走走走。

失败而归，柏永年特别伤心，最不需要做工作的应该就是许二娘，可她为啥想不开啦？汇报给指挥长，指挥长说，慢慢做工作，会想通的。

柏永年只好硬着头皮再次找到许二娘。这次柏永年没带人，一个人悄悄来到银器店。许二娘见柏永年霜打茄子一般站在门口，拍拍板凳说，坐呀。柏永年不敢坐，一直喋喋不休说着胡乱味儿，还有达道宽的腿。

许二娘失去了耐心，扯着嗓子问，你想过丁大山没有？他难道白死啦？

经许二娘这么一问，柏永年突然间怔住了，丁大山是不是白死，他不知道。可眼下跟丁大山主导的开发不太一样。柏永年拿出一只银镯说，熔解重铸，那叫开发。脏了，旧了，打磨几下，那叫修缮，性质不一样。

许二娘夺过银镯说，开发、修缮，我不想知道。我想让你回答，到底是谁弄乱了我们的生活？

谁呢？柏永年怔在那里。

许二娘痛苦地说，知道这么多年我怎么活过来的么？丁大山抑郁跳楼，对，那是他的错，可驿巷的街坊邻居怎么对我的？连醉鬼都能腌臜我几句。我常常想，当初你们不阻拦，也许不会弄成这样，后来，见你和达道宽都来了驿巷，我想，我也来吧，就算对你们的赔罪吧。可现在，你居然带头支持开发，既然现在支持，过去为啥大打出手呀？

柏永年说，我说啦，现在是修缮，不是开发。

许二娘眼泪打转转，最后滚到脸庞上。眼泪晶莹剔透，闪闪发亮。柏永年想替许二娘擦去泪水，许二娘伸手挡住了。许二娘说，你糊涂，别让我跟着糊涂可行？

柏永年痛苦说，我没有糊涂。

许二娘擦擦眼泪说，既然那么多人至今不肯原谅我，我也不管不问啦。

柏永年想说，人们早已原谅你啦，也原谅了丁大山。可想到达道宽的那口"呸"，又不知说啥好了，只能眼噙泪水说，我知道你憋屈，可你涂抹并打扫驿巷，还不是跟我一样，想好好保护它么。

许二娘冲动地说，我不管，我只想说，修缮也是罪过。这种口气，跟当年柏永年说开发就是罪过一样的口气，冰冷而坚决。

柏永年垂头丧气地回到指挥部，跟指挥长简单汇报下情况，好在指挥长说，我去做做思想工作。指挥长上门，许二娘态度更加坚决，她问指挥长，你能给丁大山平反么？指挥长不知道当初发生了什么事，再说，平反也不是他说了算的，退一万步说，一堆旧账，他也理不清。指挥长说，你想不通不打紧，看看我们修缮的效果，到时再做决定。

回到指挥部，指挥长坚定说，不管她，我们按计划修缮，等她看到了效果，也许态度就变了。

第二天，鞭炮齐鸣，锣鼓喧天，施工人员搭起脚手架啥的，正式开修。

就在那时，人们发现许二娘提把铁锹，疯了般冲进人群。

施工人员见许二娘怒不可遏的样子，停下手中的活。

那天春风缓慢吹进驿巷，驿巷内的胡乱味儿还在飘荡。有人上前劝阻许二娘，没想到许二娘竟然舞动铁锹喊，谁敢拦我，我就跟谁拼命。事儿僵在那，不知如何是好时，指挥长走到许二娘的面前镇定说，许赛花，多少居民都主动捐款，你为啥这么不明事理？

许二娘癫狂一般大笑说，我不明事理？理是什么？当初也是政府主导开发的，没有道理么？现在政府又主动修缮，柏永年和达道宽还带头支持。既然他们支持，他们就得对丁大山说声抱歉。

太简单不过呀，喊达道宽和柏永年来，让他俩说声抱歉就是啦。

就是那时，人们见达道宽一歪一瘸走了过来，他腋窝下夹着一个相框一样的东西，等他走到许二娘面前时，缓慢亮出腋下的相框，大声喊，丁大山，我一直把你的照片放在卧室，现在我当着大家伙的面，郑重对你说声对不起。说完，达道宽竟然激动起来，还泣不成声的。

那是丁大山的正面照，浓眉大眼的丁大山面带微笑，好像站在许二娘身边一样，许二娘丢下手中的锹，怔在相片面前。回头之际，她看见柏永年举着画作走到她的面前，画作是驿巷，驿巷悠长、寂静，巷内只有一男一女，手挽手，靠在风铃下面。从背影看，男的像柏永年，女的像许二娘，一抹阳光照在他们的头上，他们的头发格外清晰。许二娘傻了一般盯着画作，最后才看向柏永年，其间忍不住委屈，泪水扑簌簌滚落下来。

就在那时，人群里突然响起了掌声，有人带头说：许赛花，我们都想对丁大山说声抱歉。

春风打了几个皱褶又翻卷出驿巷，驿巷上空，清澈明亮。许二娘抬头看向天空，那一会，她恍然间好像看到儿子的身影，对，就是儿子，儿子对她点头微笑，好像也鼓起了巴掌。她急忙追赶儿子的身影向前，跑了一段，居然喊出了声，儿子、儿子，人们原谅你爸啦。

等她跑出一段后，突然又折返回头，那时她手舞足蹈一把夺过达道宽手里的照片，又扯过柏永年手里的画作，随后她一手舞动照片，一手舞动画作，吟诵道：天上小雨飘飘清，古城生了祸害精。唱罢逼问柏永年，你说，谁才是驿巷的祸害精？

柏永年还没有回答，许二娘噗噗唪唪跑向垃圾池，她把照片和画作全部丢进垃圾池，而后拿起一把垃圾抛向天空。

跟在后面的柏永年和达道宽发现许二娘好像变了一个人，短短瞬间，许二娘咋啦？

没想到许二娘面对柏永年和达道宽露出狰狞面目，怪笑一声，而后指指柏永年，又指指达道宽，最后才指指自己说，阿弥陀佛，你我他，都着了心魔。

许二娘难道真疯啦？柏永年想上前拉住许二娘时，许二娘突然口吐白沫倒在了地上。

半年之后，人们常常看见柏永年拉着许二娘散步，那时许二娘已经差不多傻啦，人们见许二娘的样子，喜欢问柏永年，她到底傻没傻呀？

柏永年遇到别人追问，总喜欢拍拍自己的心口说，在我这里，傻或者不傻，始终一样的，一样的哈。

道 士 冲

1

第一次去道士冲是在五年前。刚进山，大好晴天便毫无征兆地变了脸，以至于还没有看清浓重低垂的墨云，暴雨便兜头兜脑地倾泻下来。玻璃窗前全是积水，雨刮器开到最大挡，前面依然是混沌一片。我只好把车溜到一处相对安全的地方停好并打开了车双闪。

由车内朝山路望去，老半天也没见到一辆车，更没有行人。隔着车窗，依然可以听到暴风雨制造出的惊悚之声，它们像要把大山彻底掀翻一般，赫赫呐喊。枫树有些年头了，树冠足足有半个篮球场那么大，眼下它们使劲朝一边翻卷，不仅呼呼作响，还扯带出一团团绿雾，长袖善舞一般左右摇晃。雪柳枝丫庞杂，从树根到树梢，到处都粘黏上绿茵茵的菌团，那种菌团在大风的作用下，纷纷凋零，就像绿雾的眼泪，四处飞溅。

苍虬和老迈，让我忍不住担心，它们会在某个瞬间，突然"咔嚓"一声，身首异处。

恐惧来得特别突然，随着狂风暴雨，我能感觉出体内的毛细血管在不断肿胀，更能体会出它们时刻准备破壁而出的焦躁和不安。山溪那会也造次起来，急于挣脱束缚一般来回冲撞，翻卷出的泥沙和沉积多年的腐烂物，挟裹白沫，飞溅向前。我期盼路上能来辆车，哪怕蹿出一两只状如妖魔鬼怪一般的动物。远远望去，蜿蜒如蛇的柏油路面除去雨水击撞起的一道道水柱，什么生气也没有。而那些活力四射、撞击到路面又被弹起的雨柱，像舞女，不，更像武士，一个比一个跳得更高、更远、更急，跌落下去之后，手挽手、肩并肩，很快汇集出一道道水流，急切地寻找低洼出口。

　　我双手抱拳，闭上了眼睛。

　　就在睁开眼睛的瞬间，雨势好像小了许多，刚才还气势汹汹、面目狰狞的疾风骤雨，瞬间隐匿起来并消失得无影无踪，还是瞬间，大山陷入宁静，溪水就像蹑手蹑脚的亡灵，潺潺喘息。以至于我开始怀疑刚才的所见所闻，就是一场幻觉，抑或一个梦魇。眨巴几下眼睛，恐惧再次袭来，风暴之后的寂静，好像被人无端地放大了几十倍，不，几千倍，以至于我能清晰地听到心跳和呼吸，扑通扑通，嘶嘶嘘嘘，它们与车外的静谧形成一种对峙、一场角逐。那会我才真切感受出另一种恐惧，这一种恐惧比前一种恐惧来得更加真实和吓人，我下意识地发动了车子，猛地踩下了油门。

　　山路有水，轮胎不停打滑，车像逃脱的鱼，歪歪扭扭地游荡在积水里。等我喘息能够匀称之后，才开始不停地拍打胸口，直到情绪稳定。

　　慢行的途中，突然发现山道中间停着一辆小型挖掘机。挖掘机的一边站着一位戴安全帽、身穿宝蓝牛仔上衣的女人。女人手势奇怪，好像示意我停车，又像在指挥着什么。女人的衣服早已湿透，雨水浸泡之后的牛仔，沁色更加宝蓝。车子滑行到近前，才知道女人根本不知道我的到来，她一直在指挥那辆挖掘机。看来诸多不顺，让女人多了失望，更多了怒不可遏的骂骂咧咧。开挖掘机的是个小伙子，看上去更像半大孩子，起码嘴角的茸毛还看不出浅黑的味道。小伙子在女人骂骂咧咧声中，显然多了慌张，抓斗不听使唤似的，东磕西撞。

塌方的石料堵住了山道，目测大概有几十米的距离，女人失去了耐心一般喊，眼里长毛啦？手脚生锈啦？女人不给小伙子解释的机会，蛮不讲理地继续骂着，打电话叫你那狗日的爹来，让他爬，叫他飞，就说十万火急。小伙子显然不在意女人骂什么，见我下车，还朝我咧嘴笑了下。之后，便喊里咔嚓走下驾驶舱，来到地面查看到底哪儿出了问题。

女人火气更大了，从她急赤白脸的状态，可以看出小伙子早已触及了她的忍耐底线，她的情绪就像一堆火、一捆炸药，随时都可以火光冲天。还没看清小伙子的身形，就听女人又骂，你个狗日的下来看啥？一堆一堆抓呀，是泡屎也该吃完啦。说话间，女人摘掉安全帽，像要亲自上阵一般。那会，我才看清女人的面庞，那是一张紫红而粗粝的脸庞，细细打量，可以清晰看出腮帮还有鼻尖上生出一些大小不一的雀斑，好在短发罩住了那些斑点。我自然会注意到她的眉毛，那是没有经过任何修饰的剑眉，横七竖八地插在眼帘上方，扯带出的粗犷和雄浑，无不显示，她就是一个大大咧咧的人。女人不停挥舞着手中的安全帽，好像要随时磕砸下谁。小伙子始终趔趄着身子，跳到另一边说，撞到鬼了。小伙子的声音稚嫩，好像刚经过变声期，沙哑中多少带上了一些嗲声嗲气。

女人说，去你娘的鬼，喊你爹来。

小伙子并不解释，喊里咔嚓又走进驾驶舱。这会看准了，一抓一个准，山石很快被抓到另一边，细碎的那部分又被车斗麻利地扒到山道的沟涧下方。女人见小伙子能熟练使唤车斗了，这才戴上安全帽，抬头察看塌方山体是否还存在其他隐患。

我穿着姜黄色摄影马甲，这种摄影服装是去年国庆节采风时统一配发的，看上去破旧，却有特点，起码前胸口袋多，后背网眼大，看起来稀薄、透风、凉爽。就在那一会，我突然明白了什么似的，不由自主地拿出了照相机，"啪啪"摁响快门，那时，我听到女人冲我大喊，谁呀？拍啥？没见前面放置的标识牌么？

或许出于害怕，我确实忽略了女人口中所说的标识，这会想想，前面似乎放置了红色雨衣？旧轮胎？又好像什么都没有。我管不了那么多，起码这个时段，我似乎又被召唤回人间一般，大声对女人说，我去道士冲，需要我做什么？

女人毫不客气说，什么也做不了，滚到安全地带去。

我不想退后，还想拍点什么，女人火气更大了，遮住我的镜头说，好玩是吧？没见过抢险？

挖斗上下翻飞，声响带上了节奏，我把相机装进帆布包里，呵呵地说，总算见到活的啦，你不知道，真不知道，刚才，就在刚才。

女人不知道我说什么，见小伙子越来越能熟练地操作挖掘机，话语间多了许多柔情，疼爱般喊，原来你行呀，刚刚咋啦？

小伙子看来心里还有气，一直不说话。

女人这才走到我的近前问，去道士冲干啥？

我说，采访道士冲第一村支书，请问这里离道士冲还有多远？

女人扶正安全帽，揉揉鼻子说，去不了啦，路障不清，哪儿都去不了。

我固执地问，这里离道士冲有多远？你们认识聂小幸吗？

驾驶舱里的小伙子听到我的问话后，不太高兴地用挖斗磕碰几下路面，意思不是她还能是谁？

真是蹊跷，居然在这种情形下撞见了聂小幸，好像宁采臣撞见聂小倩一般。当然我不是宁采臣，聂小幸也不是聂小倩，我想说的是，很多无意之中的相遇，就像冥冥之中的蓄意安排。我突然热情起来，大声介绍说，我叫田大炮，不，我的真实名字叫田小田，因为长期使用长镜头相机，人们就喊我田大炮啦。我啰里啰唆继续解释。聂小幸面对我的啰唆，连连摆手说，不管你照相，还是写字，我不会接受你的采访，田大炮，不，田小田，最好哪来哪去。

此话怎讲？

不说啦，什么都不说啦。之后，她对驾驶舱里的小伙子说，仔细点，然后回头又对我说，很多事情，此处省略最好。见我还想争辩，聂小幸不容置疑地说，你就说，进山时遇到塌方，去不了道士冲啦，或者你随便找个什么理由。

那会太阳出来了，有些晃眼，我钻进驾驶室想，这叫什么事嘛，为啥拒绝采访？

2

还不到上午十点，小伙子扒通了山道，路上车辆也多了起来，我不知道后面的车辆怎么知道前方塌方的，而我在进山时并没有受到任何阻拦。容不得多想，我丢下聂小幸，顺着导航往道士冲开去。至于聂小幸，就算她跟在后面跺脚，也无法阻止我的前行。塌方处距离道士冲才几公里路程，导航很快把我带到村部门口。我摁响了车喇叭，威风八面地走下车。

在我急促的喇叭声中，楼房门厅中走出一位面目粗硬的中年男人，男人穿着还算干净，胡子也刮出了黑青色，他怯生生走到我的车前，请问？见我穿着，明白了大概似的，反复打量我的身形。估计在揣摩我的身份，之后，见我挎在胸前的相机，脸上呈现出一种不屑的神情，扭头便走。

我的气势早已不翼而飞，反倒有些讨好似的问，请问？

中年男人头也不回嘟囔道，不要请问，喊我老郑。

我忙不迭地大声说，老郑好，我想唠唠下聂小幸。

老郑没有搭理我的啰唆，始终没有回头。

怎么能这样？我紧跟上前问，你在村里干啥？好像对我的到来不太欢迎。

老郑忍受不了我的啰唆似的，"砰"地关上了玻璃门，并从里面"哗啦""哗啦"挂上了链条锁。

村部附近有两道纵横交叉的溪流，分割出四处高低不一的房屋和院落。村部三层楼房，灰瓦青砖，带有明显的徽派建筑特征。山蝉好像更怕热，才见太阳，就拼命嘶吼起来，嗞、嗞，急促而刺耳。那会，我比山蝉还焦躁，不停想，这个老郑，没有道理么？想罢，我对着门厅喊，怎么回事呀？没有人搭理我，我只好朝附近一处楼房走去，我不相信村民也排斥我的造访。

没来道士冲之前，我已经做了不少功课，了解了道士冲的各种传说，相传淮南王刘安谋反失败，汉代大将军奉命追杀叛王刘安妻子苏氏，苏氏逃命到道士冲时，巧遇大雪封山，于是，苏氏急中生智，将鞋倒穿，躲过一劫。从此，后人们便把这处山坳称之为"倒靸冲"。我到现在还不明白，为啥"靸"字念成了"士"字？实际从内心深处，我更相信后一种传说，相传宋末元初，战乱连绵，一行不堪其扰的道士突然走进了道士冲，之后，开山凿石，不知经历了多少年，便在大山深处修建起了一座规模不亚于老君山的道观。鼎盛时期，道士成千上万，三清铃声响彻云霄之外。传说道观毁于逃难的张献忠之手。至于道观建于何时？道士后来去了哪里？不知所终。好在传说专门提及山涧和山溪中留下的青石蓝波、古桥流盼之类的遗迹，仿佛透过它们便能佐证一切似的。一时无事，我想寻找那些青石蓝波，好论证下心中的困惑。走动中，见到了一座古桥，古桥就在两道交叉而过的河流上面，由于古桥的沟通，四面通畅起来。桥面青石铺就，岁月深痕随处可见，只是桥面的青石并没有呈现出蓝波，反而蒙上一层厚厚的泥浆土，给人灰头土脑的感觉。古桥旁边剩下一棵枫树，树冠看上去比躲雨那会见到的更大。站在古树下，向山涧底部望去，沐在水中的青石，釉色瓦亮，连沁色也十分饱满。露出水面的那部分，迎着阳光，可以轻易发现经年累月之后留下的水痕，那种印痕隐隐泛蓝。古树的下方竖有石碑，石碑上刻有"古桥流盼"四个字，四个字的下方不显眼处那里，刻上篆书"无上无极、清净无为"八个字。就在那一会，我相信了后一种传说，这些遗迹，足以证明这里曾经建有道观。

燥热就像山蝉，越来越泼辣，愣怔会，我便移步朝古树旁边的一处院落走去。这处院落有苏州园林建筑特点，改革开放后，山里人多数选择外出打工，发迹之后，多半会把积蓄带回山里，盖上带有明显苏州园林特征的四合院。当然也有选择徽派风格的，无论哪种风格的建筑，到了山里依然多带有吴楚遗风。四合院门楼搭盖成马头墙，典型的徽派建筑，后面主楼的屋脊和瓦当却又带上苏州园林建筑的味道。这种混搭，确实多了另外一种味道。我不管不顾地走上前，小心翼翼地叩响门环。

很久才走出一位老大爷，老大爷看上去八十大几，驼背隆出，腰快弯到地面。拉开门，老大爷拧着头，费力仰头看了我好半天才问，找谁呀？

不找谁，只想问问道士冲的由来。前番受挫，我知道很多事得迂回婉转盘问。

什么叫由来？这里没有由来？

我大声说，老大爷，这里为啥叫了道士冲？

为啥？祖辈传下的呗。老大爷这会听清了，声音也大了起来。

我说，听说从前这里有道观，还有道士。

老大爷摇头说，纯粹胡扯淡。大鼓书说，有个娘娘被兵追赶，遇见河，漂来石头；遇见山坳，山坳就陡然成河。看看道士冲前面的黑石渡、落儿岭和鹿吐石？想想这些地名，还信什么道观？感觉老大爷热情了不少，我急忙说，我更相信这里曾经有座道观，你看看青石蓝波，古桥流盼。

胡扯淡，都是胡扯淡。

看来老大爷更相信苏氏受难一说，我不想就此讨论下去，装作不经意似的问，老大爷，认识聂小幸么？

聂第一，认识，怎么会不认识呢。

认识就好，她让我找你聊聊？

她让你找我？老大爷迟疑了半天才说，不大对头吧。

见老大爷不想说太多，我便问楼房何时建起来？家里几口人，老伴在不在？听到这些问话，老大爷突然伤感起来，擦擦眼泪，不再说话。

我不知道还说啥？老大爷见我愣怔，很快说，她让你找我，就得她带着来。说完，老大爷不再搭理我，吱吱呀呀，关上了门。

我越发感到了奇怪，到底咋啦？按说到了这把岁数的人不该有啥顾忌才是。带着疑问，我匆匆走向另一家。这期间，脚步自然多了潦草和急切，行走中，突然感觉有双眼睛一直盯在我的身后，那种眼神深邃且灼热，让我浑身不自在。忍不住回头的时候，真的发现有个年轻人一直跟在身后。他尾随我干啥？眼前这个年轻人与开挖掘机的那个年轻人相比，多了些膀大腰圆。见我发现了他，年轻人主动打招呼说，采访聂小幸吧？

终于来了个热情的，我高兴说，愿意说说她么？我掏出笔记本子，做出洗耳恭听的模样。

年轻人上前摁住笔记本，笑嘻嘻地说，你记，谁还会说真话？

我犹豫下，装回笔记本，然后说，你说，我听。实际那会我顺手打开了录音笔。

小伙子见我不再记录，这才降低音调说，固执己见，图虚名，打她当上村第一书记，不知道惹来多少记者？

小伙子直言快语，我喜欢。

小伙子又看了我一眼，发现我确实没记录，这才放慢语速说，就说红灯笼辣椒基地那条路吧。红灯笼辣椒听说过吗？肉厚、个大、一棵辣椒能生几十个仔。尤其成熟后，辣椒地里挂满圆溜溜的红辣椒，就像一盏盏喜庆的红灯笼。通往红灯笼辣椒基地的那条路百分之九十都是之前村村通项目修建的，接上基地，几十米的事。在她嘴里就成了扶贫致富路啦，切。

我点点头，表示听懂了。

小伙子继续说，辣椒基地过去是块平坦的山坳地，山里人喜欢种麦和黄豆，当然，像这样的夏天，也种玉米、山芋和花生。当然，山里主要靠茶园，那些极小的山坳地，也是能够种些庄稼的。聂小幸引进红灯笼辣椒后，找来了技术员，最后争取下来一笔资金，加宽了村村通公路。这些都是好事，大家都在心里记着。可到了报纸、电视那里，居然说她引来一千万资金，红灯笼辣椒产业带动了上千人致富。扯淡？

我打断小伙子话，柔和问，请问你叫什么名字？在村里做什么？

小伙子突然警惕起来，不太友好地说，你不信？那好，不信就问别人。

我急忙解释说，不是故意打断你，见你说得真实，想记下你的名字。

行不更名，坐不改姓，问题是，我确实不想告诉你。

谈话进入僵局，我后悔打断小伙子的说话，这会我极力鼓励小伙子继续说下去，可小伙子面目生硬起来，盯了我半天，言语突然之间多了粗鲁，就知道你们这些记者，笔下跑火车，嘴上生喇叭。算啦，想问谁问谁吧，不在乎。

我一头雾水，看来这个年轻人也是村干部，不然的话，不会说"不在乎"。

小伙子跑到一边不再搭理我，我只好朝另一家农户走去。这家农户的房子有些旧，户主是个四十多岁的女人，我刚说明缘由，她便说，你要是送温暖，丢下钱就走。如果问其他的，那倒看看能给我什么好处？

我傻了一般看着眼前这位不算邋遢的女人，可她依然不管不顾地说，笑人穷，笑人富，临到自己能不够。我叫曹二能，外号能不够。咋啦？人穷一身轻，脸面算个球。

交谈才知，曹二能过去承包一家茶厂，由于经营不善，亏本关闭，最后又收集山里板栗和蘑菇，拉到山外卖，被人骗了好几次，陷入破产。好在男人苦作苦累，过去由着曹二能折腾，现在家底掏空啦，男人没有抱怨，又打起背包外出打工了。曹二能留在家里，一直被人冷嘲热讽，索性破罐破摔，变成了上访难缠户。曹二能说起话来，噼里啪啦的，我一直插不上嘴，等她大喘气那会，我趁机说起了聂小幸。

曹二能一拍大腿说，她呀，恁好的妹子，生生被他们糟蹋坏了。

糟蹋？

想哪儿去啦？阴招，绊子。

我一脸糊涂。

人家忙了一天，晚上正在洗衣服，嗨，断电啦。村部就住两个人，看村部的老家伙不会掐电吧？天热，得洗澡，嗨，三天两头停水。害得聂第一到处问，为啥停水停电？这些不算什么，可气的是，她晒的被子和衣服不是被别人甩在地上，就是被人摁在水窝里。没刮风呀。后来聂小幸才知道全是老郑和曹坏水使的坏。就说老郑吧，聂小幸第一，他成了老二，心里别扭，呸呸呸，不提他啦。曹得水看上去年轻，却一肚子坏主意。什么就听老郑的，村里没人叫他大名，都喊他曹坏水。聂小幸知道我家困难后，一直想方设法帮助我。惹得曹得水专门找我，说我不要脸，尽想捞好处。道士冲这里，不姓曹就姓郑，有句老话，道士冲四头尖，王八乌龟一千三，曹家六百七，郑家五百三，还有一百杂姓摊。我家那口子姓马，好在我姓曹，那也不行呀，两家依然处处挤对他。好在聂小幸来了之后，一视同仁，以困难大小论贫困等级，惹得老郑和曹得水一肚子不舒服。

曹二能一口气说完这些，不承想跟在身后的年轻人突然斜跨进门槛，指着曹二能骂，你他娘的胡呲什么？

曹二能还没有还上嘴，年轻人又回头对我说，别听她的，脑子坏啦。

没想到，曹二能突然之间疯了一般跳到年轻人眼前骂，曹坏水，你他娘的脑子才坏了呢，你们怕我说真话？我就要说，天天说，到处说。

那时我才知道这个年轻人是村里文书，我对曹得水说，既然你是村干部，便没有权力阻止我的采访。

曹得水一脸不高兴，推搡着我说，还要采访？你们不是会编吗？编吧，看编到什么时候？

我还没有吭声，曹得水又接着说，你想听啥我现在就说，聂小幸政治觉悟高，抛家别子一心扑在扶贫事业上，行了吧？

我正想大声争辩时，聂小幸冷不丁走到门口，站在外面喊，田大炮，再次告诉你，我不接受你的采访。道士冲就是道士冲，没有什么值得宣传的。

聂小幸蓦然出现，让我猝不及防，我跑到外面，盯着聂小幸问，到底发生了什么？为啥这般抵触？

聂小幸大声说，什么都没有发生，一切都在进行中。

进行中？行，我就想问问如何进行中？

3

我所在的单位叫《山州晚报》，晚报多有娱乐性，这次下来几组采访记者，目的扳回晚报的影响力，对脱贫攻坚工作的先进典型做一次深度报道，以便引起各方重视。我这么灰头土脸回去，怎么也说不过去。我再次说明理由，聂小幸说，你想耗，就耗着，反正老郑已经安排曹得水陪你。

见聂小幸态度坚决，我气得开车跑到镇上，我不相信镇里也是这种态度。书记不在，镇长在，说明原因后，镇长说，道士冲有道士冲的特殊情况，做群众工作得有耐心，聂小幸不是让你耗么？听她的。

镇长态度很好，可把球又踢回我这里，离开镇长，我只好打电话对总编说，聂小幸不接受采访，估计无法完成任务。

总编言简意赅地说，那你就别回来，直到完成任务。

挂断电话，我知道自己摊上了事，只好找家饭店，胡乱吃点。还不到下午一点，我又驱车去了道士冲，我想，曹二能心直口快，找她，或许能了解到一点真实情况。

这回我把摄影马甲脱了，换上T恤，又把摄影包丢在后备箱，戴上太阳帽，装扮出一副游客的悠闲模样，目的，不想让我看出我是记者。实际我口袋里早早装上了录音笔，我不信道士冲人都是哑巴。

敲开曹二能家的大门，意外的是打开大门的却是聂小幸。我错愕地张大了嘴，接着，硬着头皮尴尬地说，我找了镇长，也给报社汇报了你的态度，采访是我的工作和任务。

聂小幸看我换了装束，开玩笑说，学会打游击啦？玩笑之后，气氛轻松了不少，约莫半分钟之后，聂小幸才叹息说，如果真要采访，就写写老郑吧，他才值得你大书特书。

写老郑？那你说说他，说说这里的人和事，反正我有的是时间。

你采访他，就得听他说，我陪曹二能办个事，恕不奉陪。

下午一点多钟，天特别热，溜地而起的湿热无孔不入地四处袭击，我有点虚脱。聂小幸好像一点都不在乎，不停向里屋看，边看边催促，快点。

聂小幸换了件白色T恤，显出些许精干，只是手里拿顶草帽，看上去有些土气。我知道聂小幸来自市经信委，之前，当生产统计科副科长。有一点我可以肯定，过去她肯定不是这般衣着打扮，市直机关女干部的雅致，我是知道的。看着草帽，想起上午那件湿漉漉宝蓝沁色的牛仔上衣，我心里酸酸的，暗想，干啥都不容易。

聂小幸还在催曹二能，曹二能慌里慌张从里屋跑出，大概因为急切和潦草，口红描到腮帮上了。看到曹二能的滑稽模样，我捂嘴笑。聂小幸从身上摸出一张纸巾，上前擦了曹二能腮帮上的口红，嘀咕说，描什么描，人家不认这个。

见我站着一边不走，聂小幸玩笑地说，你连老郑都摆不平，最好打马回府。

我明白了聂小幸的意思，不服输的劲头来回闹腾，切，不就耗么，谁不会。

悄没声息溜进村部，老郑正躺在沙发上休息，见我进来，曹得水警觉地拽了拽老郑，老郑坐了起来，揉揉脸问，还没走？

我知道怎么说事啦，有些讨好地说，报社领导改主意啦，让我写你。

老郑根本没有相信我说的话，耷拉下眼皮，不再搭理我。

我坐在电风扇的对面，倒上一杯水，意思你们不说，我不走，看谁耗过谁？

老郑出去洗了把脸，回到办公室之后，坐在那儿又不说话啦。干耗需要耐力，更需要技巧，我索性闭上眼睛。山知还在拼命吆喝，那种坚硬的叫声仿佛像是遭受某种酷刑似的。我一直在想疾风骤雨之后出现的那种宁静，那时的山知去了哪里？宁静为啥让人恐惧？我是平原长大的孩子，平原上从未出现过真正的阒寂。用我们当地人的话说，一眼望到头，庄稼的拔节声都能闹出床上的动静。大山的脾气平原人摸不准，换作到我家乡采访，估计村干部早已把我拽进饭店里，现在正喝酒打牌呢。心里委屈，眼睛痒痒的，就在那一刻，我忽然想到了开挖掘机的半大小伙子，还有聂小幸的牛仔上衣，沿途走来，遇上的好像都是怪事。胡乱想着心思，感觉蝉鸣声远去了不少，想起聂小幸说的"耗"，什么都不想，索性闭上眼睛。

老郑看出了我的执拗，"扑哧"笑了，然后喊，嗨嗨，别打瞌睡啦？说吧，为什么要采访聂小幸？

我更正说，采访你。

那你说，我叫郑什么？

我看到墙上领导组的名单，张口而出，郑大文。

老郑知道我看了下墙上的名单，摇头说，哄三岁孩子？

我不想说话。看老郑到底怎么讲。

曹得水早已忍受不了我和老郑之间的暗中较劲，见我说出郑大文的名字，抢话说，采访郑书记就对啦，要说不容易，就数郑书记。

曹得水得到了老郑的默许，拉长声调说，不怕笑话，郑家和曹家恩恩怨怨几辈人啦。

曹得水姓曹，郑大文姓郑，这么说，他们之间也有恩怨啦？

见老郑依然没有阻止，曹得水放慢语速说，太爷的太爷，他们之间不是这样的，那时候两家老人好得就像祆套子似的。清朝末年，由于曹家占了茶马古道的便宜，率先发了家。郑家讨生活，只能到曹家帮工，这样一来，恩怨就结下啦。后来，道士冲闹红，郑家后生都参加了红军，打土豪分田地，曹家的山地和茶园又被郑家人分啦，曹家人的恨也由此种下。新中国成立后，郑家一直占上风，曹家一直接受监督和改造。曹家咽不下这口气，到处说委屈。还说闹红的时候，包括皮定均支队突围到了道士冲，曹家所作的贡献。曹家想，好吧，这些事情你们郑家不提，那抗战时期曹家救过几个郑家战士，不该忘吧？我笑笑，曹得水一脸严肃说，别不当真，这些事情特别重要。说完，他继续说，郑家人有郑家人的看法，就说闹红之后吧，国民党兵又杀了回来，曹家为了报仇，供出了几个地下党。这种世仇，郑家咋能忘记呢？恩怨积攒多了，其间的短长就缠绕起来。之后，两家人都忘记了彼此的好，挂在心上的全是恨。直到老郑当上村支书，才改变了这种格局。曹得水看样子读过几年书，说话环环相扣，没有出现逻辑混乱。曹得水见我认真在听，又看看老郑，有些讨好似的说，没有老郑，我就进不了村委会班子，说他格局小，鬼信。村村通公路修通后，山里的日子慢慢变好了，可大家又分彼此啦，曹家人天天背后嘀咕老郑，说他处处想着郑家。郑家人呢，又在背后抱怨老郑维护曹家人的利益。好在我俩同心，两边都能糊弄过去。聂小幸来了之后，掌握不了平衡，三下五除二，做下一些事，两家的隔阂又加深了，谁也不服谁。

曹得水真能说，一口气把曹郑两家的恩怨短长大致说清了。想必聂小幸刚到村里，没有什么经验，抑或偏听偏信，做事欠考虑吧。正在猜想，老郑插话啦，老郑说话慢条斯理的，他用当地话，头一句脚一句说了起来。

聂小幸到了村里做的第一件事就是登记造册。贫困户多少，每年出列多少，要登记清楚。登记不重要，重要的是大家都想往贫困户里爬。过去是曹家一户，郑家一户，一对一户摞。基本没有矛盾。可聂小幸要统计家家户户的具体收入，谁能算得清鸡毛蒜皮的进项呢？结果，算来算去，郑家贫困户比曹家多出十来户。曹家炸锅啦，说我偏袒郑家，你说屈不屈？好吧，人家才来，想干事，背黑锅不算啥。可后来按照统计分析，脱贫出列时，曹家又出列了几户，这样一来，郑家贫困户更多了。曹家不愿意，找曹得水，曹得水不敢说实情，让他们找我，我不能说聂小幸的不对吧？就说，摸底统计就是这么个情况，难道搁在贫困户之列光荣？群众说，光荣不光荣不重要，得到实惠才关键。曹家无处撒气，就把曹得水打了一顿，天天喊他曹坏水。曹得水一生气，心气都撒到聂小幸头上，不冷静，就把聂小幸的水电掐了，还时不时甩她衣服和被子。

事情公开后，人们都说我陷害聂小幸。

这些都不算，问题还是落脚在产业扶贫上，红灯笼辣椒项目是不错，可没有深加工，赚不了几个钱。聂小幸着急上火，好不容易劝回一个愿意返乡创业的，人家看来看去，说种植规模小，无法上项目。那人原本不想投资，都是家面前几个人，要脸面，因此对外说，我和聂小幸不和，我从中作梗。他那么说，聂小幸不该信呀，可她倒好，找到我大吵，说我死脑筋、暗算盘。你说气人不气人？

好，你思想解放，眼界宽，你干吧，我放手。

嗨，她天天帮助曹二能。偏偏曹二能不争气，办了一家茶厂砸球啦，卖山货，结果又让人骗了。曹二能无处叫苦，把气统统撒到我身上，说我不帮忙，还看笑话。我承认，当时我心里是有些窃喜，想，聂小幸，你不是能么？看看怎么收场？聂小幸还真有主意，唉声叹气几天后，想用村里那片红灯笼辣椒基地做贷款抵押，帮助曹二能贷款。这怎么能答应呢？那是集体流转的土地，用产业担保，村里要负连带责任。我不同意，聂小幸直接告诉了曹二能，气得曹二能天天上访，说我处处坑害村民。

这些不算啥？说来说去，都是鸡毛蒜皮，可问题是，你上电视和报纸，不该把这些都说出来吧？说出来就说出来吧，不该把村村通公路说成是她到任后修建的脱贫致富路吧？

要政绩，都知道。可再急，也得分个轻重缓急，不能像个绿头苍蝇，到处嗡嗡叫吧？

没看出郑大文有多么激动，说说停停，中间还时不时喝水，不像曹得水，说得又急又快。仿佛要把什么都告诉我似的。

见老郑不再说话，半天我才插话问，你没问问她怎么想的？

老郑感叹道，她心气高，瞧不起人，问个球呀？

曹得水插话说，这些不要写，家丑不可外扬嘛，要写，就写郑书记如何支持聂小幸，修路、建基地、兴产业，缺了老郑支持，哪件事她能办得利索？

老郑打断曹得水的话，意味深长说，你以为田记者真写我呀？说完，老郑带头笑了起来，看样子老郑心里明白着呢。

我认真说，为什么不能写你？谁真心为群众办事，我就写谁？

那你还是写她吧，她确实真心实意想为群众办事。就说这会吧，正替曹二能跑贷款呢。

我突然想起聂小幸上午抢险的事，插嘴问，上午你和曹得水都在村里，怎么好意思让她带个半大孩子抢险呢？

老郑说，镇上什么事情都找她，愿意去就去呗。

这个老郑，咋能这样呢？抢险这件事，咋能把恩怨挂在心上？我不敢打岔，怕他一生气，又变回闷葫芦，我需要更多的细枝末节，看他还能说些什么。

4

下午四点多，天又阴了。太阳隐匿不久，大风便顺着山溪灌进山坳，很快又下起了暴雨。想必山里的天气就是猴儿脸，说变就变。乌云落到地上，摔成八瓣雨滴之后，再次弹起，好像要演奏一段美妙的音符似的。风雨中的道士冲像极了一幅江南水墨画，尤其古树和桥，烟雨朦胧中，格外清新。看着那些高低不一的农家院落，我不由自主地想起马致远的《天净沙·秋思》：枯藤老树乌鸦，小桥流水人家。我想，有了西风，就差瘦马。就在那一会，我想起什么似的对老郑说，为什么不走文旅融合发展之路呢？

这些还用你说？聂小幸早想到啦。你不是说挖掘机吗？开挖掘机的那家是村里最富的啦，打工回来，就盖了漂亮的院落，聂小幸撺掇他投资民宿，你猜咋？几十万元打了水漂，穷山恶水，谁来这里旅游？

我打断老郑的话，不说别的，单就青石蓝波、古桥流盼，宣传出去，就很有吸引力。

老郑说，拉倒吧，做啥事不需要钱？双手攥肉，吸引个球？

看来老郑跟"球"干上了，张嘴闭嘴都是"球"字。我想了一会才说，所以才需要加大宣传力度，吸引客商投资。

老郑见我绕回正题，想起什么似的问，你车呢？

我笑。

他说，停外面去了吧？开来吧，晚上就住村部。要我说，不写聂小幸，也甭写我，就写写道士冲，看看能不能引来客商？

上午和下午，老郑前后判若两人，看来他对文旅融合发展之路蛮感兴趣。

曹得水见我发愣，站起来说，喏，我陪你开车子去。

峰回路转，两个人总算愿意接纳我，这让我十分高兴，我接过曹得水递来的伞，走出村部。山道顺着山势婉转而去，陡坡处前面，我找到了车子。停车那会，没注意停车场下面就是陡坡，现在想，为啥要把停车场建在陡坡上面呢？见我提出疑问，曹得水解释说，只有这里有块像样的地，再说陡坡处不容易积水。曹得水继续解释，要说聂第一吧，确实是个想干事的人，这是她争取来的第一笔资金，都丢在停车场这里，她刚到道士冲就想发展旅游的，现实不允许。

我放眼看去，偌大的停车场，只停着我的一辆车和上午见到的那辆小型挖掘机。雨势小了许多，停车场背后的景致更加葱郁，不说绿植，单就新鲜空气，仿佛要把我的浊气彻底牵引出来似的。暴雨中，天气凉爽了许多，知了不再聒噪，山风也很柔和。我贪婪地呼吸着新鲜空气，又看看停车场周围的枫树和香樟，那会，确实以为误入仙境。

把车开到村部门前，停好之后，老郑已经在楼上给我摊开了一张简易床，老郑对曹得水说，回家弄两床被子，山夜冷，别看是夏季，夜里依然需要盖被子。说完郑大文又对曹得水说，弄几盘蚊香，就让田同志住在这里写。

我心里暖暖的，实际我在镇上小旅馆已经开了房，我想，待会去镇上把房子退了，住在道士冲方便些。余下的事情老郑和曹得水去安排吃住，我去镇上退房，等我回来后，暴雨彻底停了，夕阳出来后，山里一片橙红。

夕阳收去最后的余晖时，聂小幸才回来，她噘着嘴走进厨房，见老郑、曹得水和我一起喝酒，二话不说，拿起酒杯就斟酒。

以为她要敬我酒呢？没想到，她端起酒杯站着就喝了一杯。

起先我坚持要回镇上吃的，老郑不让，吩咐看村部的老大爷，说抓只鸡，弄点蔬菜。还诡异地笑笑说，反正聂小幸房间有酒。

听人劝吃饱饭，我心安理得地坐在板凳上。

曹得水看来确实是烧菜的一把好手，老大爷洗菜、择菜，他烧炒，不一会儿，弄出一盆红烧小隼鸡、一盆豆角、一碟毛豆炒鸡蛋和一碟韭菜炒螺丝。

聂小幸喝光一杯酒后，又斟满一杯。

老郑拦住聂小幸的酒杯说，不是不喝么？

我的酒凭啥不喝？

曹得水吐吐舌头，调节气氛说，你们喝，我烧盆红烧肉去。

聂小幸脸色不好，坐下又闷头喝了几杯，满脸火气，看来她谁也不想搭理。看村部的老大爷为了打破尴尬，讨好地说，聂第一每月一千八百元的生活补助费都撂在我这里，山里菜便宜，放手花，每月还能节余一点呢。

老郑没吭声，我也没说话，聂小幸"呼呼"连喝三杯。

我想，一整天脚不沾地，或许累了。没想到，聂小幸连喝七八杯酒，神态有些不自然了，歪歪倒倒站起后，独自走回自己的房间，并"哐当"一声关上了门。

老郑不知道聂小幸咋啦，一脸糊涂。惹得曹得水从厨房端出一盆红烧肉后，有些发蒙地问，人呢？

气氛有些压抑，喝酒的兴致全跑了。看村部老大爷吧嗒几下嘴说，不该拿她的酒，想必生气了呢。

老郑闷头吃红烧肉，嘴牙冒油后，才放下碗说，不说不问，酒都喝了，又不能吐回去。说完，用手抹抹嘴，走喽，爱咋咋的。

老郑和曹得水离开村部后，我只好去二楼。

聂小幸住一楼，进屋后没再出门。老大爷锁上大门，上楼问我要不要开水？我说送两瓶。他送来两瓶开水，下楼进了和厨房连体的阁房，很快，拉灭了灯。

以聂小幸的脾气，不会为喝她一瓶酒而生气，贷款不顺利？还是进城碰上了窝火事？不管遇上啥事，也不该板着脸呀。

迷迷糊糊中，听到聂小幸的骂娘声。仔细地聆听，不是骂娘，像是跟谁吵架。到底咋啦？大半夜的。我推开窗户，断断续续听到，爱过不过，谁怕谁？

跟家里人生气？

半天又听到一句，就这么办，爱咋咋的。

不行，我得下楼找下聂小幸，问问到底发生了啥事？

拍响聂小幸的门，聂小幸半天都没有开门，只听她在电话里说，你他娘的，大半夜的，还能有谁？

我还在拍门。不知道那边在说什么，猛地又听到聂小幸大声骂，王八蛋，大半夜拍门，除了野男人，还能有谁？

我明白了电话那头的人误会了，故意拍门喊，是我，《山州晚报》记者田小田。

聂小幸猛地拉开门，热风扑了一脸，见她火气冲天的样子，我吓得捂住了嘴。

聂小幸"砰"地关上了门，声音特别大，之后不知道对我还是对电话那头的人说，没脸没皮你能咋的？

听到那边还在误会，知道了无意之间有些添乱，大声问，是不是遇到麻烦事啦？

聂小幸"砰"地又打开门，大声对我说，你干啥？之后，又关上门喊，爱咋想就咋想，无所谓。

这都什么事呀，电话那头的肯定是她老公，解释几句不就行啦，吵什么呢？

一夜忐忑。

第二天大清早就听到曹二能的说话声，曹二能说，就是穷死，也不能祸害你，算啦，不贷啦，你也不要再操我的心。

聂小幸说，听我的，谁也无法阻止我的决定。

我匆忙下楼，只见曹二能泪眼蒙眬说，咋这么固执呢？

到底怎么回事？

后来我才知道，聂小幸带着曹二能回家拿房产证，她已经跟银行通融好啦，可以用房产抵押贷出五十万元，有了这笔钱，曹二能的茶厂就能东山再起。可聂小幸家的房产证是夫妻二人的共同财产，须得她老公签字。她老公死活不肯，还说，逼急了就离婚。聂小幸说，离婚就离婚，一点不理解人。她老公是职业中学的一名老师，人老实，见聂小幸真的有了离婚想法，急眼啦，二话不说，闹到了市经信委。贷款没办下来，聂小幸还挨了经信委主任一顿好批，气得她带着曹二能又赶回了道士冲。

知道事情经过，我对聂小幸说，有话好好说，抑或找组织，要理解你老公的心情。

聂小幸不太高兴地说，当初说支持，现在全变了，一点也不体谅我的苦衷。

我说，慢慢来，搁谁都不会签字的。

聂小幸长叹一口气说，看来这回他是打定了主意。

家长里短，不好过问，见聂小幸一脸疲惫，加之老郑也来了，我顺势去了洗手间。等走出洗手间，洗漱完毕，见老大爷早已端上了稀饭和包子。匆忙喝了一碗稀饭吃了两个包子，然后我躲避灾难一般走向古桥、古树那里。

刚走上古桥，一抬头，看见了昨天上午开挖掘机的半大小伙子，我喊，嗨。

半大小伙子咧嘴一笑，你呀。

走到半大小伙子的身边，我问，你家也住这儿？

喏。他指指古桥不远处的新院落。

一看，就是昨天我去过的老郑口中全村最富的人家，想起腰弯到地面的老大爷，我问，你有个爷爷？

他点点头问，你怎么知道的？

我说，像你这般大，应该上高中才对。

半大小伙子不好意思低下头。

我明白了大概，小声问，姓郑还是姓曹？

小伙子神情活泛了起来，笑嘻嘻说，看来你知道得不少嘛？

我咧嘴玩笑，反正不姓郑就姓曹？

小伙子再次笑笑，然后邀请地说，我爹在家呢。

走进那座苏州园林建筑风格的院落，映入眼帘的是一位五十多岁的粗壮男人，想必他就是半大小伙子的爹。老爷爷这会正躺在桂花树下休息。半大小伙子讨好般对他爹说，记者，采访聂第一的。

他爹爽快，伸出手，大大方方说，哦，前后来过好几波啦。

谈话中得知，爹叫郑大为，半大小伙子叫郑小为，大为小为都是为，有所为有所不为才是智者。我那会想起了郑大文，都姓郑，想必都是"大"字辈的。

郑大为说，年轻时去苏州打工，挖了一桶金，才回来陪儿子读书。苦恼的是，他初中毕业就辍学，死活不上职业技术学校。现在跟我后面学开挖机，想来，有啥出息？

看得出郑大为后悔回到道士冲。我看看郑小为问，她妈还留在苏州？

郑大为摇头说，前年得病走了。伤心的是，去年我娘也走了。

见郑大为有些悲伤，我不再说这个话题，婉转问，道士冲怎么看待聂小幸呢？

郑大为揉揉眼睛说，她呀，恨死活人。

怎么讲？

郑大为说，讲什么讲？不是她，小为妈和他奶奶肯定不会出事的。

我再次错愕地张大了嘴。

5

道士冲这里最有条件做民宿的只有郑大为，不说院落，单就后面的三层楼房，稍加改造，住上十七八人没有问题。在聂小幸的鼓动下，郑大为拿出几十万元，做了基础性改造。对外营业之后，无人问津，入不敷出，最后连广告牌都被风刮得无影无踪。接着厄运就像魔咒，老婆抬到医院便是肺癌晚期。老婆病死后，娘又得了癌症。接连走了两位亲人，大家都说郑大为坏了房子的风水，还说家宅有讲究，家神动了气。

安葬好老娘，郑大为便找聂小幸吵闹。聂小幸弄糊涂了，改建房子，怎么就坏了风水？气了家神？见郑大为认真，只好哭笑不得劝说郑大为，说很多事情都需要坚持，乡村旅游未到时候，先出手就会胜利。

郑大为突然大喊大叫起来，你要政绩，为啥撺掇我？

聂小幸没想到郑大为会把八竿子都打不着的事情连在了一起？他可是见过世面的人？见郑大为失去理智，聂小幸只好忍下委屈，时时惦记郑大为投资损失的几十万元。惦记久了，自然助力。尤其村里有了七七八八的活计，聂小幸不由自主就会想起郑大为。那些看不上眼的修修补补，聂小幸统统安排郑大为干，惹得郑大文和曹得水一肚子不高兴。到处说聂小幸收受了郑大为的好处，后来纪委来人调查过这件事。郑大为发誓赌咒说，送礼？没她祸害，我会这般伤心？她欠我的只怕八辈子都还不清。

调查人员走了，郑大为约莫村支书老郑做的手脚，都姓郑，告啥不好，偏偏说我行贿？

老郑自然不会承认他举报的，气得郑大为又找到曹得水，说曹坏水没干过一件像样事。曹得水一蹦三跳说，就我检举的，你能咋的？聂小幸又能咋的？

聂小幸心里窝下气，大病了一场，病好之后，聂小幸专门召开了村支两委班子会议，会上聂小幸痛心疾首说，蜩鸠笑鹏，可笑至极。

老郑不紧不慢地说，就算我等如山蝉和斑鸠一般，可从来没有笑话过鲲鹏振翅。想必老郑知道聂小幸所指，奋起反击，聂小幸搋下鼻子说，看看古桥那边的八个字吧，无上无极，清静无为。祖先们早就告诉我们，扶贫致富要有所为、有所不为，可你们倒好，当为不为。

郑大文说，什么为不为的？那点零碎活谁都知道漂点油，你把油星子撇走了，我们吃水？

聂小幸没有想到郑大文这么直接，气得摇头说，我压根儿没有想到油水的事。

其他几位村干部见他们吵得不可开交，和稀泥地说，聂第一肯定没有功利的想法，不过，今后这些小活，尽量上会，需要招投标的，按照流程，省得大家误会。

聂小幸反驳说，有些零星活事发突然，好比山体滑坡、清淤啥的，突然光顾，怎么来得及上会？民主集中制还强调集中呢。

郑大文"啪"地拍响了桌子，掷地有声地说，谁都不能高人一等。

山里湿气大，屋里有些冷，郑大为嘟嘟啦啦说了这些，我不知道怎么评价。想起聂小幸提及的有所为有所不为，我来了兴趣，笑着插话说，聂小幸鼓励你改建民宿，在我这里就叫有所为，在你嘴里，为啥扯上厄运了呢？

郑大为叹息说，心情不好，得找个出气的地方吧？她不劝我投资民宿，能怨上她么？

我呵呵笑，笑后说，你得站在她的角度想问题。

话音未落。老大爷从桂花树下站了起来，驼着背走到我的面前说，不说风水说运气？

老人家耳朵时聋时清晰，想必做了选择性耳背。他气呼呼看着我说，不怨她怨谁？都怪大为不清醒。

聂小幸无端被误解，我都替她委屈。那会我想，再正确的事情，超越了现实范围，都会出现各种偏差，好心办坏事就是这个道理。

老大爷见我不说话，拧着脖子，仰头对我说，你们这些胡咧咧，嘴里没得一句实话。想呀，明明"倒跰冲"就是道士冲，非要编排说道士冲上有座道观？道观，你说那些道士埋在了哪里？再说，道观之下，焉有发旺之地？老人家想必大鼓书听多了，说话有些古怪。我安慰老人家说，假如真有道观呢？

老大爷气得浑身打战，随后说，都是你们这些人编的。

见老大爷真的生气了，我吓得站起来，急忙告辞。

郑小为见我尴尬，跟着走了出来，不停解释说，爷爷迷信，干啥都揣时辰。

我拍拍郑小为的肩膀说，你还年轻。

到了村部，聂小幸不知去了哪里？老郑坐在桌子前喝茶，见我走进办公室，指指凳子说，知道什么叫说不清了吧？

哪有说不清的事情？不过我没有反驳。

老郑说，见你去了郑大为家，他家的事情你能说清？

我笑。

老郑一脸严肃说，聂小幸又跟曹二能去了市里，唉，孤注一掷，谁的话也不听。

我理解聂小幸的焦灼，也觉得老郑说得有道理，就算她要抵押贷款，也要慢慢做通老公的思想工作，怄气较劲，只怕办下贷款，两口子的感情跟着出了问题。可这些话我不能说，抬头看看唉声叹气的曹得水，随口问，咋啦？

曹得水说，九九八十一难，什么时候才是头？

见他正在填统计报表，知道他抱怨什么啦。

各有各的苦衷，想必各项工作都是如此。

就在那会，我的手机响了，是报社总编打来的，总编说话一直喜欢打官腔，听起来特别别扭，他哼哼哈哈问，采访顺利吗？

我说，比想象的好。

谁的想象？你的？我的？另外几组进展迅速，就你没有动静。

知道他催稿子，我想，才下来，就要稿子，神仙还要念会咒语。

见我不吭声，总编说，突出艰辛和精神品质，这批第一书记不容易，注意挖掘他们身上的典型性。

挂了电话，我不想说话，如果按照上级要求写，聂小幸身上闪光点确实很多，可发表之后呢？肯定给郑大文他们添堵，聂小幸的工作氛围也许会更加窘迫。可如果按照我了解的实情，写下这些细枝末节，肯定影响先进人物的典型性。我感到特别纠结。

又待了一天，这天晚上聂小幸没有回来，曹二能也没有回家。第三天上午，老郑被通知去镇上开会，曹得水说要去镇上办点事情。其他几个村干部分头去了村民组，村部就剩下我和蹲在阁房里的老大爷。那时候村民办事大厅还没有建好，几个领低保的村民，一直坐在门口等曹得水。

趁此机会，我想跟那些村民再次了解下聂小幸，门口的几位，都是清一色的老人，说当地话，说话抓不住重点。为了拉近距离，我特别挑出道士冲的由来，刻意问，你们讲，到底有没有道观呢？他们根本不关心曾经的往事，嘀咕说，人老啦，生啥都不能生病。我鼓励他们谈谈对聂小幸的看法，他们笼统说，聂小幸是好人，郑大文也是，可没了人，神仙来了也白搭。

村里的年轻人确实少了，扶贫攻坚，难点就在这里。

我故意引向曹郑两家的恩怨，没想到，我才开个头，几个老人都不说话啦，然后问看村部的老大爷，曹得水到底什么时候回？

老大爷说，我咋知道呢？

几个老人见一时半会等不到曹得水，丢下我，歪歪斜斜，走散了去。

我心里突然之间多了其他滋味，这是来道士冲之前绝对没有的感觉，正在惆怅，突然接到老婆的电话，老婆说，孩子发烧啦。想起儿子通红的脸，我对老大爷说，得，到了回去的时候啦。老大爷见我有些焦躁，担心地问，不等他们回来？

我说，麻烦你告诉聂第一和老郑，就说我回去啦，不会乱写他们的。

老大爷说，这样不好吧，再说，我也说不清什么叫乱写？

我说，我把电话号码留给你，他们怪你，打这个电话就是。

老大爷无奈地说，想必我也拦不住你。

回到家，先带儿子去了医院，就是普通感冒，吃了药儿子便开始发汗。到家不久，儿子就睡着了。闲了下来，我坐在书房开始梳理提纲。那一会，我才知道，什么叫千头万绪，静静想来，很自然想起了那场疾风骤雨，山里的动和静为啥那么怕人？那些狂魔乱舞的绿雾和菌团，包括泥沙俱下的山溪，现在想来依然令人心惊肉跳。从哪个角度讲述聂小幸呢？始终寻找不到一个合适的突破口。冥冥之中，好像老天特别眷顾我似的，就在当天晚上的一档扶贫访谈节目里，我得到了新的启发。访谈节目，安排了两个人，一个是专家，一个是村支书。村支书一番话，说得特别诚恳，他说，不能提着头发嚷着去脱离现实，跳起来摘桃子更不能跳到半空不落地。弯道超车，一定提防好心办坏事。村支书的一席话，让我灵感迸发，对，就按这个思路写。很快，我写就了"归雁识旧巢 故人看新历——道士冲扶贫工作纪实"的大通讯。我在突出聂小幸的坚守、奉献和牺牲的同时，客观展现了她的固执、困惑和孤立。意在告诉大家，扶贫不能超越现实，好心不一定就能办成好事。

总编看完稿子，不知道怎么评价，反正这篇另类的通讯，让他着实挠头，好在他请示了上级，上级说，这样客观分析的稿子，有一定的前瞻性，值得各地深思。

稿子顺利刊登了出来，于我也算有效地完成了采写任务。

之后，道士冲的是是非非再也没有进入脑海。

第三年的秋天，总编突然电话通知我去信访局接访，我咋能跟接访发生了联系？

总编说，去吧，去了就知道啦。

6

带头闹访的是曹二能，深秋季节，曹二能穿着一件米色的风衣，不光衣着打扮变了，连说话语气也掷地有声。她带人围住了信访局的大门，一字一顿地说：不给答复，不会撤人。

曹二能身后站着一帮男女老少，大家情绪都很激动。

我刚走进信访局接待大厅，曹二能便一把攥住了我的衣袖，嚯嚯嚯，到处找你呢？你叫什么？对，胡咧咧，胡咧咧你说你办的什么破事。

我一脸困惑。

说吧，良心呢？狗吃了，猫掏啦？还是压根就没有？

我脸色通红，不知道说啥好。维护秩序的民警把我和曹二能分隔开来。信访局领导小声劝慰曹二能，有话慢慢说，田小田不会跑的。

对，田大炮，你放什么炮？写的什么狗屁报道。

我像犯了众怒一般的罪人，被一群人斥责着。

慢慢才弄清，因了那篇报道，上级免去了聂小幸道士冲村第一书记的职务，上级没有说明理由，后来镇上解释说，聂小幸固执和孤立不是根本，深层次原因，是缺乏基层工作经验，比较起来，留在机关工作更合适。

曹二能的茶厂顺利开工了，两年赚了一百多万元，用她的话说，那才叫咸鱼翻身。吃水不忘挖井人，听到镇上那么解释，她不服气，什么叫缺乏基层工作经验？真心为我们办实事，就是心系群众。

我没有意识到，由于那篇报道，产生了这么大的动静。

所有人都义愤填膺，那些人中，我没有找到郑大为，也没有见到曹得水，不少年轻人，我压根不认识。但他们异口同声斥责我，说我不分青红皂白，瞎写一通。

信访局的同志有经验，恰到好处地打断说，组织上做出的人事决定，无法改变，至于田小田的报道有问题，可以当面问清。

曹二能喊，说破天都不成，除非把聂第一送回去。

我在回忆那篇报道，想来，当时只想说明聂小幸的超前发展意识受制于现实，要想把扶贫事业做好，根本着力点还得依靠当地群众和村支两委班子。至于组织方面是怎么考虑的，确实无法说清，如果就这篇报道有啥问题，我愿意负责。

曹二能见我不痛不痒的，情绪愈发激动，高声大骂，负你娘的责，你能负责，就把聂小幸送回去。

我没有这个权力呀。

曹二能说，听老郑和曹坏水的，还能公平？

他们是村支书和文书，当然要问他们。

拍心口说，收没收他们的红包？

胡扯么？何来这等事情？

你可以狡辩，可以耍赖，我们这次来，就是要接回聂小幸。

这不是我管的事情啦，我只能坐在一边喝水。

不一会我看到聂小幸走了进来，进屋就拽住曹二能的胳膊往外走，边走边问，想干啥？给我添乱是吧？

曹二能说，我不服。

聂小幸说，听组织的没错，我何来委屈？聂小幸突然提高声音说，再说，个人委屈算啥？只要道士冲能富起来，就算委屈化作八瓣泪花，我也心甘。

曹二能失声痛哭起来，接着哽咽地说：你越这么说，我越伤心，市里不行，我去省里，我就要把你的委屈踩在脚下。

聂小幸擦擦眼泪之后，回到屋里对另外一帮群众说，回去吧，我不当村里第一书记，照样可以为大家办事，拜托大家记住，我所做的一切，都是按上级指示办的，相信现在的第一书记比我更优秀。

上访的人群依然不想散开，最后曹二能擦干眼泪说，听聂第一的。

聂小幸挥挥手。

一群人很快散了去。

房间只剩下信访局的同志，还有几个维护秩序的民警。聂小幸见我有些尴尬，上前握手说，田大炮，你的外号没起错。说完头也不回地走了出去。

我傻呆呆地站着，心想，到底哪儿出了问题？

回到报社，总编找到我说，你这个人一直不能客观报道现实，新闻也是民心，看看闹的。

我还想争辩，总编说，往后就做校对吧，反正，你文字功力还可以。

奶奶的，这叫什么事嘛。

到了初冬，天气变冷的时节，某个晚上，我双眼昏花，看见字都想跟谁大吵一架，心情糟糕，便一个人走出报社，想到城市公园那里散散心。

刚走到公园避风塘，接到总编的电话，老总好像心情比我还糟糕，说话声音特别严肃，你知道吗？为了你的那篇报道，聂小幸离婚不说，还挨了处分。

可你们审查过那篇报道。

稿子你写的，倘若公正，何来恁多群众上访？

飘坠感就像无形的火焰在心里升腾，避风塘边上的霓虹灯不停闪烁，我想问问到底为什么？总编没有解释，就挂断电话。

冷冷瑟瑟的树木，灌满了痛苦和迷惘，灯火透过楼宇，一片斑斓，眼泪就像五彩的光芒，闪烁不停。那会我想，我就是另外一个曹二能，好心办成坏事。或许，抑或，根本不该做那种剖析。或许，抑或，是我直接害了聂小幸。

7

时光就像收割机，收割岁月沧桑，也收割回忆和美好。一切都放下的时候，总编找到我说，经受住考验的同志才堪大用，经报社党组研究决定，任命你为记者部副主任。

我没有感谢总编，也没有做出铿锵有力的表态，我想，干啥都是工作，问心无愧就行。

说来我当校对员的两年时间里，早已失去了激情，与孤单的汉字为伍，我变得机械、执拗而较真。现在，就在现在，我的问题得到了解决，可聂小幸有没有复婚，抑或撤销处分？

我不顾一切地拨通了聂小幸的电话，电话那头传来的是忙音。或许她删除了我的电话，或许早已将我拉黑。那一会，我才知道，什么叫覆水难收。

城市的春天更加闹腾，连小草都在破土而生。第二天上午，我去了经信委，登记之后，直接去了三楼，我没有打听聂小幸在哪间办公室，直接去找主任，我要问，他们凭啥处分聂小幸。

主任听说我是《山州晚报》记者田小田，呵呵说，没有你和曹二能，聂小幸不会挨处分，好在只是警告，现在已经没啥问题了。

为啥要给她处分？

有委屈也不能发动群众闹访，要说为啥，那得问问你，如果那篇报道真实，群众为啥闹访呢？

曹二能闹访是有原因的，也从另一个侧面说明聂小幸没有辜负组织。

如果仅仅她一个也就算啦，后来又来了一个叫郑大为的，闹来闹去，还能说正常？只能说明背后有人策划嘛。

我可以保证，绝对不是聂小幸策划的。

持续给组织施加压力，影响在那，挨个处分说起来还算轻的。

我大声申辩说，曹二能和郑大为闹访，只是替她鸣不平。

鸣不平？应该找你才是嘛。

我头脑嗡嗡起来，是的，我为啥要剖析？为啥要直面聂小幸的困境？她的艰难，从另一个侧面正好说明工作不力。看来，问题真的出自我身上，心里着急，我不假思索地喊，如果因为那篇报道，我愿意再采访一次。

经信委主任头也不抬地说，田小田，很多问题不是问题的本身，长点记性才好。

我想大喊几声，可主任根本不想搭理我，就差呵斥我滚出去，我不管不顾问，她在哪里，我想当面道歉。

主任还算忍住了性子，没好声气说，去了一家重点企业担任党建指导员，你也没有必要道歉。

闷闷不乐地离开主任办公室，我想，很多事情已经发生，我咋能装聋作哑呢？曹二能和郑大为闹访肯定是有原因的，为啥他们要从另外角度思考问题？就像那篇报道，对与错，深究起来，不是说明聂小幸更加不容易？咋就变成了聂小幸工作不力？

下楼的瞬间，我失去了冷静，决定去下道士冲，找到曹二能和郑大为，我想对他们说，如果他们追究就冲我，千万不能到处上访，给组织施加压力。

这是我第二次去道士冲，离上一次去足足有了五年时间。五年时间，城市变得生动而臃肿，纵横交织的高架桥和栉比鳞次的楼群，都说明城市青涩少年早已长成了膀大腰圆的壮汉。五年时间，说起来就是一恍惚，实际经历的事情，估计谁也无法说清。唯一遗憾的是《山州晚报》的日子越发窘困，大家都在关注自媒体和融媒体，谁还会关注一张晚报的死活呢？

五年后的道士冲，变成啥样了呢？我有些迫不及待。

车子驶进大山后，道路明显宽阔起来，与五年前相比，宽阔的马路中间多了彩色旅游标识线。仔细寻觅，已经找不到五年前溜车停靠的地点，不过枫树和雪柳还在，山溪清澈，山里肃静而俊秀。一路驰行，没有遇到任何阻隔，一个多小时就到了道士冲的停车场。停车场里车子爆满，看来当初的停车场面积还是建小了，谁能想到乡村旅游五年间跟着火爆起来。眼下，陡坡的下方正在辟出新的场地，推土机、挖掘机，还有无数工人混在一起，场面有些闹腾。想起那天雨后见到的人间仙境的样子，看看眼前的尘土迷蒙，我不由自主捂住鼻子。离开停车场，我松开手，好在山下空气依然清新，绿植和杜鹃花拼命绽放，仿佛要昭告天下，春天这个季节，有它们在，谁也无法撼动大山里的空气。

我得先到村部，先找老郑和曹得水，想问问五年来，道士冲发生了什么，然后才找曹二能和郑大为，我要当面向他们道歉。

经过古桥，发现四周全是广告牌子，野生茶谷、石斛基地、红色教育场馆、皮旅突围行军图，从这些广告牌子上，已经看出道士冲的变化。村部还是旧楼，只是做了新的粉饰。村部后面栽上不少风景树，前面辟出了一块广场，一边竖起大大的标牌：文明实践活动广场。村部左边建了一座村民服务大厅。右边草坪上插上石雕的标语：绿水青山就是金山银山。河流分隔出的四处高低不一的院落，大多做了翻新和装饰，屋顶抑或别处挂上了醒目的民宿或客栈的招牌，五年时间，道士冲不似过去那般瘦弱和冷清，看上去多了靓丽和闹腾。

老郑和曹得水不在村部，村民服务大厅值班的姑娘说，说不定很快就会回来的。

看村部的老大爷去了养老院，大厅另一侧还有两位姑娘，她们正熟练地操作电脑，好像在写什么材料。对于我的到来，三位姑娘没有感到稀奇，更没有半点关注，好像我就是芸芸众生。

古桥古树那里有很多游客摆出各种 Pose 在拍照或直播，一看就是大城市来旅游的。他们的身影和笑声就像蓝天和白云一般令人心旷神怡。

我一直忘不了青石之上蓝莹莹的水纹，更忘不了它们在阳光照耀下蓝波微晃的样子。春天的溪水清澈而迟缓，青石静泊水底，看上去十分舒适。岸上的青石，依然掩没在嫩绿的草丛中，细细端详，发现上面长满了绿茵和树根。看了一会，我又回头跟着那群游客仔细端详古桥古树，看起来，古树和古桥，还是旧有的样子。耽搁半个多小时，刚想离开古桥，突然发现了郑小为。他手里提着一只篾篮，里面堆满鸡蛋，看上去他早已变得膀大腰圆，跟过去相比，判若两人。尤其特意蓄起的络腮胡子，已经找不到五年前茸毛胡子的痕迹，时间就是一位优秀的造型师。

他到底认出我来，一点也不热情。

我想到道歉，讨好地笑笑。

他并没有笑，而是一脸严肃说，还好意思来？

见我发呆，他把篾篮递到游客手中后收下钱，而后，头也不回朝那处苏州园林建筑风格的院落走去。

我厚着脸皮跟在后面。

院落的围墙已经拆除，周围建了不少亭阁廊榭，亭阁廊榭中间恰如其分地镶嵌着一些摇椅、石雕、步行石啥的。腰弯到地面的老大爷还在，那棵高大的桂花树也在，见我靠近桂花树，躺在桂花树下面的老大爷突然坐正身子，仰头问，找谁？发现是我后，他突然喊叫起来，好像我要伤害他似的。

春风多了燥热，云彩有些低垂，彩色方砖上到处都是湿漉漉的潮气。

郑小为听到老大爷的喊声，走到我身边大声说，迷信咋啦？为什么要那么写？

老大爷上前推我，我有些尴尬，郑小为不为所动地说，就算爷爷和爹抱怨聂小幸几句，不该都写上吧？害得全村人都说爹没有良心。

那篇报道到底哪儿出了问题？我写老大爷迷信，说明道士冲人思想滞后，聂小幸要想冲出思想禁锢的藩篱，还有很长的路要走，哪儿错了呢？

空气中多了湿漉漉的潮气，春天的风自然柔和，可那种柔和让我感受到了窒息。郑小为明显带上责备的口气，大声说，爹要证明他没有陷害聂小幸，就得向群众说明，向上反映，结果，人们又说爹闹访。

说话间走出一位年轻女人，女人问，谁呀？

郑小为答，胡咧咧。

我估计那个女的是他媳妇，抑或对象，反正他们说话亲呢。

胡咧咧？谁是胡咧咧？叫我田大炮可行？我想说明此行的目的，起码给我一个道歉的机会。可郑小为不再搭理我，态度特别排斥，好像我才是罪大恶极之人。

我讪讪离开，每走一步仿佛都能踩踏出新的伤感似的，直至走到古桥那里才喘出一口粗气。古桥古树周边的游客散了，溪水在春风的抚慰下，一浪跌过一浪，一点也不平静。

古树还似过去的模样，树根旁的"无上无极、清净无为"八个篆书字，被请上了一块大理石，篆书变成了楷书，字面溜了金。那一会，我想，道士冲为啥单单把这八个字放大并镌刻在大理石上？是不是他们已经把"无为有为"当作了发展的内涵？由这八个字，再次想起郑大为和郑小为父子俩的名字，我想大为小为都是为，人的最高境界应该是有所为、有所不为。走神的一瞬间，发现一位头发斑白的人向古桥这里走来，此人面目坚硬，西装笔挺，走路的姿势悄然无声。谁呀？看上去有点熟悉？等那人走近后，我才发现来人正是老郑。

不想贸然上前打招呼，看他作何反应？没想到老郑见我站在古树下，仅仅愣怔一会，便认出我，上前抓住我的手，大声问，啥时来的？

我心里好受点，毕竟老郑还算客气。

老郑打开话匣子我就插不上嘴，他忙不迭声说，说来惭愧呀，我不该小心眼，不该使绊子，更不该写人民来信。就差说上"十不该"啦，看来他的后悔也是真诚的。说完不该，他痛心疾首地说，最后悔的就是跟你胡咧咧，她何尝霸道了呢？是我有些失落，故意排斥她。现在说啥都晚了。老郑喋喋不休，根本不给我说话的机会，他说，想来这辈子最对不起的人就是聂小幸啦。我跟新来的第一书记说，有了前番教训，再使绊子永不姓郑。呵呵，这几年，村里安排了乡村振兴专员，他常常教育我说，村支书直接跟群众打交道，要有大局意识。

老郑咋变成话痨了呢？说话节奏快得像马达，哒哒哒，一直不停。

见我一直打断，他才双手合十说，你能想到么？我那么伤害她，她还不计前嫌打我电话，尤其是一直暗地里帮助村里招商引资。红灯笼辣椒加工厂，还有石斛种植基地啥的，都是她引来的项目。光做这些不算感人，让人感动的是，她千叮咛万嘱托，让我不要张扬出去。比起她来，我算什么东西？老郑的嗓音有些哽咽，说到最后，居然流出泪水。

没有想到老郑会这么评价聂小幸？我说，那你为啥不把这些事情向上级反映？

老郑说，聂小幸不让，让我烂在肚里。

听到这些情况，我多了感动，急忙问，曹得水现在咋样？

话少，卖力。

他话少？谁会相信？我们刚进办公室坐下，就见曹得水也从外面回到办公室，眼下的曹得水不再是膀大腰圆的模样，看上去有些单薄，甚至说瘦弱不堪。发现我，他有些惊讶，不过也没有意外表情，只是冷漠点点头，意思来啦。

对比老郑和曹得水，我才明白什么叫造化弄人。过去老郑说话慢悠悠的，现在曹得水不但消瘦，话也少了。我开曹得水的玩笑，咋？五年大变样呀。

曹得水说，人们把我的性子骂蔫啦，心思重，吃嘛嘛不香。

我呵呵笑了，觉得曹得水就该这副模样。

我跟曹得水说起聂小幸，曹得水连连摇手说，不说啦，真叫丢人，甩衣服、丢被子，都是孩子做的事么？还有告黑状，是人都不会那么做的。

我突然想起了此行的目的，便回头对老郑说，为了那篇报道，我应该给曹二能和郑大为道个歉，尤其应该亲自给聂小幸道歉，我想真诚说声对不起。

老郑沉思一会说，时过境迁，没有必要啦。

曹得水慢腾腾说，路可以回头，事无法逆转，道歉能解决问题就好啦。

无论怎么说，我决定到茶厂见见曹二能，哪怕被她臭骂一顿。

驱车到茶厂只需要十来分钟，茶厂规模不大，占地大概只有二十来亩地，大门是电动的，门卫是个老人，听说我找曹二能，打了曹二能电话。曹二能得知是我后，不一会，走了出来，把我领到接待室。曹二能看上去特别精干，尤其挽起的发髻，带上一种不可冒犯的威严。落座后，曹二能开始抱怨，说我不该听老郑和曹得水的，不该质疑聂小幸的能力。

我说，郑大文和曹得水后悔，我也后悔。

曹二能情绪激动起来，骂骂咧咧地说，他们后悔？你说这里的项目，哪个不是聂小幸引来的？后悔就该替聂小幸喊几声？他们倒好，压根儿不提。

是的，老郑应该跟村民说清楚，起码应该向上反映。

我想再替老郑解释几句，没想到曹二能突然火冒三丈起来，也许太多的艰难和今天的成功让她多了无所顾忌，她大声说，再替他们美言，你现在就滚。接着曹二能站了起来，拍着桌子说，红灯笼辣椒基地抵押贷款咋啦？现在红灯笼辣椒成了全镇的主导产业，谁还记得聂小幸当初的贡献呢？

我说，时过境迁，每个时段赋予了每个人的不同责任。

责任？对人不公，就是对道士冲最大的不敬。

我慢腾腾地说，想想看，造成今天的结果都是那篇报道弄的，我郑重向你道歉。

如果真想道歉，就跟我一起向上反映。

你闹访，人们都说是聂小幸策划的，好心不一定能办成好事，就像那篇报道，早已背离了它的初衷，让我也变得面目全非。

曹二能忽地又拍响了桌子，这么说，更得替她讨回说法啦，不带这么冤枉人的。

春天的茶香确实迷人，我不停翕动鼻子，看着办公室的制茶流程图，晾晒、杀青、炒制、烘焙、拉火啥的，我想起什么似的问，现在不怕骗子啦？

骗子？你？我？还是谁？我是曹二能，不是难缠户，说话做事都问良心。

看着曹二能精干和自信的样子，想起五年前她把口红描到脸上的慌乱，我"扑哧"笑出了声。她大声问，你不信？

我点头说，信。

信就对了，在我这里，她指指心口，没有一天不替聂小幸委屈的。

雾气越来越重，燥热就像空气的碎片，撒满每一个角落，万物多了沉重，天好像一直在憋雨。曹二能说，你要是有良心的话，就跟我一起替她鸣不平。

我确实不知道该如何表态，支持曹二能又怕给聂小幸添麻烦。不支持，说白了，我才是始作俑者，起码一切都是那篇报道引起的。我反复说，或许，道歉最暖人心。

听我这么表态，曹二能不太高兴，嘟囔道，就知道你是说大话的人，缺乏担当精神。

那会，憋了很久的春雨，"沙沙沙"地缠绵起来。春天的雨，到底多了些柔情和丝滑，它们释放出最大的温情和柔和，尽可能多地舔舐冬季山风留下的每一道伤痕。

那一会，我想起了第一次进山时的那场疾风骤雨，我想，山的风雨充满变数，柔和、狂野，包括风雨之外生就的动静，无不说明世上万物都有多面性。那会我想起聂小幸湿漉漉牛仔上衣沁出的宝蓝色，我想那种色彩或许才是真实。

就在那会，我听到郑大为站在外面喊，你个狗日的胡咧咧。知道什么叫该写？什么叫不该写？

我叫田小田，叫我田大炮也行。还未等我争辩。曹二能上前拦住了郑大为，曹二能说，跟我们一样，后悔着呢。

郑大为凝视我半天，猛地拍着心窝说，这里结下了疤，做人就失去了滋味。

那会，我想起此行的目的，对着郑大为弯腰道歉，郑大为发呆的工夫，我想起村支书老郑说的他们一直在联系，明白什么似的说，对，就找老郑。我撒腿向外跑去，我想问老郑要聂小幸的电话号码，我想亲自向她道歉，大声说句对不起。

丝丝缕缕的春雨就像千道万道白丝结成的亮瓦瓦雨片，落到地面，柏油路面打起了一道道皱褶，拥挤着向山涧流去。春雷就在那一刻响起的，带上了火药性子。随着春雷声，春天的暴雨便倾盆而至。春天的暴雨不像夏季暴雨那般放肆和恣意，它们就像饱含委屈的热泪，咳血一般阻滞和坚韧。

曹二能跟在后面大声喊，这么大的雨，你跑啥？

凄凄惨惨戚戚，乍暖还寒时最难将息。喝过多少酒，流过多少泪，冰雪还未寒透梅花蕊，滴滴寒香为谁醉。乱七八糟，就像我的心事，直到最后，当我脑海中出现一片空白时，一位村民拦住了我的去路，他精光着头，如我一般潮湿。他不管不顾拽住我的胳膊问，你跟聂小幸一起来的？你们真要开发古桥和古树？真要建道观？

见我懵懂不知的样子，那位村民撒腿朝前跑去，边跑边说，说啥也不行。

聂小幸来啦？不是躲在幕后不露面么？还操心道士冲的事？

眼前一片朦胧，赶在这种天气，有点宿命一般的巧合。我啥也不顾地跟着那人跑，跑到桥头，发现聂小幸正迎着瓢泼大雨说着什么。大风吹开了她的雨衣，她的裤脚早已湿透，很多群众围住了聂小幸和几个老板，七嘴八舌说，古树和古桥就是道士冲的命根子，开发不得。腰弯到地面的老大爷说，道观之下，焉有发旺之地？咋能建道观呢？老郑和曹得水，包括村里乡村振兴专员都站在聂小幸的后面，很快分成两大阵营。老郑喊，听聂小幸的，你们难道都忘了，她是真心为道士冲办实事。

大家喊，古桥和古树不能开发，建观更是荒唐至极。

聂小幸说，开发不是破坏，是为了更好地保护，复建道观，为的是打造传统文化的高地，我们在乡村振兴中，一定要记住传统文化这个魂魄。

我们感谢你过去的无私帮助，开发古桥古树，复建道观，我们不欢迎。

春雨越下越大，聂小幸满脸都是委屈，想必当初群众也是无法理解她的所作所为，直到今天，大家依然不能理解她的真实目的，我见泪水顺着聂小幸的脸颊滚滚而下，直到我分不清到底哪是雨水哪是泪水时，我见曹二能大喊大叫扑向聂小幸，当她扑到聂小幸的怀里后，突然号啕大哭起来，然后不停拍打聂小幸的脊背说，何必要这样？为啥不怕委屈？

大家都被眼前情景感动了，不再说话，那时，郑大为不顾一切对着聂小幸弯下腰，然后说，我爹的话不作数，我郑大为带头支持你。

腰弯到地面的老大爷上前扯起郑大为胳膊，而后说，你个逆子，才过几天好日子，又想折腾？

古桥下面的山溪跟着吵闹的人群一起轰鸣起来，轰隆隆，呼啦啦，到处都是嘈杂的声音，几位客商劝慰聂小幸说，或许目前时机不成熟，不行，等等？

就在那会，我发现聂小幸猛地抹了一把脸，随后，举起拳头说，我相信时间能证明一切，你们可不能打退堂鼓呀。

客商说，不是打退堂鼓的问题，你看看大家的情绪？

聂小幸抓住曹二能的手问，你支持么？

曹二能也抹了一把眼泪喊，你为啥要这样？到底为啥呀？

聂小幸什么也没说，对着在场的群众弯下腰，雨水滴落到她的背后上，溅起的雨花就像另一种声音。

那一会，周围出现了奇迹般的寂静，那种安静让每个人都陷入沉思。

也就在那一刻，我再也无法控制自己，对着聂小幸深深弯下腰，我想说，道歉不分早晚，今后，再写报道，我一定会睁大眼睛。

分 水 岭

1

此刻，分水岭就像弓起脊背的虾米逶迤而去。奔袭而来的水，有的向南，有的向北。苗苗分明感受到水的缱绻和缠绵，仿佛听到南去的水说，此去何时归？

枫树先于杨树，居然长成了生死相依的情侣树，完颜说，能活过一场爱情，却活不过一棵树。完颜的声音醇厚而低沉。枫杨情侣树据说存活了两百多年，速生的杨树在枫树的怀抱里早羸弱不堪。苗苗想反驳说，人活不过树是事实，可人注定能活不过一场爱情。苗苗想说服完颜，说梁祝，说孔雀东南飞，可苗苗什么都不想说了，她知道，说啥都劝不回完颜。

完颜用头抵住枫杨树，凋零的树叶"啪啪"落在完颜白净的T恤上。那时秋天，正是万木萧条的时候，苗苗用手掸去完颜脊背上的落叶，顺手拉住完颜的胳膊说，回头是岸。

完颜抬起头，张了张嘴，完颜的牙齿很白，一个男人长出如此白糯的牙齿，给人清爽的感觉。苗苗最初喜欢完颜，从温暖的微笑开始，也从看雪白牙齿开始，看到完颜的牙齿，苗苗突然想起了一句歌词，满口口白牙牙对着妹妹笑。

完颜见苗苗泪流满面，抖了抖嘴唇，完颜的嘴唇溢出的都是冷峻，苗苗对这种冷峻很熟悉。苗苗目光多了几分哀求，完颜依然不为所动。苗苗凝视许久，只好失望地松开手去。

苗苗给苗老西打完最后一个电话就关上了手机，苗苗走上了分水岭，到了枫杨树下，苗苗一直想探究枫杨树到底会不会说话。枫树的五锯叶扬着暗红，杨树叶子枯黄如土。苗苗弄不清异类的树为啥也能长成一体？它们紧紧缠绕，就像少妇抱住倔强的老人。秋天多了冷意，枫杨树冷冷瑟瑟的。苗苗听不到枫杨树的倾诉，失望至极，她只好对着枫杨树的顶端发出"啊、啊"的喊叫声，喊叫声飞过树顶，飞向天空，飘过山崖后，就在嘶吼的溪水中破碎。苗苗看到，山溪之外是空旷而嶙峋的峡谷，峡谷之外是山峦，山峦缀成分水岭。

分水岭就在脚下，静卧在山冈和田畴之间，秋色让水分岭多上了一层安静和沉思，苗苗劝说不了完颜，苗苗第一次感到了自己的渺小，渺小到用真情也拉不回一个迷路的人。苗苗为完颜悲哀，也为自己。悲哀让苗苗痛苦，她学着完颜的样子，也用头抵近枫杨树，她想，枫杨树呀，你们真能说话，就告诉我怎么才能救下完颜？

枫杨树照例冷冷瑟瑟的，它们甚至没有认真瞅着苗苗，苗苗披头散发、眼睛肿亮，连衣服都扣错了扣子，苗苗在心里喊，枫杨树呀，你们能对完颜说话，咋不能跟我说一句呢？

认识在枫杨树下，分手也在这里，苗苗清楚记得，分手的那天，她多么伤心，她竭尽所能，一直劝说完颜回头。

完颜的冷酷好像分水岭一样坚硬，完颜说，万物都有轮回，有缘注定相会。

一道分水岭，轻易地把气候、物种还有大自然的情绪分得清清楚楚的。苗苗依稀记得曾经读过一篇关于分水岭的文章，文章说，南去的水多了柔软和曲折，揣下满满的深情和委屈，就像不舍的少妇，缠绵而去。北去的水似乎多了一些冷峻，它们不为深情而动，一直迈着坚毅的脚步，坚定流去。

苗苗厌恶北去之水的绝情，很多次她把自己想象成了南去之水，她想，完颜为啥从一个善良、敏感、多情的人一下子变成了冷漠、绝情、淡泊之人？难道仅仅是苗老西的反对，俊武的干扰吗？肯定不是？

苗苗讨厌完颜说一些上下不着地的话，小我非大我，心静万物皆清。

那时，杨树开始黄叶，如苗苗的情绪一样枯萎，苗苗不甘心，央求完颜说，树都能连体，我不是人们传说中的那种人。

完颜说，我并没有轻信传言，我信你。

苗苗死死逼问，为啥这般绝情？

完颜喃喃说，身是菩提树，心似明镜台。我只是擦拭一把而已。

苗苗拉住完颜的胳膊说，你能不能别这样说话？我只懂，你也是爱我的。

完颜睁开眼睛，露出灼灼之神，很快那种灼灼黯淡了下去，完颜说，本来无一物，何处惹尘埃。

苗苗大声喊，分水岭在呢，枫杨树在呢，它们已经见证了我们的感情。

完颜不知道怎么说苗苗才能明白，完颜显得比苗苗还痛苦，完颜小声说，原谅我的懦弱和自私，我为的是自我救赎。

苗苗那天哭天抹泪，明显感到完颜离她越来越远，她已经无法触摸到完颜的内心。

靠在枫杨树上，苗苗无法走出回忆。单调的姿势，让苗苗身心开始了麻木。她已经无法忍受这种麻木，可她还是一动不动，她在最后倾听枫杨树说话，她不信枫杨树也会如完颜一样绝情。

一片杨树枯叶飘落了下来，落在苗苗的胸前，苗苗不想抬头看树，她知道那是杨树最后的凋零。即便枫树用心良苦，也无法阻挡季节的摧残，她不想打扰杨树，更不想挪动一下身子。

枫杨树干很粗，粗到几个人手拉手也丈量不到边际，枫树的五锯叶轻易地遮挡住了蓝天白云。杨树依然干枯、羸弱，依在枫树怀里，也像一直流泪。苗苗想，枫树且能用丰盈去庇护杨树的干枯，为啥你不能？为啥？

枫杨树不会回答，分离之水不会回答，完颜更不会回答。苗苗不甘心，问跌落的树叶，问叽叽喳喳惶恐不定的山雀，一整天里，苗苗还问过坚硬的岩石。失望就像秋风一样窸窸窣窣，苗苗听不到枫杨树说话，听不到分离之水说话，苗苗想，完颜就是骗子，他说的都是假话，完颜骗人，骗人。

深夜时分起的风，风声在分水岭上空跌宕起伏，泉水带上了呼哨，石头也多了叮咚，苗苗抱起双肩，一步步走向了悬崖。

悬崖边上，怪石嶙峋，风从山崖之下呼啸而出，好像要吞噬万物似的。苗苗感受到了风的威力，哆嗦着，不敢挪动半步，她知道，此时此刻，只要她上前一步，便会告别分水岭，告别完颜，告别爹娘，也告别自己的人生。她看上去没有太多的犹豫，心里涌满的全是绝望和哀痛，她怕犹豫，怕惦记，就要纵身向前的当口，她突然听到了苗老西的微弱呼喊声，不能。

秋风吹过山崖，旋风般擦过山冈和草木。悬崖之下是溪水，溪水轰隆而至又跌宕而去。苗苗迟疑，咋会有苗老西的喊声？幻觉，肯定是幻觉，罢了、罢了，此去一了百了。苗苗屏住气息，又要做最后的跃起。苗老西的声音好像还十分清晰，苗老西喊，不能。苗老西的声音很遥远，遥远到气若游丝，不错，就是苗老西的声音，苗老西在哪儿？为啥喊我呢？

苗苗深吸一口气，左右顾盼，四周还是先前的模样，苗苗慌了神，不自觉地把手触向手机。手机还在口袋，沉沉地坠在腿上。哆哆嗦嗦中，苗苗居然神使鬼差地打开了关闭的手机，谁知打开手机的瞬间便听到汹涌而至的信息嘀嗒声。谁发来这么多信息？完颜？肯定是完颜。苗苗颤抖着手，急速浏览，滚滚而出的信息都是大哥发来的：苗老西走了，为啥关机？苗老西走了，你在哪里？看完大哥十几条同样的信息，苗苗才感到天旋地转。爹走了，咋可能？爹好好的，咋会走呢？哥骗人。

确认哥的电话无疑，苗苗才开始慌神，难道爹真走了？哥咋会说假话呢？

2

水晶棺置放在堂屋的中间，四周有鲜花、花圈，也有绫帐和挽联，挽联系楷书，挽词近乎大白话：情系儿女七十载；甘苦只为庄稼生。挽联与挽幛挂在蒙上白布的中堂前面。

苗老西七十岁了，按说还不是能走的年龄。

花花哭声最大，哭声细而尖厉，压过唢呐的悲凉，笙箫的呜咽。

苗老西在花花哭声中形象渐渐丰满了起来。躺下的就是苗老西，他经历了辍学、生儿育女、外出打工、再次回家务农。奔着儿女，奔着生活，最后却歪倒在红薯地里。

深秋了，红薯秧儿不再蓬勃，花生秧儿同样萎靡，油菜小麦还没有来得及播种，棉花零星地灿白在红薯和花生地周围。苗老西喜欢分水岭的深秋，喜欢丘冈之地的风景。苗老西沉浸在红薯成熟的日子里，内心一直喜滋滋的。

那是春天插下的十几垄红薯，见霜后早变得黄沉沉一片。苗老西知道红薯黄了秧儿，便是起垄的日子，苗老西还知道这是镇里去年推广的"红心徐薯"，品种好，长势喜人。能起红薯的日子，苗老西有点多愁善感，他想，红薯半年一茬，短命的庄稼，苗老西想，红薯叶儿黄了，命就完了。想到了红薯的短命，苗老西很难受。不过难受就是一会，庄稼的短命，赢得的是人的活命。想到这些，苗老西把开心挑在胡子上，苗老西想，人离不开庄稼，庄稼离不开土地，土地才是人的命根子。苗老西的胡子斑白，疏朗而有序。婆娘见苗老西翘起胡子，跟着莫名兴奋起来。

苗老西查看完了一垄红薯，开始割藤蔓。真要割去藤蔓，苗老西还是有些不忍。一直磨磨蹭蹭的。婆娘催促说，磨蹭啥呢？

苗老西开始察看垄埂闸口，高高的垄埂就像怀孕的少妇，挺着肚子。看见肥大的垄埂，苗老西又涌出开心，想，今年的红薯怕是又肥又大吧。起锹的当口，苗老西更加轻慢，生怕碰伤了红薯，苗老西想，别看红薯不喊不叫的，怕是也知道疼呢。苗老西每起出一窝红薯，就会独自心疼一会，苗老西的心疼体现在端详上，端详很久，苗老西才把起出的红薯放进背篓里去。

婆娘见苗老西磨蹭，嘀咕道，缠手的活还多呢，干吗像绣花似的？

苗老西不知道咋就想到了儿子，苗老西问婆娘，儿子生下来也就这般大吧？

婆娘嗔怒，哪有这么比喻的？婆娘说，很多活烂在地里，你咋一点不急？

苗老西见婆娘急吼吼的，笑嘻嘻地说，红薯也知道疼呢。

婆娘撇了撇嘴，突兀而出，红薯又不是牲口。

田地里的还有其他婆娘，叫她们婆娘应该比较中肯，他们同苗老西婆娘一般大小，都是当了奶奶的人。几个婆娘散落在不同地头，迎着风，一直在说话。话传到苗老西这里，苗老西抬头喊，婆娘家的，话不离口嘛。几家婆娘的男人都在村头拉呱，不下地起红薯，他们说起红薯是细活，细活是婆娘们的事情。

婆娘们属于魏家的、梁家的，还有曹家的，听到苗老西搭话，嘲笑说，苗老西，只有你不分粗细活呢。婆娘们搭上了话，就变得嘻嘻哈哈的，她们说苗老西没有一点男人气，还说男人就该大块吃肉、大口喝酒，这季节就在坐在村口拉呱。

婆娘听不惯别家婆娘胡咧咧，绿着脸嘀咕，搭讪啥么？要知道你是男人。

苗老西知道婆娘的脾气，见不得他跟其他婆娘说话。苗老西看到婆娘绿脸，多了一些介意，高声喊，有本事把你们家的男人都喊到地里。

婆娘们得意地说，他们才不像你呢，知道身子贵重。

听到几家婆娘白话，娘心里添堵，小声说苗老西，干活就得有干活样，惹她们干么？

苗老西见娘不开心，紧了情绪喊，他们不担心你们碰到红薯王？红薯王专找婆娘快活。

几个婆娘听苗老西说红薯王，不高兴了，掐腰地喊，苗老西，你才碰到红薯王呢。

那是上午时分，秋阳软绵绵铺展在地里，照得苗老西浑身金灿灿的。苗老西慢腾腾动锹，选准了目标，终于向最大的一处裂缝挖去。苗老西突然听到"咔嚓"一声，苗老西吓得不轻，按常理，这里不该有红薯的。"咔嚓"到啥了？是红薯的话只怕疼死了呢。苗老西停下锹，改作用手，苗老西扒出了巨大红薯的上身。苗老西屏住气息，好像他一出气，红薯就会消失了似的。苗老西对着手哈了几口气，然后再扒下去，好半天才扒出了冬瓜一样的红薯。

苗老西傻眼了，这是红薯吗？咋长得跟冬瓜一般大小呢？苗老西急忙挖其他的红薯，其他的都很正常，没有放在地上的大。苗老西捧起巨大的红薯问婆娘，嗨，这是红薯吗？

婆娘瞅瞅巨大的红薯，摇头说，不像。刚才一直说红薯王，婆娘未假思索，脱口而出，该不是红薯王吧？

红薯王？咋会呢？

苗老西丢下大红薯，脸色一点点沉重起来。

说来也是传闻，传闻的朴素道理，就是好事不能过了头。庄稼不能好得离谱。这些年分水岭遇到了不少离谱的事情，你说，谁谁谁好好的，挖到一条巨大的萝卜，高兴咧嘴呢，却倒了下去。还有一个老人，一直忙在地里，见到好收成，一阵大笑，就瘫在了床上。更有离奇的是，王家一个婆娘，起到一个西瓜一样的大红薯，到处抱给人看，走到水渠，搭起的石板塌了，人摔进水渠里，居然淹死了。到处都说王家婆娘怕是遇到红薯王了，带她走了。

实际都是留守老人，上了岁数，留下病身，早经不起扑腾，经不起高兴，经不起伤心，只是他们不知道罢了。苗老西起到巨大红薯，心里早不安起来，这家伙是不是传说中的红薯王？咋就让我碰上了？

硕大的红薯摔伤了身子，歪在地垄上，婆娘见苗老西慌张，满脸堆笑地蹲下，抚摸大红薯说，怎么会是红薯王呢？只是长得大罢了。

苗老西还在惊恐中，婆娘开导说，也许种苗好，才结这么大的。

婆娘越这么说，苗老西越害怕，又急慌慌挖去，其他红薯都正常，再也没有这么大的红薯了。苗老西不甘心，捧起大红薯，摸着摸着，就问，我心跳咋这么快呢。

娘说，看来你也不能经事了。

苗老西突兀问，儿子啥时回？孙子怕是会走路了吧。

平白无故地，苗老西提到了儿子个孙子，婆娘想，苗老西真被吓到了？

苗老西说，儿子打电话说想吃红薯。说到儿子，苗老西镇定了许多，把大红薯丢在一边，继续挖其他红薯。慢慢劳作中，苗老西回过了神，好心情跟着其他红薯一起涌了出来。一锨一锨起着，动作快了许多。苗老西正起劲，突然手机响了，苗老西想，肯定儿子打来的，他想到了儿子，儿子肯定想到他了。看都没看号码，张口就喊，儿子，我跟你娘正起红薯呢。谁知道电话是女儿苗苗打来的，苗苗喊了声，爹，就没了话。

苗老西回过神，才知是女儿，苗苗咋了？居然哭个不停？

苗老西为苗苗的事情闹心，闹心的事情苗老西不说，一直放在心里。苗苗光哭不说话，苗老西慌了，问，咋了？血涌上了脖子、接着漫溢到脸上，苗老西喊，说话呀，哭个啥呀？

苗苗说，爹，我不想活了。

苗老西慌作一团，急问，咋了？

苗苗说，爹，我真不想活了。

苗老西说，天塌下来有爹呢。那会儿更多的血涌上了苗老西的头颅，苗老西满脸通红，连耳根都是红的，婆娘没有注意，一直以为苗老西跟儿子通话。

看不见的血跟着苗老西的情绪一起激动，最后苗老西眼一黑，突然歪倒在红薯地里。

3

花花的哭诉声多了一些冷静，悲而不乱，高低有序。一更天，你种田。二更天，你抽烟。三更天，难入眠。四更天，为女烦。花花唱的是"四句推子"，"四句推子"是分水岭地方戏的一种，特别悲怆与嘹亮，花花想把所有人情绪都带到悲伤的境地。响器一直呜哩哇啦的，跪下的嫡系亲属、旁系亲戚以及亲朋好友，跟着花花的哭声，默默流泪。

孙子才会走路，听到那么多人放声悲哭，吓得跟着哭叫。儿媳妇抹抹眼泪，抱起孙子往外面走。到处都是白麻麻的孝袍人，儿媳妇分不清谁是谁。儿子说，爹没有享到福，得闹动静。儿媳妇孝顺，知道儿子愧疚，跟着强调说，那就往多里请。白麻麻的人多是雇来的，儿媳妇不需要认识。

挤过孝袍人，儿媳妇开始哄孩子，儿媳妇对孩子说，爷爷走了，娘难受呢。

孙子不知道发生了什么，还在哇哇地哭。

儿媳妇说，你得记住，你爷爷走了。

孙子停止了哭，看一棵梨树，梨树落光了叶子，孙子并不知道那叫梨树。孙子移开了眼神开始看桃树，桃树也落了叶子，跟梨树一样光秃秃的。孙子看了一会树，又扯上嗓子"哇哇"哭个不停。

房屋后面有一排冬青树绿着，儿媳妇希望找到一处安静的地儿，哄哄孩子。

还有人往这里奔走，大步流星的。那些人撇过儿媳妇到了屋前，儿媳妇知道，涌来的并不认识她，想必儿子也不认识。儿媳妇见孩子不哭了，悲伤走上了心头，儿媳妇对怀里的孩子说，爷爷是你爹的爹，你爹没了爹，娘也难受呢。儿媳妇说完这些话，独自流起了眼泪。

孩子见娘哭，一头扎进娘的怀里。儿媳妇顺势抱着孩子往屋前走，边走边说，你是爷爷的亲孙子，得尽孝呢。

孙子还不会说完整的话，想必会说完整的话也理解不了儿媳妇的意思，孙子一直看着儿媳妇，儿媳妇这才放心走进堂屋。

花花还在哭：天灵灵地灵灵，老天长着大眼睛，都说养儿为防老，哪知福薄没缘分。花花的哭词先前编好的，到哪都能套用。儿子听到花花的哭词，有点不高兴，这样的哭词分明是说他不孝吗？儿子眼泪大团大团滚下，只是并没有出声。

大家劝儿子节哀，儿子无法节哀，走的不是他们的爹，他们不知道儿子的悲伤。大家看到儿子悲伤过度，就想到了苗苗，不知谁带头问的，苗苗呢？

儿子想打断大家的话，给花花递上一杯茶，小声说：你累了，也歇会。

花花接过茶，到外面喝，儿子跟了出来，花花问儿子，苗苗咋了？

儿子不知道。

花花说，爹走了，她也不回？

儿子不再说话，显得特别焦急。

花花说，平白无故为啥关机？

儿子咋知道呢？儿子早安排了人送信，送信的说，苗苗不在，没人知道苗苗去了哪里？

儿子一直打电话、发信息。

花花见儿子心思重，扭过脸看唢呐手，唢呐手一直瞄着花花，花花知道唢呐手的眼神从没离开过她。花花不想回应，故意撇过唢呐手。

唢呐手松了气，声音不再稳当，花花回头瞅了唢呐手一眼，唢呐手突然就匀称了气。

花花喝完了茶，对儿子说，苗苗早变了呢。

儿子打断花花的话说，好好替苗苗哭，我不会亏待你的。

花花想说点什么，又忍住了话。

儿子心思不在花花这里，爹打工挣下的杂货铺在他手上长成了超市，苗苗不回，爹不能出殡，他就不能走人。花花转身的当口，儿子又打苗苗电话。

娘趁机溜出来问儿子，好好地，给你爹打电话干啥？想必娘清醒过来，才想起问儿子。

儿子说，我没有给爹打电话。

娘说，你爹就被那个电话招走的。

儿子慌张起来，该不是苗苗出事了？

娘脸上飘过一团忧郁。儿子随着娘的忧郁越发焦急。抬头看天，天空蓝莹莹的。

儿子跟娘又走进灵堂。

花花喝了水，替苗苗哭丧，花花依着苗苗的口吻哭诉：爹呀爹，娘呀娘，女儿未语泪茫茫。

娘听花花这么唱，拉起花花喊，苗苗，你爹走了，你没爹了？说完，娘开始打花花。

花花没有防备，趔趄着身子喊，大娘，我是花花。

娘回过神，见不是苗苗，大滴大滴的眼泪滚滚而出。魏家说，伤心不需要动静，苗老西活着最疼婆娘，他走了，你咋过呀？娘听得魏家这么说，哭得更加伤心。梁家拍拍水晶棺说，苗老西，你说你那么硬朗，接个电话咋就走了？曹家说，你说，红薯王咋也跟着祸害人了？

花花冷静，继续哭唱《儿想爹》《儿媳妇想爹》《孙子想爷》，花花还在努力把大家的悲伤推到新的高潮。

花花替每个亲人哭完了丧，大家想，苗苗咋还不回呢？

儿媳妇在大家猜测的目光中掏出手机，儿媳妇绷着脸，看起来比儿子还焦急。孙子在儿媳妇的怀里睡了，儿媳妇不敢挪动身子，怕弄醒了孩子。儿子眉毛挽成了疙瘩，儿媳妇也跟着蹙紧了眉毛，就在很安静的一会儿，儿子的手机突然响了，大家都被突然发作的铃声吓到了。儿子接通了电话便喊，妹妹，你到哪儿去了？

苗苗那头一直哭泣。

儿子也哭上了，忙说，爹走了。

苗苗哭得比哥还伤心，苗苗说，通电话时爹还摔了手机，咋就走了？

儿子喊，妹妹，爹真的走了，爹没了。

4

停下车苗苗就奔向灵堂，苗苗出奇地冷静，好像水晶棺躺着的不是她爹。

苗老西穿着蓝色的祆裤，脚被白线捆住，脸上也盖上了一张黄裱纸。苗苗不信水晶棺躺着的是她爹，到处找抠手，要掀开确认，苗苗的手被儿子按住了，儿子说，不能打扰爹。

苗苗不管，还掀，娘给了苗苗一巴掌，问，你跟你爹说了啥？

苗苗一脸茫然，苗苗似乎记得她对爹说不想活了。不知道那会儿咋了，特别想爹，爹手机掉在地上，苗苗以为爹又把手机摔了，苗苗知道爹不会原谅她了，索性关了机。

看娘瞅着自己，苗苗就拉住娘的手说，娘，你打女儿吧，往死里打。

娘不打，苗苗说，你不打，我打。苗苗抽起自己耳光，稀里哗啦的。

儿子说，爹走了，你得哭几声，打自己有啥用。

苗苗停止了抽打，扑通跪倒在地上，苗苗想哭的时候，看见了花花。苗苗问儿子，咋请她来当哭娘？

儿子没有回答，花花也没吭声。

苗苗和花花是同学，过去人说苗苗和花花好比一个娘生的。生分是她们双双回到分水岭之后。打工的时候苗苗和花花都不懂事，找工作不顺，一起当了夜女。回到家后，别人嚼舌头，把苗苗和花花嚼生分了。苗苗心里花花嘴快，花花怪苗苗瞎说。实际她们都没有提过去，传言从上海流到了分水岭。

苗苗和花花被传言弄得面目全非，她们彼此抱怨，再也不想联系。

实际花花回来为唢呐手，苗苗回来为完颜。他们说好的，一起寻找真爱。可是现实很无奈，等她们双双回到家里，花花才知唢呐手成了别人的老公。好在唢呐手带着一帮人成立了红白喜事艺术团，唢呐手对花花说，现在村里红白喜事可多了。分水岭的青壮年都出去了，可他们办喜事需要回到村里，老人都在村里，丧事自然也会留在村里。唢呐手说，别看我们艺术团不咋的，早成了大家最大的依靠和帮手。花花知道唢呐手成家了，啥也不顾地跟着唢呐手当起了哭娘。

苗苗比花花幸运，完颜结婚又离婚了，现在还单身。苗苗为了完颜，坚决留在镇上开歌厅，苗苗想，歌厅是个不错的生意，都说歌厅浑浊，我就要证明它的清白。

彼此抱怨之后，又对彼此从事的营生不满意，苗苗抱怨花花不该当哭娘，花花责怪苗苗不该开歌厅，俩人你怨我，我怨你，最后谁也不再联系谁。

这是花花当哭娘后第一次面对苗苗，花花心里一直在打鼓，花花不想给苗苗爹当哭娘，唢呐手应下了，她不想也没有办法。听到苗苗问她哥为啥请她？花花索性镇定下来，小声说了句，你得哭爹呢。

苗苗不在乎几句哭了，苗苗还在想完颜，苗苗想，是他害死了爹，完颜才是罪魁祸首。

花花见苗苗始终哭不出声，哭声跟着乱了。惴惴不安中，见苗苗开始打水晶棺。爹就在水晶棺里，苗苗说，爹，你出来？你不该这么走了。

大家一起慌了神，七嘴八舌喊，苗苗，苗苗，你爹走了呢。

苗苗知道爹走了，苗苗失声说，女儿知道错了，爹你跟我一起找他算账去。

空气中流动起悲凉的气息，悲凉镶嵌到了灵堂的每一处，娘拉住了苗苗的手问，你究竟咋了，你爹走了不怪你，谁让你爹遇到红薯王了。

苗苗不知道爹挖红薯的事情，苗苗说，红薯王没罪，他有罪。

屋里安静极了，大家都停止了说话，纸钱的火苗好像大家无力的叹息声。

哥拽起了苗苗，晃动着手说，爹真的走了。

娘摸摸苗苗的头，苗苗的头滚烫滚烫的，苗苗发烧了，娘对儿子喊，找医生呀，你妹病了。儿子站着没动，儿子在等苗苗那口哭。苗苗始终没有哭出声。儿子蹲下往瓦盆里添放纸钱，火苗腾地燃烧起来，屋里亮堂多了，儿子偷偷提醒，你得哭呢。苗苗还是没有哭出声。

尴尬的时候，唢呐声突然响起，鼓镲笙箫跟着响了，花花主动替苗苗哭了起来。花花这会真的涌出了悲伤，花花的悲伤引来苗苗的绝望，苗苗推开花花，"哇"地号叫起来，号叫声压过响器，大家被苗苗突然的号叫声吓到了。号叫完绝望之声，苗苗便直挺挺倒在了地上。娘一把抱住了苗苗，娘说，爹走了不会复生，你得好好的。

苗苗慢慢回过神的，苗苗清醒过来后，才开始放声悲哭，苗苗的哭不像花花，没有压抑、别扭，苗苗拉开了嗓子，惊天动地的。

苗苗哭着哭着，忘记了她在哭叫，最后站起来一头撞向了水晶棺，水晶棺被苗苗差点撞翻了，苗苗撞破了头，鲜血淋淋的，苗苗喊，爹，你把我带走就好了。

5

苗苗送走了爹，就请来了石匠，苗苗说，得替爹雕座石像。

儿子丢不下上海的超市，也不赞同给爹雕石像，见苗苗铁了心要办，气得带着儿媳妇走了。娘劝苗苗，你爹就是一个普通人，受不了石像。

苗苗说，再雕一个红薯王。

娘怎么都感觉苗苗不太正常，说，花那冤枉钱干吗？你爹走了就走了。

苗苗不听，上山请石匠，苗苗对石匠说，要雕得跟爹一模一样，石匠没有把握，拿出苗老西的照片研究很久才说，只能神似，做不到一模一样。

苗苗只能退一步说，神似也行，起码我得看着像。

石匠说，行。

半个月后，苗老西的石像雕好了，是头像，石匠说阴刻比明刻费时，你说像不像？苗苗反复查看，还是很像，尤其那抹微笑，真有爹的味道。苗苗掏出大把的钱给石匠，然后从车上捧出爹挖出的巨大红薯说，还得给它雕个像。

石匠糊涂了，哪有给红薯造像的？

苗苗说，我付钱，你刻就是了。

石匠强调说，没替红薯雕刻过，只能取大意了。

又过了十几天，红薯雕像刻好了，苗苗看上去，不像，提出返工，石匠不愿意了，说，红薯咋能刻得一模一样？几个来回，苗苗拗不过石匠，最后付了钱，雇来汽车、吊车，把爹的石像和红薯雕像拉走了。

苗老西的坟场在红薯地里，苗苗把红薯雕像放在爹的坟茔背后，把爹的石像放在前面，苗苗嫌弃土坟包寒酸，又把坟茔面儿用石头和水泥砌上。忙完了这一切，苗苗才开始真正地哭爹，苗苗说，爹，女儿不孝。女儿不该糊涂，不该一条道走到黑。苗苗一直在责怪自己，哭到最后苗苗搂住爹的石像说，爹，女儿不走了，替你陪娘。

巨石雕刻成的红薯王上落下了一只喜鹊，喜鹊不知害怕，一直叽叽喳喳的。苗苗傻呆呆看着喜鹊，想，喜鹊咋不害怕呢？是不是爹喊来的？

娘也在看喜鹊，娘说，你爹要是变成喜鹊就好了。娘忍不住悲伤，也抚摸着苗老西石像，娘说，老西，你一个人站在红薯地里咋能不凄凉？

苗苗没有想到娘会这么想，苗苗说，石像就是一个念想，娘往后想爹就看看石像。

娘不说话了。反正儿子不在，娘做不了苗苗的主。

苗苗办好了这一切，给娘留下话，让娘好好等她，她回镇上把歌厅关了。

苗苗开车到了镇上。苗苗并没有马上关了歌厅，苗苗一夜未合眼，第二天清早，苗苗决定上山骂完颜。

山顶庙在分水岭的顶峰上，前后两座大殿，前殿供奉的是弥勒菩萨。正殿供奉的是如来，如来周围是十八罗汉，两边是地藏菩萨、文殊菩萨等。绕过正厅，后厅供奉的是观世音菩萨。苗苗知道山顶庙的布局，也知道正殿后面有院场，完颜就在院场里。

苗苗还知道，山顶庙过去有座小庙，后来分水岭商人返乡投资新建的大庙，镇上人老说，商人说起来为了还愿，实际通过建庙，不知道赚下多少钱了。

大清早的，没有香客，前殿、正殿的门已经开了，苗苗穿过殿门，直接到了院落，苗苗站定后就喊，完颜，你给我出来。

苗苗的喊叫声惊动了和尚，和尚们停止了诵经，看着苗苗。

苗苗喊，我爹走了，我报仇来了。

苗苗的吵闹声惊动了方丈，方丈双手合十说，施主，这里没有完颜，只有净尘。

苗苗跪在方丈的面前说，方丈，你要让完颜出来，我爹走了。

方丈念念有词，罪过，罪过。

苗苗见方丈冷漠，突然站起喊，谁不知道，你们跟商人合伙赚钱，你们都是假和尚。

方丈双手合十说，阿弥陀佛，罪过，罪过。又说，施主，放下情执，才能自在。

苗苗说，完颜不该骗人，不该让我绝望。

方丈说，生者必有尽，此灭最为乐。方丈依然双手合十。

苗苗又气又恼，继续大声吆喝，完颜，你别当缩头乌龟，我死也不会放过你的。

完颜忍不住走了出来，给方丈施礼后，低头说，修行重地，施主不该大声喧哗。

苗苗站起来揪住完颜的胳膊说，走，你得跟我回去给爹磕头，你得认罪。

完颜说，念你执迷，才有此难。生死轮回，都有定数。

苗苗大声喊，你是个混蛋、骗子。

完颜脸色很不好看，憋了半天才说，施主，这里没有完颜，只有净尘，放下执念，万事皆空，别过。

完颜丢下苗苗跟着方丈走了。

香客陆续到了正殿，和尚们开始了诵经，苗苗无法大声吵闹，只能对着完颜背影喊，完颜，你就是他们的道具。

完颜并不回话，苗苗分明看到和尚们的嗔怒，也看到了香客们的不满，她只能尴尬地站起，她所有的气氛，都在特有的氛围中化为灰烬。苗苗气哼哼而来，只能失魂落魄而去。

几场雨让秋天迈完了最后的脚步，初冬戴上了面具，寒飕飕登场。下山的路上，苗苗才感到冬天的寒冷。台阶有了霜冻，两边都是山竹和树木也披挂上微霜。苗苗心不在焉地哈手。

拾级而上的是香客，有人一步一叩首，十分虔诚。

苗苗看到那些香客的样子十分滑稽可笑，苗苗忍不住喊，他们都是骗子，你们这样真可笑。

山鸟一直叽叽喳喳的，苗苗不知道山鸟叫啥？她伸出手问，你们不信？好好好，假如你们真有灵性就跳到我的手上。

山鸟并不听苗苗的话，见苗苗招手，飞到远处的枝头上。

苗苗走完了所有台阶，下到山下的平地，平地是个大型停车场，跟门厅连为一体。苗苗不再回头张望了，她想，完颜死了，这回真的死了，完颜死了才好。

苗苗到了歌厅，开始辞退员工，大家不解，生意好好的，为啥要关门？

苗苗并不解释，一边发钱，一边喊，散了，散了，一了百了。

员工们不知道苗苗受到啥刺激了，不想接钱走人。

苗苗轰走最后一个员工，砰地关上了门，苗苗想，都去吧，至于那些设备，留下就算作个念想。

开车回家的路上，天阴得重了，车在半道上开始落雪的，雪花很细碎，像盐粒，打在车玻璃上，发出啪啪声。苗苗开得很慢，她不想开音乐，不想开暖气，什么也不想，下坡时，苗苗猛地打开了车窗。山风凛冽，雪花飘进了车窗，苗苗感觉到了冷，可她依然不想关车窗，苗苗想，冷点好，只有冰冷才能让人清醒。

中午时分，车滑到家门口的，关上车窗和门，苗苗接连打了几个喷嚏。

娘听到车声，早早扶在门框上，见苗苗下车，急慌慌迎了出来，埋怨说，大雪天的，还回来干啥？

苗苗说，我关了歌厅，回来陪你。

好端端的，关它干啥？娘明显不能理解。娘才说，反正麦子种不上了，娘不用你陪。

苗苗说，不要再想麦子的事了。

提到麦子，娘想到了爹，娘说，你爹在的话，早安种好了。

苗苗不再说话，苗苗知道娘又开始难受了。

雪渐渐变成了中雪，路上一片白了，苗苗伸手接住雪花说，女儿也学种麦，明年不会荒废。娘见苗苗魔怔，猛地问，他呢？你爹走了，可以让他一起回来了。

苗苗知道娘说完颜，苗苗不知道怎么回答。

娘说，你爹糊涂了，娘不反对。

第一次把完颜带回家里，爹一直气哼哼的，爹对完颜说，苗苗不可能嫁给你。

这让完颜有些难堪。

爹说，我家女儿怎么会嫁给离过婚的人呢？

苗苗拦住了爹的话头，苗苗说，离婚不怪完颜，女儿愿意。

爹说，甭说还有孩子，没有孩子也不行。

爹态度坚决，完颜坐也不是，走也不是。

苗苗生气，拉起完颜就走，苗苗喊，不认完颜，你就没有我这个女儿。

爹比苗苗还生气，大声喊，我就当你死了。

爹反对苗苗跟完颜相好极为认真的，后来爹一度到了镇上，专门看着苗苗。

苗苗见娘进屋，顺势关上了门。娘小声问，你爹走了，没人反对了。

苗苗不想说完颜，打岔问，大红薯王？

娘说，我送回地窖去了。娘颠儿颠儿扒开窖口，顺着梯子下去捧出了大红薯，娘说，你雕塑它干吗？它还活着，只是皮肉受点伤。

苗苗不停抚摸大红薯，很久才问，这是红薯王吗？

娘说，谁知道呢？说不是，谁见过这么大的？

苗苗不知道多大的红薯才能称作王，也许这压根就不是红薯王。

娘问，咋就跟花花生分了？娘突然把话题岔到花花身上，苗苗有点不知所措。

娘说，别学花花，跟他好好的，争取明年把事办了。

娘又说完颜，苗苗难受，苗苗说，花花并不是传说中的那种人。

苗苗想起她跟花花一起闯上海的事情，那时候没有文凭，工作多么难找，最后她们到了一家歌厅，不是夜总会那种，又不比夜总会差到哪里去的规模。当陪唱的后，多少人想拉花花下水，花花坚决不答应。记得有个姓仇的地产商天天点花花的钟，别人都羡慕死了，花花却不感动。见到仇总不是说肚子疼就说男朋友来了。仇总后来喊来了歌厅的老总，说只要花花同意，车子房子立马到位。上海的房子多贵呀，老板劝花花。可花花始终不松口，花花说，分水岭在呢，多走一步，便分出了不同。

姐妹们一起劝花花，不偷不抢，别人赏的，怕什么？

花花依然摇头。

苗苗把这些故事说给娘听，娘不信。

苗苗便说自己，苗苗说，我也遇到一个法官，同样有家有室的，也要买房买车的，女儿怎么会答应呢？

娘说，我信。

苗苗说，因为我是你的女儿，你就信？

娘说，那是。

苗苗笑笑说，你不是老问，我在上海到底做啥嘛，既然娘信，我就说给娘听。

娘连连点头。

苗苗说，女儿什么也没做，花花什么也没做。我们没有愧对分水岭。

苗苗陷入了回忆，苗苗说，由于我跟花花的固执，得罪了不少人。生意清淡了，老板怪我跟花花。就在我跟花花申请辞职的时候，老板态度来了一百八十度大转弯，原来市里进行歌厅大清查，查出了老板的清白，老板感动，庆幸说，幸亏我和花花固执，否则也停业整顿了。

娘说，那么大上海，咋就当个陪唱的？

苗苗说不下去了，委屈都在肚子里，谁想当个卖笑的？

娘说，做人就得坚守点什么，譬如你爹，一辈子受的委屈多了，可他骨头没软过。

比起爹，苗苗很惭愧，不再替自己辩解。见娘痛心，半天才说，我回到镇上开歌厅就要证明歌厅的纯洁和干净。

娘说，我信，可你爹不信。

又说到爹了，苗苗只好把话题岔到花花头上，苗苗说，花花喜欢唢呐手也是真的。打小唢呐手就喜欢花花，那时候花花眼里没有唢呐手。

娘说，知道珍惜，却晚了。

晚了是晚了，谁让花花年轻呢？苗苗近乎喃喃自语。

娘不想提苗苗难堪的事了，娘不说话，苗苗抬头看天花板。天花板的颜色与装修的整体风格不太协调。看完天花板，苗苗又看娘，娘的苍老跟肤色也不协调，娘的肤色还好。苗苗想，娘还不算老，选择回家陪娘正是时候。

娘的心思还悬在完颜身上，不紧不慢地说，娘等着你成家，你不成家，娘活不好。

苗苗见娘又说完颜，索性说了一切，苗苗说，他就是一个骗子，他把我害苦了。

娘说，咋会这样呢？究竟咋了？

苗苗突然哽咽了起来，苗苗说，我还是把大红薯王送回地窖吧。

苗苗抢着走进地窖，很多红薯堆放在地窖的沙堆里，苗苗埋好大红薯，扶住腰落泪。娘在上面喊，苗苗，你上来，下面黑灯瞎火的。

苗苗擦干了泪水，从梯子爬到屋里，苗苗说，不说他了好吗？

娘说，总有原因吧？

苗苗说，他天天跟和尚混在一起，见人就唱"不自修饰不自哀，不信人间有蓬莱。阴晴冷暖随日过，此生只待化尘埃"，能不出家吗？

娘说，在庙里做事的多呢？咋就他出家了？

苗苗说，我问谁去？也许他天生就是个骗子。

娘不知所措，娘说，怎么会这样？不行，等过了冬天，你还去上海，分水岭你不能待了。

苗苗问，为啥？

娘说，你熬成老姑娘，娘咋办呢？

苗苗想，其实不结婚也很好。只是苗苗不敢把这话说给娘。

6

认识完颜就在枫杨树下，春天的枫杨树浓荫四溢，十分漂亮。完颜靠在枫杨树上吸烟，一支接着一支。

苗苗那天从镇中学一口气跑到分水岭的，苗苗内心全是委屈。

说起来并没有什么，俊武到了青春期，追求女生太正常不过了，可是俊武的追求失去了理智，最后变成了骚扰，俊武一天一封情书。刚开始苗苗会把俊武的情书撕碎，揉成纸团丢到厕所里。俊武得不到回应，一次性递上一百多张纸条，纸条上都写着，苗苗，我爱你，我忘不了你，我天天做梦梦见你。还有一句，好像说，黑夜长着白天的眼睛。

苗苗受到了惊吓，把这些纸条统统送给了老师。

俊武的爹是副镇长，老师的丈夫是农技站长，俊武爹分管的，老师让俊武闹得一点也不轻松。老师找到了副镇长，为了表达尊重，老师专门说，这些事，别人还不知道。

俊武爹那天中午喝糊涂了，看完了纸条，连说，我儿大了，好，蛮好。

老师气得面红脖子粗的，哪有这样的糊涂爹呢？咋还说好？

老师气鼓鼓地回到学校，对苗苗说，我告诉俊武爹了。

苗苗等老师批评俊武，等来等去没了下文，苗苗有点失望，想老师咋不说俊武，俊武还一如既往送纸条，且越写越多。那天苗苗积攒的委屈一瞬间爆发了，她把俊武递给的纸条全部撒向了教室，苗苗高声喊，俊武，我操你娘。

苗苗跑上分水岭，就见到了完颜，完颜抽完烟，一直跟枫杨树说话。

苗苗好奇，一个人咋自言自语的。

苗苗仔细辨听完颜说些什么。完颜说，没有深深相依，就不会长在一起。

你们深情缠绕，感动了多少迷途的人。

一个人怎么能跟树说话？树会说话吗？

苗苗开始注意完颜的一举一动。见完颜走向悬崖，苗苗喊，千万别想不开呀？

完颜回头笑笑，露出温暖的微笑还有雪白的牙齿。完颜回头，又开始跟分离之水说话，完颜说，我知道你们不舍，可是缱绻如果能让你们回头，我甘愿变成堤坝。

完颜跟分离之水说完这些，又对岩石说，我知道你们孤寂得太久，谁能像你们一生就是上亿年。

苗苗想，这人咋了，一直自言自语，肯定脑子出了问题？

完颜站在悬崖上喊，分离就是宿命，分吧，离吧，没有什么好留念的。

苗苗担心完颜跳崖，喊，不能。完颜并不回头看她。苗苗想，树和水也能听懂人话？如果能的话，她想说说俊武，问问世上有没有这么厚脸皮的。

苗苗见完颜并没有跳崖的念头，刚想转身离开，完颜突然对苗苗说，嗨，你能听到枫杨树说话么？

突兀问来，苗苗有些发蒙，苗苗问，树能说话？

完颜微微笑了笑。

苗苗问，你还能跟水和石头说话？

完颜点点头。

苗苗摇头说，不信。

完颜说，水在这里分了南北，树到这里连成了一体。

苗苗听不明白完颜说啥，看完颜笑起来温暖，便也笑了下。

完颜说，学生吧，为啥逃课？

苗苗想到了俊武，想到了委屈，苗苗眼圈红红的。

完颜说，不论发生了什么，都要能正确面对。

苗苗不知道完颜说啥，担心完颜真是个病人，苗苗得离开危险之地。

回到班上，一切都很安静，老师还在上课，学生还坐在教室里，好像苗苗的逃离并没有引起太多的震动。苗苗委屈放大了几圈，她感到老师不负责任，班长也不负责任，还有俊武，见她回到教室，还做了一个鬼脸。委屈让苗苗面目变形，目不斜视地坐在自己的位子上。

老师见苗苗坐好，却停下了讲课，提醒说，苗苗，无论发生了什么事，都不能乱跑。

苗苗为老师的不公正而生气，老师不该说她，应该批评俊武才对。

老师见苗苗眼圈红红的，不说苗苗了，继续上课。

委屈在苗苗心里扑扑腾腾的，苗苗想，老师不讲道理，俊武这样也不能管了？

下课铃声响了，老师并没有宣布下课，老师看了看俊武说，今后俊武负责打扫教室。

俊武问，为啥？

老师说，你精力旺盛呗。

俊武吊儿郎当的，故意问，是不是因为我写了纸条？

老师说，知道就好。

俊武问，爱，难道有错？

苗苗恨不能给俊武一耳光，可老师没有生气，老师笑嘻嘻说，爱是成年人的事情。

俊武并没有当回事，正经说，爱让人无法入睡，天天悬在心上。

苗苗越发难堪，老师咋能跟俊武争辩这个呢？

老师果然下了决心似的说：俊武，从今天开始，你就得打扫教室，直到你改正为止。

俊武看了看苗苗，之后大声说：只要苗苗跟我一起打扫，我愿意一直打扫下去。

俊武的话，引来全班同学的晒笑。

苗苗瞬间眼睛红了。

俊武惹火了老师，老师掏出手机给俊武娘打电话。

俊武娘接到电话，二话没说，赶到学校。

俊武娘看起来是个彪悍的女人，听到老师说完情况，当场说，俊武还小，肯定是那个女生勾引了俊武。

苗苗更加委屈，她什么时候勾引过俊武？俊武娘咋这么说话？

站出来打抱不平的是花花，她冲出来对俊武娘说，勾引俊武？他配？你问问你家儿子，他还没给班上哪个女生写过求爱信？

俊武娘脸一红一白的，拉过俊武就打，边打边说，你什么不学你爹，咋这点学得挺快的。

老师只能硬着头皮说，俊武得给苗苗道歉。

俊武娘陌生地看着老师，这个常常跟着丈夫到家送礼的人，这回咋变脸了呢？

俊武娘拉过俊武又打，说，你好好上学，为啥这样呢？

俊武好像比苗苗还委屈，连说，爱难道有错？

那个学年，苗苗让俊武闹得一直分心，苦恼的时候，她就一个人独上分水岭。那年的春天，雨水丰沛，花草树木格外葳蕤。分水岭到处绿红相间，十分好看。苗苗见不到完颜，也学着跟树说话，她说，枫杨树，你说世上为啥有俊武这样的人？

枫杨树不会回答。

听不到树的回应，苗苗想问完颜，想问问他为啥能听到树说话？

苗苗等不到完颜，失落地往回走，走到分水岭的源流渠上，突然发现完颜正在渠水里洗脸。

完颜起身见到苗苗站在身后，咧嘴笑笑，白糯牙齿全部露在了外面。

苗苗鼓起勇气问，你真能听到树和水说话？

完颜掩起笑容说，用心听，心在说话。

苗苗感到完颜很怪，心咋会说话？

完颜再次笑了下说，总有一天，你会知道心也会说话。

苗苗更加糊涂，树和水能说话，心也能说话，她咋听不到呢？

完颜丢开苗苗，一个人踽踽地走了。

苗苗想，看起来完颜并不像生病的人。

初中毕业那天苗苗并没有立即回家，花花喊她回去，苗苗说，我得上分水岭等完颜。

花花问，完颜是谁？苗苗说，我也不知道他是谁？

中考苗苗考得不好，花花更差，花花并没有苗苗这般沮丧，花花说，早都不想读书了，没考上更好。苗苗想读书，可是没有考上高中，苗苗不想读买来的中专，苗苗想把她的失落告诉完颜。

花花跟苗苗一起上的山，一路上花花都在盘算是到上海还是去广州。花花喋喋不休地，不停表达她的憧憬和向往。苗苗不想说话，去上海简单，她哥嫂都在，只是她不想这么早就辍学，她恨俊武，也恨自己，她想，没有俊武的干扰，自己不会考得这么差的。她想，如果自己有定力，肯定不会受到干扰的。

苗苗带着花花走到了枫杨树旁，苗苗说，你听听，你能听到它们说话吗？

花花说，树怎么会说话？

苗苗说，完颜能听到。

花花说，拉倒吧，你遇到骗子啦。

走到悬崖边，苗苗说，完颜说的，分离之水也会说话。

花花不知道苗苗咋了？问，你是不是撞到鬼啦？

苗苗说，不知道咋了？我就想见到完颜，想跟他说下话。

花花咯咯笑了起来，花花说，你不会是被坏人骗了吧？

分水岭的夏天热浪可以轻到忽略不计。那些飞溅而去的水，带走了炙热的潮气，苗苗站在悬崖之上，向远处望去，远处是山峦、峡谷和沟涧。石榴花和野蔷薇缀满了山崖，苗苗傻傻地看着，一直不想说话。

花花见苗苗一脸严肃，嬉笑说，看来你真的被骗啦？

苗苗打断了花花的玩笑，苗苗说，好吧，我们回吧。

一路上苗苗都不太精神，苗苗心里乱乱的，见不到完颜，她好像丢失了什么东西似的。

爹见苗苗下学，似有不甘，爹说，我回来就为你读书，你成绩那么好，咋就考不上高中呢？

苗苗不想说俊武，苗苗说，女儿无用。

爹说，算了，不想复习，就去上海，你哥在上海，那是爹打下的底子。

苗苗说，我也想有出息，这么大了还靠爹。

爹说，我给你哥打电话，去吧，就去上海。

苗苗最终选择去上海，临走之前，苗苗不甘心，再次上了分水岭，苗苗想见到完颜，想告诉完颜，她至今都听不到枫杨树说话，也听不到分离之水说话，更听不到岩石说话，她要走了，不知此去如何？她就想跟完颜说说自己的委屈。

完颜那天没有上岭，也许到了枫杨树这里，碰巧苗苗不在。

苗苗等不到完颜，就对枫杨树说，拜托你告诉下完颜，就说苗苗走了，再也不会到这里了。苗苗还对分离之水说了同样的话，苗苗想对岩石说的，可下起了暴雨，苗苗又跑到了枫杨树下。

苗苗带着遗憾还有轻微的伤感离开了分水岭。

置身上海，苗苗才感到自己的渺小，上海热浪就像煮沸了水，把瘦小的苗苗蒸烤得小红薯似的。苗苗红扑着脸，到处寻找工作。哥和嫂子不让苗苗找工作，让苗苗留在超市，苗苗不同意，苗苗说，我得靠自己。

哥说，超市是爹留下的店子，本来就有你的。

苗苗说，我不能靠爹，靠哥，我得自己学会活命本事。

哥很无奈，只好说，你出去试试，上海很大，千万不能走上邪路呢。

苗苗最后才感到自己轻得像一片凋零的杨树叶片，不知道会飘向哪里？车辆多，街道多，楼房多，多到无边无际，苗苗走着走着就糊涂了，分不清东西。好在身后有花花，花花说，苗苗，你真义气，你说你要是留在超市，我到哪里？

苗苗说，我留下，也会让你留下的，谁让我们是同学呢？

花花说，我们一定会找到工作的。

找来找去，遭受的都是冷脸，有几家服装店同意接收她们，可是工资很低。

苗苗说，算了，低就低吧，能糊口就行。

干了一个多月，服装店关门了，工资也没有发下来。

花花气得骂娘，说上海人咋这样呢？

苗苗说，那人也不是上海的，算了认命吧。

两个人又一起找工作，到了一家商场当售货员，这个工作挺好，月收入三四千，两个人干了半年，一次花花对苗苗说，听这里姐妹说，当夜女挣钱。

夜女？

花花说，就是陪唱歌的，又不来真的。反正现在都是你哄我，我哄你，就当自己玩玩，见见世面。

苗苗说，不行，我们咋能做这个呢？

花花说，你不说，没人知道，试试又咋的？

苗苗说，这里收入并不低，为啥学低贱？

花花说，你看看，这里售货员有几个年轻漂亮的，姐妹们说，可惜我俩了，趁着年轻，大家都这样干的。

苗苗有些犹豫，花花喊来了另外几个姐妹，大家一起劝，苗苗想，试试就试试。

苗苗没有想到到歌厅应聘那么简单，有人专门教唱歌，还有人专门教说话，投骰子，反正歌厅的那点应酬都有人教，苗苗感到很好玩。

临上岗时，苗苗才感到害怕，男人们不讲究，动手动脚，还说脏话。

苗苗率先打起退堂鼓的，谁知无法退出了，老板带着几个文身的人，说，想退行，得赔偿违约金。

花花说，别人能干，我们也能。

苗苗也没有办法。

歌厅是个大染缸，苗苗受不了这个染缸，还是想辞职，老板再次带来了文身的人，老板说，再提辞职，就让他们办了你。

苗苗吓得不敢说话了。后来清理整顿歌厅，公安解救了苗苗跟花花。可苗苗不想把这些告诉娘，苗苗怕娘担心。苗苗想，操守在呢？不算对不起娘。

苗苗和花花能在那样的环境下保持操守，十分不容易，客人引诱，老板威逼，苗苗跟花花始终说，逼下去，我们就会跳楼。

老板也没有想到遇到这么烈性的女孩子。

被解救之后，苗苗到了超市，花花也去了超市。哥嫂在，花花跟苗苗不用操心生活上的事情。

生活安逸了，两个人感到无趣，尤其哥哥喜欢半开玩笑说，上海不好混，只有撞了南墙的人才知。

苗苗心里埋下了委屈，苗苗不服气，一直想证明给哥嫂看，可是始终没有机会。

一次苗苗对花花说，不行，这么下去一辈子都是哥嫂眼里的佣人。

花花伤感说，我看够了上海，看够了城市，更看够了男人，不行我们还回去。

花花嚷着回家的时候，苗苗也开始动心了，苗苗说，回去就回去。

结果，花花和苗苗又双双回到了分水岭。

苗苗直接到了镇上，安顿好后，奋不顾身冲向分水岭。那是五年之后分水岭的春天，山茶花和杜鹃花开得红艳，就像苗苗成熟的身躯。苗苗靠在枫杨树上，试图聆听枫杨树究竟能不能说话。完颜那天从羊肠小道走来的，苗苗看到了完颜，当时都不敢相认，完颜面目沧桑，神情更加疲惫，连乌黑的头发都开始稀疏了起来。

苗苗那天穿着性感的超短裙，还戴了墨镜。见到完颜走到她的身边，她顾不得矜持，猛地喊出，终于等到你了。

完颜受到了惊吓，看着苗苗。

苗苗问，还记得我吗？你说树能说话，石头、山水都能说话。

完颜陷入回忆，最后突然温暖地笑了，说，你是那个逃学的学生？

苗苗说，感谢你还记得我，五年了，我还记得你说枫杨树会说话呢。

完颜说，可惜我现在听不到了。

那天完颜看上去很开心，攀谈中，完颜敞开了心扉，完颜说，他叫完颜觉悟，家就住在水电站。完颜说话很慢，慢到到处都是节奏和停顿。他说，我从嵩山佛学院毕业后，一直在山顶庙做事。苗苗很惊讶，没想到完颜是庙宇之人。

完颜说，问题出在媳妇身上，她看不起水电员工家庭的清贫，也受不了我身上的香火之味，天天嘀咕，谁谁利用庙宇发了大财。

完颜陷入沉思，很久才说，我承认，媳妇说得属实，随着分水岭旅游红火起来，庙宇香火越来越旺，返乡创业的商人抓住了机会，建大殿、修庙宇，还成立了山顶庙风景区。

那个商人很信任我，让我负责上下联络的事宜。事实上我确实有更多的发财机会，只要我不秉持自己的操守，仅香火之钱就能让我富裕起来呢。可我不能违背佛祖之意，我得替佛祖争口气。媳妇见我对钱财不上心，抱怨说，连和尚都把庙宇当成了摇钱树，你为啥不能？佛家圣地，确实多了不轨亵渎？媳妇说，连慧能和尚都能不轨，你为啥不能？媳妇提醒，让我产生了调查的念头，为了调查只能与社会黑道勾结，骗取居士钱财的事情，我费了很大的功夫，等我收集到证据后，我把智能等一干人举报给公安局。就为这事，我得罪了黑社会，他们天天威胁我，最后威胁我媳妇还有儿子，媳妇受不了这种日子，丢下儿子跑到了上海。不久，我们办了离婚手续。

完颜低沉的话语中多了些黏稠，也多了许多叹息。只是他说得轻松，好像说着别人的故事。完颜叹口气说，离婚之后，我一直消沉，见到你时，也许是我最消沉的时候。

苗苗说，完颜，知道吗？五年来，我真忘不了你说的话，也许为了你，我才回来的。苗苗不想说她临到上海前专门等过完颜，她想，有机会才把这些都告诉他。

完颜惊愕，疑问百出地看着苗苗。

苗苗说，从见到你那天起，我就一直困惑，树为啥能说话？心也会说话吗？想得久了，就记住了你。

完颜明显多了感动，听完苗苗的解释，一直泪光涔涔的。

苗苗见完颜激动，立即说，能留下电话吗？

完颜没有犹豫，说出了电话号码，苗苗记下，又拨打了出去，然后爽朗地笑着说，记住，我叫苗苗。

分开之后，完颜一直没有打过苗苗的电话，或许他根本就不在意苗苗说的话。苗苗忙着开歌厅手续，她想证明了自己，才把一切都告诉完颜。谁知，歌厅正常营业的第一天，神使鬼差，她就见到了俊武，她没有想到俊武也回到了镇里。开业当天，俊武带人来唱歌，俊武说，没想到是你开的。

苗苗讨厌俊武，过去的阴影抹不去。

俊武说，这下好了，既然是老同学开的歌厅，我就得天天捧场呢。

俊武成立了一家建筑建材公司，弄得不可一世的样子。

没有俊武的骚扰，苗苗也许能考上高中的。再次碰到俊武这样的人，苗苗显得很不开心，只是面子上要过得去，她说，欢迎老同学光顾呢。

夏天快要过去的时候，忧伤随着秋风再次笼罩住苗苗的情绪，俊武来了几次之后，还提跟苗苗当朋友，说，只要苗苗同意，他回去就离婚。苗苗想，我咋遇到俊武这样的人了呢？苗苗想找完颜说话，想说她的苦恼。可完颜始终都不联系她。这天俊武喝醉了酒，俊武上来就搂抱苗苗，苗苗忍不住心里的怒气，给了俊武一耳光，俊武被苗苗的怒火吓到了，灰溜溜跑了。苗苗越想越委屈，憋不住冲动，想打电话给完颜，还没有拨打，完颜的电话突然打来了。约好了似的。接到电话，苗苗便有些想哭，完颜问，有空吗？一起去看看枫杨树好吗？

苗苗没有立即答应，苗苗内心的委屈还在翻滚。

完颜说，我终于又能听到枫杨树说话啦。

苗苗不信。苗苗说，树怎么会说话，你就会骗人。

你去，我教你用心聆听，你也能听到的。

苗苗答应了完颜，她们先后来到枫杨树下，完颜闭上眼睛说，你听，杨树一直哀叹夏天走得太快。

苗苗也闭上眼睛，可苗苗什么也听不到，她想，枫杨树压根就不会说话。

走上分水岭，完颜说，你听，南去的水多么忧伤，北去的多么豁达。

苗苗听到都是山水轰隆而去的喧嚣声。

完颜说完这些，便双手合十，好像忘记苗苗存在似的。

苗苗说，为啥要说这些骗人话呢？

完颜双手合十，举过头顶。完颜说，用心去听，你能听得到的。

天黑了，他们一起回到镇上，晚饭很简单，完颜提议吃素，不饮酒，苗苗同意。小包厢内十分安静，好像时光也静止了脚步。苗苗一直在看完颜，完颜不看苗苗，看着桌上的素菜。

不知道谁突然喊道，失火啦？好端端的，咋会失火呢？完颜拉起苗苗率先冲出房间。楼道里都是浓烟，好在看不到火势，完颜把苗苗拽到安全地带，便返身冲进火海。完颜救出不少大人和孩子，等镇上人一起赶来救火时，完颜累晕在地上。

失火原因很简单，饭店老板的孩子玩火机，点着了窗帘。

完颜苏醒过来后，苗苗心疼地问，一点不怕吗？

完颜诚实，半天才说，怕。

苗苗问，怕，为啥不要命地冲进火海？

完颜说，难道那会还能想到怕么？

从那之后，苗苗坚定认为完颜是好人。

分开之后，苗苗想，完颜这样的人，值得信赖吗？

谁知道俊武咋听到苗苗受伤的消息，俊武赶来看望，还送来了花篮。送花送衣服送礼品，俊武一直没有断过。苗苗说了无数次，俊武就是不甘心，俊武说，上天让你回到镇上，就是可怜我的。

别说俊武有家有室，就是没有结婚，苗苗也不会愿意的。苗苗对俊武说，你以为我会那么轻贱？俊武说，你跟我装是吧？你在上海坐台，我能打听不到吗？

苗苗心里被俊武生生塞上了屈辱，苗苗不想跟俊武多说一句话。

俊武得不到苗苗，就说苗苗的坏话，慢慢镇上多了传言，说苗苗在上海当小姐，坐台，染了病才回镇上的。传言多了，多了更多的纠缠，那些无事生非的，寻欢作乐的，都找苗苗。

苗苗为了歌厅，只能强装笑颜周旋。临了，苗苗想，原本想证明歌厅的纯洁，没有想到她的证明如此不堪一击。苦恼的心事，苗苗只会对完颜说，完颜听完苗苗的倾诉，并不生气，完颜说，心净皆净，勤拂明镜台，尘埃自不来。

苗苗想，完颜才是她应该托付的人。从此，苗苗对完颜发起了猛烈攻势。

完颜后来再也没有拒绝苗苗，完颜说，也许苗苗就是佛祖派来拯救他的。

他们确实开始了一段美好而真挚的爱恋。

没有想到，爹死活不同意，爹说，鲜花不会插向牛粪。爹还说，你能蒙骗住苗苗，却不能诳骗住我？我也是游走江湖的人。

完颜沮丧回到镇上，原本鼓起的生活勇气被爹连根抽走，完颜垂头丧气往回走时，遇到了俊武，俊武抓住完颜就打，说你一个假和尚，咋能打起苗苗的主意？

完颜并没有还手，完颜再见苗苗时，便说他要救人。

苗苗问，救谁？

完颜说，人心坏了，即便救不了世，也要救赎自己。

苗苗说，你谁也救不了，救自己就得鼓起生活勇气。

7

雪越下越大，山村陷入白皑皑的世界里。

晚上的雪不像白天，可以明显感受到阴凉和潮湿。

娘钻进苗苗被窝问，他咋会出家呢？

苗苗说，他说要救人。

娘说，那孩子怕是脑子坏了，分手也好，也许就没有缘分。

苗苗说，被爹骂了之后，他又被俊武打了一顿，俊武事情女儿不想说了，沸沸扬扬，都是俊武坏的事。很长一段时间，完颜说他又听不到枫杨树说话了，他陷入绝望而消沉的境地。娘说，他这是逃避。

苗苗说，他就是个骗子，枫杨树不会，分离之水也不会。想想看，他出家，他儿子怎么办？他爹怎么办？他爹后来找到了我，哭成了泪人，跪在我面前说，求求你救救儿子。我能救得了吗？

为了他爹，我求了一次。我一直苦苦相劝，他好像听不进我说的任何话，一直沉浸在自己的世界里。有天晚上，我留下了他，那晚我故意喝多了酒，我啥也不顾地脱光了自己，我说，长这么大，还没有让任何男人触碰过，为了你，我愿意。

你猜如何？他居然无动于衷，一直双手合十，不停说，罪孽，都是罪孽。

那天晚上，我不依不饶，我对他说，没有你，我会痛苦不堪的，不就是要听枫杨树说话吗？走，我陪你，不信，你能听到，我听不到？

他说，不行。我想，没有爹的阻挠，他还会出家的？他在庙上做事，早不清楚了呢。

娘拍拍苗苗的手说，也许这就是命，你想呀，俊武咋会忘不了你呢？这么多年，你好不容易动次心，咋就遇到完颜这样的人？别想不开，遗憾的是，你不该跟你爹说你不想活了，你知道你爹接到你的电话多么紧张吗？谁家的爹娘不疼儿女呢？

娘说得慢腾腾的，苗苗知道娘这是憋在心里的抱怨，苗苗反过来拍拍娘的手，连说，女儿知道错了。

娘说，有啥错不错的，都是命呢。

第二天雪停的，雪刚停，太阳就出来了。花花踏着积雪呼哧呼哧走上了门，花花进门就喊，大娘，我想跟你说说话呢。

花花见苗苗在家，感到意外。花花想回头，苗苗说，来了就坐会。

花花眼圈红红的，有一肚子心思似的。

苗苗问，咋了？看你有些不对劲呢。

花花动作确实显得有些笨拙。

娘说，我感觉你胖了些。

花花突然想流泪。

娘说，胖就胖嘛，说你胖，还想哭咋的？

花花好像不为娘说她胖了的事情，花花欲言又止，见苗苗关切看着她，花花突然被抽走力气似的，瘫在苗苗的肩头上。

苗苗没有想到花花会这样，花花遇到了啥事情？

苗苗扶正了花花，苗苗说，有了这声哭，我便原谅你了，说说遇到了啥事？

花花知道一切都是俊武闹的，花花早原谅了苗苗，花花说，生分缘于误会，这会花花躲不过了呢。

苗苗见花花吞吞吐吐的，拉下脸说，有话就说，过去你可不是这样的。

花花下了很大的决心似的，花花说，我再也做不起人了，我怀了他的孩子。

怀孕？唢呐手的？

花花点头。花花说，就在你回来奔丧的那晚，见你受到刺激，我很开心。我主动约了唢呐手，我说，我就要在苗苗爹走的晚上，恶心人。

我确实有些过分，那晚，我什么也不顾，我更不想证明自己。

娘插话说，花花，你娘知道这事吗？这可不是闹着玩的。

苗苗问，你打算怎么办？

花花说，本来我想留下孩子的，可他说我就是一个下三烂，没脸没皮了，才想起他的。

苗苗说，这个混蛋。

花花说，我为啥这么傻，要去证明一场虚无的爱情。

娘说，花花，对，就该打了孩子，不说没人知道，你还是你。

苗苗说，你得想清楚了，这是你自己的事情。

花花说，生下就得负责，往后孩子入户口、上学，让我怎么办呢？

苗苗确实不知道怎么办？

娘说，不行你去问问佛祖，也许有个指路的呢？

苗苗不想陪花花去山顶庙，娘说，为了花花，你得去一趟。

花花也凝神看着苗苗，花花六神无主，苗苗一咬牙说，好吧。去就去。

山路不能开车了，她们只有走山路，五六十里路，她们走走停停。花花一路上都在说她的后悔，苗苗一直沉思不语，花花说完了自己，对苗苗说，你别把事情都憋在心里，你也说说俊武，说说完颜呀，究竟咋了呢？

苗苗说，我能说什么呢？好像什么都没有发生。

花花说，我不信。

苗苗说，你不信谁信？

花花说，我还是不信。

苗苗说，信不信已经不重要了。

跪在如来面前，花花焚香祷告，净尘坐在一边敲木鱼，净尘好像忘记了苗苗是谁似的。一直闭着眼睛。

苗苗不甘心，难道这就是说能听到枫杨树说话的人？

苗苗一直不跪下，站在一边看净尘。花花祷告完毕，捐了功德，说要抽签。苗苗拉起花花就走，苗苗说，他是完颜，是个骗子。

花花说，我知道他是完颜，可现在他是净尘。

苗苗说，你信他的？

花花说，不信信谁？

净尘深深施了一礼，然后对花花说，施主请随我来。

净尘把花花带到了灵签台，让花花焚香祷告，再抽签。花花照办，抽出一签后，花花脸猛地煞白起来。

苗苗看到花花抽的是下下签，签名叫《苏秦不第》，签词：鲸鱼未变守江河，不可升腾更望高。异日峥嵘身变化，许君一跃跳龙门。

净尘说，忍耐等待吧，施主。

苗苗不知道庙上为啥还要安放灵签，按说，佛家就是一张白纸，无言似万言。

苗苗更加瞧不起净尘，看着净尘，心里猛地生出一丝悲哀，转身离去。

8

第二年的春天，苗苗把歌厅改成了销售农副产品的电子商务中心。苗苗对娘说，小隐在山林，大隐于朝市。苗苗受到完颜的刺激，一直看佛学书籍。

娘说，你有那个本事么？

苗苗说，分水岭的有机食品越来越紧俏，商务加实体，也许我真能给家乡做点事情。

娘说，你爹活着的话，见你活明白了，肯定会高兴的。

苗苗想，娘又想爹了。可是苗苗不能直接说爹，委婉地问，红薯王还在么？

娘说，受了伤，开春就烂了。

苗苗有些失落，想，也不知道把那么大的红薯当作了种苗，会不会都长出那么大个的？如果能的话，到处都是大红薯，人们还会说红薯王的故事么？

娘见苗苗沉思，娘说，你爹遇到红薯王了，就该那个命。

苗苗不想说红薯王了，苗苗知道分水岭不仅有红薯，还有花生、棉花，也有山核桃、猕猴桃，还有茶叶，苗苗想，能把这些东西销往全国，就是对分水岭人最好的帮助呢。

娘听到苗苗的描绘，更加高兴，娘说，你爹石像在呢，我回去告诉你爹，我说，女儿活明白了呢。

苗苗眼睛突然湿了，是的，年里年外，慌慌张张地，早忘记看爹了，可娘没有忘记爹。苗苗说，清明节，我给爹好好磕头，我对爹说，女儿错了。

娘咧嘴笑了，娘的笑多了慈祥和沧桑，娘笑完之后说，你爹并没有那么古板。

苗苗说，是么？我咋感到爹一直古板呢？

娘又笑笑说，好啦，看管他一辈子了，他走了，娘落得干净。

苗苗不知道娘说看管爹什么意思？看着娘，娘脸上流出绯红，然后打断话题说，你做土特产生意，娘可以帮你。

苗苗说，电子商务，娘帮不上的。不过娘真想帮我的话，就挨家挨户宣传，有人信我才行。

娘那会迎着春阳眯起了眼睛，她好像不认识苗苗的似的，看了半天才问，花花走了，到底留没留下孩子？

苗苗说，谁知道呢？

娘说，花花不该那么做的，好在她也明白过来了。

苗苗说，谁让花花忘不了过去的，就像我，一直想听到枫杨树说话。

娘不再说话，苗苗也不再说话。春天的阳光悠然而漫长，她们照在娘的身上，也照在苗苗身上，一尘不染，黄灿灿的。

苗苗突然感叹说，春天真好。

娘说，春天确实不错呢。

苗苗一把揽过娘，苗苗说，娘，我不想惹尘埃了呢。

尘埃？谁是尘埃？苗苗咋又胡说了？

苗苗见娘糊涂，咯咯笑了，苗苗的笑声，就像阳光那么明净。看到苗苗开心笑，娘也跟着笑了起来，笑完之后娘唱起了四句推子：张家长李家短，独自吃肉独自喊。老甘才喝闷倒驴，老曹这就上南山。

苗苗没有想到娘也会唱"四句推子"，苗苗问，娘你什么时候学会的。

娘不说话，一直在笑，苗苗发现，娘的笑，没有丁点忧伤了呢。

就此别过

1

五彩灯光打着旋儿攀爬在嘈杂声里。酒吧里，老魏不仅会摇晃身体，还会吹口哨。就说那声口哨吧，尖厉、刺耳，狂野不羁。老丁缩手缩脚坐在一旁，像极了落单的雁子，孤单而惊恐不定地注视着四周。老丁很想学老魏吹下口哨并摇晃几下身姿，可他什么也做不了，身体和情绪像被人一把塞进冷冻室，僵手僵足，茫然无措。惹得酒女"嘻嘻"指着老丁，轻视地吐了吐舌头。老丁想回应酒女的轻视，可他没有吐出舌头，却引来了一声喷嚏。唾沫沿着霓虹灯光向酒女飞奔过去，酒女用手挡住脸，扭头问老魏，谁呀？老魏指着老丁问，说他吗？老魏平时不用这种轻佻的口气跟人说话，今晚老魏连说话口气都变了，嬉皮士一般打趣说，他呀，老学究，偶尔写诗，就算酸溜溜的老实人吧。这种介绍非褒非贬，只是听来多了某些其他滋味。酒女倒是活泼，听说老丁写诗，撇嘴大笑说，才华就像双山下面的河？哗哗的？老魏心领神会，手像不老实的鱼游往深处，酒女躲开老魏，继续打趣老丁说，一看就是两条腿。人是直立行走的两条腿动物，还有四条腿的怪物？老魏见老丁生气，晃晃杯子，示意老丁不要介意。可老丁不可能不介意，僵硬的身姿很快爆发出一种执拗和较真，末了，直戳戳站起来说，G大调上的圆舞曲，在凯瑟琳·霍华德和凯瑟琳·帕尔之间游走，想知道她们怎么死的么？G大调是音阶调性，圆舞曲抒情而优雅，与摇滚乐相去千里，至于怎么游走，酒女肯定不会清楚。老丁那会不知道想起了什么，突兀地来上这么一句，估计连他自己都感到了唐突，或许那会他想起了亨利八世，或许想起了宫廷内斗，或许想起了生活中的某个片段，而那个片段与此情此景多了一些暗合。没想到这么一句没头没脑的话，居然没有引起任何反响，连气息也坍塌在灯光和震耳的旋律中。老丁多了羞愧和不安，来回张望，很久，才看着老魏想，你带我来这里干啥？

老魏见老丁魂不守舍，一把扯起老丁，意思跟他一起摇晃，可老丁不知咋了，恍然间，不顾一切地摔下手中的高脚杯子。老丁的本意，就此做个了断，以便绝尘而去。谁知随着那声清脆的杯碎声，惊动了四座，也惊动了旁边一位漂亮的姑娘。

姑娘见老魏摁住老丁，举着杯子款款走到老丁面前说，嗨，亨利八世。凯瑟琳·霍华德和凯瑟琳·帕尔，美丑鲜明，可她们都是英格兰国王亨利八世的王后。姑娘这么打招呼，说明她听懂了老丁的意思。酒吧中，竟然有人知道亨利八世？老丁对姑娘不能不刮目相看，同时为自己的显摆和失态而惭愧。

老魏那里拦住了酒吧的服务员，大声喊，他喝多了，我赔，我赔。

姑娘见老丁一脸难堪，嫣然一笑说，你不用尴尬的，或者说，你不适合这里。说完，姑娘喝光了手中的酒，问，怎么称呼？

老丁羞赧说，都喊我老丁。老丁不失好奇地问了一句，你呢？

姑娘哈哈大笑说，三傻子。

三傻子？到底有多傻呢？大傻子、二傻子是谁？

三傻子并不解释，跟着音乐，轻松地扭动身姿。

老丁张着嘴，似坐似站地杵在那里，三傻子一把拽出他说，来吧，让我们跳一曲、喝一杯。

2

在此之前，老魏跟多多已经同居两年多了。泡吧那晚后，第二天老魏便安排聚餐。没想到老丁把三傻子喊了来。过去聚餐，只有老魏、老丁和多多，用老魏的话说，老丁可以视为不存在的空气。那时候老丁不觉得难堪，心理上还挺适应。起码多多和老魏都比较尊重老丁，尤其多多，一直夸赞老丁属于思想深刻的男人。这次聚餐，老丁喊来了三傻子，很快打破了一种平衡，包括心理上的不适。

老丁见老魏和多多惊讶，慌忙解释说，三傻子，也喜欢写诗。

多多怎么都感觉这姑娘的名字怪怪的，上下打量着三傻子，面部表情多了排斥，大概意思，为啥凭空就多了一个大大咧咧的女人？

三傻子不介意，就像多年老朋友一般，呵呵说，幸会幸会。

面对三傻子的热情，多多转脸问老丁，学老魏？

老丁见多多怪怪的，心有不爽，不想搭理多多。老魏急忙替多多解释，意思，多多误会了你们的关系。多多不领老魏的人情，面对救场，刻意对着老丁弯下中指，抖动几下问，多久的事？

老丁急眼马虎地说，你以为所有人都是你？

吓得老魏急忙拦住老丁的话头说，话重啦，重啦。老丁知道老魏属于多面人，这种憨厚，是故意表演出来的，老丁没人时就喜欢说老魏会装、善变，不学表演可惜啦。老魏每每听到老丁那么说他，就会摊开双手说，没办法，谁让"好一口"呢。今儿见老魏装模作样，加之多多说话不给面子，心里添堵，不再搭理老魏和多多。回头看到三傻子落单，想起那晚还没有聊完的话题，老丁饶有兴致地坐在三傻子的旁边，一本正经地聊起男女出轨、婚内忠贞以及人性善恶等诸多话题。按说这种场合说这些不合适，可老丁不管，三傻子只好附和。说了半天，惹恼了多多。多多不知道英格兰王朝以及享利八世的故事，听到老丁和三傻子谈论六个王后之间的倾轧与争斗，突然指着老丁说，没想到，你也是个装逼的人。

装逼？说我？要说装腔作势，老魏才是。老丁负气站了起来，丝毫不顾忌老魏和多多的面子，大声问，我装了么？我哪会装啦？看看，想想，谁才是装腔作势的人？越说气越难平，居然啥也不顾地当场拂袖而去。

留下老魏和多多，尤其丢下了由老丁带来的三傻子，大家一起傻眼啦，这叫什么事呢？

3

老丁离开餐厅就开始后悔，不停发信息跟三傻子道歉，三傻子可能有看法，一直不回复。一夜难耐，第二天清早，老丁感觉须得找到三傻子当面解释下。寻找的路上，他专门替三傻子买了份早餐，还专门挑选了清淡的那种。三傻子的地址是前晚泡吧时要来的，寻找起来并不麻烦。只是有些冷，老丁担心早餐凉了，一直揣在怀里。

找到三傻子的住处，比对周边环境，确认后，才敲的门。

敲开门，三傻子明显不高兴。见老丁进屋，嘟囔道，昨晚回来一直做直播，很晚才睡。老丁急忙解释说，给你送份早餐，也算道个歉，最近不知道咋啦，老是失态，好啦，你接受我道歉的话，我这就上班去。

三傻子说，来都来啦，不介意就坐会。

老丁坐下，三傻子洗漱。等三傻子洗漱完毕，老丁很快说起昨晚的聚餐，之后，愤愤不平说，她说我装逼？你见过老魏的，他才叫装呢。

三傻子竖起手指压住嘴唇，意思就此打住。老丁不知道三傻子为啥不让他继续说下去，明明是多多的不对，做人应该旗帜鲜明。

三傻子不想说之后发生的故事，老丁走后，多多耍起了脾气，老魏一味好言相劝，多多不管不顾，愤然离去，餐厅最后只留下了三傻子和老魏，老魏摇头对三傻子说，看看事情弄的。

三傻子不好说什么，提起包，说声再见，便拉开了餐厅的门。

老魏看着几道精致的菜都遗留在桌上，一个人吃了一会，而后抹抹嘴，喊埋单。埋单之后，赌气钻进冷风里。到了停车处，缩了缩脖子想，看来还得安慰下多多。想到这，加了油门，车子一溜烟上了路。来到多多住处，老魏熟门熟路地打开了金属套装的门。多多见老魏进屋，生气喊，滚。老魏虽有不甘，到底不敢离去。多多便问，听不懂人话咋的？老魏心想，生哪门子气？何况老丁属于老实人。这些话老魏不敢说出口，多多气头上，说什么都不好使。好在老魏习惯了多多的性格，他这里哪怕火光冲天，脸上断然不会留下半点痕迹，老魏呵呵地说，他如何显摆，如何说，都是他的事，与你无关，气大伤身，不值当，不值当呢。多多不想听老魏叽叽歪歪地说话，再次厉声喊，滚。

老魏不能不走，他了解多多的脾气。

当老魏真的离开后，多多才开始伤心的，她从酒柜找出一瓶轩尼诗，喝完大半瓶，而后钻进瓷白如玉的浴缸，一个人哭出了声。等她穿上睡衣后，依然不能平静，那会才感到，今晚多半不为老丁，也不为老魏，更不为三傻子，多半是为了自己。什么六个皇后，亨利八世，自己就不该走这条路。想起第一次见三傻子就闹出这么多不愉快，还是应该解释下，起码做些说明，谁知道老丁背后怎么说我呢？想到这里，多多便打了三傻子的电话。按说刚刚要下的电话号码，之后唐突离席，这时候再打电话不太合适，可多多管不了那么多啦，她心里苦，有很多话想对人说，哪怕面对一个陌生人。电话接通了，多多忘记了道歉，忘记了委屈，张口就问三傻子，你说，老丁是不是有点装逼？

三傻子长叹一口气说，每个人都在装扮另一个自己，老丁自然不能免俗，至于我嘛，一个蹭饭的，属于打扰，希望你不要介意。

什么蹭饭？什么打扰？你们为什么不能多点真实？说那些无关紧要的？多多气咻咻地质问。

三傻子"呵呵"几声后，不再说话。

多多连番质问，见三傻子并没有解释，心里陡增难堪，哦，你们都是正常的？那么我呢？

实际三傻子并没有瞧不起多多的意思，这种事情见怪不怪，见多多还在解释。三傻子突然打断多多说，我正做直播呢，你不知道，像我这样的人，不挣钱，嘴就得扎起来呢。

不挣钱没得吃的，说我不劳而获？多多听到三傻子那么说，格外敏感，心里窝上更大一团气，这叫啥事么？我成了啥人？多多生气挂了电话，蒙在被子里大哭起来，哭声哽咽而委屈，好像被谁掐住了脖子。

　　三傻子不知道她无意间又伤害了多多，她只是说自己在忙，不想再提昨晚聚餐的事而已。可大清早，老丁撵来道歉，还反复表明至此一定慢慢变回真实的自己。三傻子有些不认识这帮人似的，吃个饭，为啥弄成这样？弄成这样也就算啦，还扯出恁多是非，就说老丁吧，一把岁数的人啦，居然孩子般地说，要当回真实的自己，找回初心。三傻子只能苦笑说，行行行，你们长回什么样？要做什么模样的人，与我无关吧，说到底，我还是我，你们还是你们。

　　老丁突然睁大了眼睛问，什么"们"？哪来的"们"？

　　三傻子连连摆手说，没有"们"，那就说，你是你，我是我，OK，懂了么？

　　老丁摇头，摇到眼泪漾出眼眶后才说，看来人与人之间，隔阂是永远存在的。

　　两个人不再说话了，一直坐在阳台上晒太阳。三傻子住的是公寓房，面积不大，通光性却很好。窗外草坪上有几只斑鸠和麻雀混杂在了一起，它们叽叽喳喳，好像也有心思。看了半天，老丁突然冷不丁问，喜鹊去了哪里？三傻子怎么知道？三傻子怔怔地看着老丁，很快她从老丁忧伤的眼神中读出许多感伤，这才找来抽纸，安慰说，你上班，我吃早餐。老丁感觉出自己的失态，擦擦眼睛，尴尬笑几声，而后低下头，一声不吭软在凳子上。

　　就在那会，老丁的手机突然间响了，接通电话，老丁就大声喊了起来，有必要吗？你说还有必要么？该道歉的是她，不是我。

　　打电话的是老魏，说中午请几个人再聚聚，还说多多孩子气，道个歉，多笑几下就算啦。老丁挂了电话格外生气，三傻子并不介意，懒懒说，只要别人开心，道歉就道歉呗，再说，多大的事呢？

4

中午下班后，老丁约上三傻子按时到了老魏定下的餐厅。多多今天素颜，没有上妆，黯淡和雀斑一览无余。老魏蔫里吧唧的，看来还没有求得多多的谅解。三傻子不管不顾，坐下来喝茶、说话。老丁不行，看到老魏和多多的样子，心里那团气，咕咕噜噜的。

片刻之后，老魏来了精神，七拐八磨，说起了"三傻子"的名字，老魏的意思，这个名字不真实，起码有装逼的意思，想呀，现在谁傻呀，说人傻，自己未必聪明。自己说自己傻，就是瞧不起别人，意思别人是傻子。老魏说话就是这么绕来绕去的。三傻子知道老魏的意思，丝毫没有在意，还大度地笑笑说，我做直播带货的，起个网名，没有想到那么多。

关于"三傻子"由来，老丁早已知道，现在见老魏在此问题上埋汰三傻子，心里特别不舒服，于是拦住老魏的话头，感叹说，遥想当年，大家都起笔名，于我来说，误了笔名，直到今天人们还记不住丁伟明是谁。老丁叫丁伟明，老魏知道，可他不想喊老丁的大名。老魏知道老丁袒护三傻子，提高声音说，什么狗屁丁伟明？我想说的是，起这等网名就是装逼。

埋汰得直接而尖锐，老丁觉得老魏过分，不管不顾挑明说，如果说，多多为了我昨晚的态度而难受，那么今个我郑重说，她说我装逼，我承认便是，何必生出这等不愉快呢？

谁跟谁不愉快？是你拂袖而去的，再说，吃个饭，你说什么凯瑟琳？凯瑟琳是谁？亨利八世又是谁？不是装逼是啥？多多有些咄咄逼人。

老丁哭笑不得，不知道说啥合适？这时候三傻子插上了话，好像感叹，更像自言自语，她说，说装就装吧，就说我吧，一直在无趣中寻找有趣，说傻不过分。

多多听三傻子这么说，扭头揪住三傻子的名字，冷冷说，就算起网名，也不能丢失真实。

咋就说到真实了呢？看来多多对真实很在意。三傻子呵呵摇头，不再说话，糟糕的是，就在她无语之际，老丁居然冲她眨巴了几下眼睛。

多多明白老丁的意思，鹅不同鸡讲道理，想起老丁挤眼弄鼻的样子，愈发生气，想，不就多读几本书么？装模作样，啐。于是，小声嘟囔道，什么研究员？诗人？谁稀罕呢。

按说老丁也承认错误啦，三傻子这边并没有跟谁过不去，多多不该这么埋汰人？可多多要那么说，老魏也没办法，只好见好就收，装出豁达，和稀泥一般地说，算啦，算啦，今天聚会，就是让多多解气的。说完看着三傻子和老丁说，多包涵，多包涵。

老丁揉揉心口，吞咽了几口唾液，又喝了一口茶，压住所有的话，不再吭声。

三傻子没肝没肺一般，喝酒吃菜，不看任何人。

之后，大家说话多了防范，刻意回避某些话题，气氛总算和谐了一些。

回家之后，老丁想起老魏的种种表现，心里难受，暗想，当个假模假样的人舒服么？起码心里憋屈。大家都在说真实，谁做得到呢？想到这里，便在心里发誓，不管别人如何，从此，我一定要做一个真实的人

太多的记忆，有些浑浊，也有些拖沓。小时候，单纯、可爱，想必老魏也是。上大学时，热血澎湃，愤世嫉俗，说目空一切丝毫都不过分。那时候不知道老魏什么德行，反正，那时候老丁觉得世界都是他的。现在么，心怀"早年不知世事艰"的感叹，早

已意志消沉。不说他人，比起老魏，差得也不是一层两层，单说财富和情商，好像也差了十万八千里。看看他在多多面前的表演，那才叫功夫到家、了然无痕。也难怪，在一个无人问津的文学研究所上班，能咋呢？刚毕业那会文学还热，生活还算热闹，研究现当代诗歌理论，偶尔写写诗歌，活得充实而又灵性。现在呢？所长一直想提携老丁，让他当《现代诗歌研究》的主编，可老丁心灰意冷，什么都不想做，面对所长的提携，故意回怼说，诗歌变成了"坑"，诗歌研究算个球么？老丁不想编刊物，也不想写诗，反正职称到了正高，躺平正合适。于是，他慢慢地学着别人喝茶看报，偶尔也会跷跷二郎腿。无聊透顶，业余时间开始研究起花草栽培，后来专门研究烹饪，他常对同事说，混着吧，谁还不会老去咋的？

老丁老婆是小学教师，比起老丁，她活得充实而忙碌。好在老丁会做饭，会洗衣拖地，有老丁在，家里那点事情不用她操心。老丁给文竹编上辫子也好，在发财树上挂上灯笼也罢，包括在月季花上嫁接出玫瑰花啥的，她也懒得干涉，就算老丁发癔说，辫子灯笼是文竹和发财树上绽放的"诗"，她不想听，也不会介意。

女人扎堆聊天时，老丁老婆从来不提老丁，她喜欢坐在一边，保持不显山不露水的调性。大家唠叨完家常，才会想起坐在角落里的她，有人见她受到冷落，没话找话问，文研所干啥的？研究员的是不是特别古板？老丁老婆听到这样的问题，总会含蓄地笑笑，笑完之后，就算回答完毕。后来有人不依不饶，好像老丁老婆不说出子丑寅卯，等同于看不起她们。老丁老婆想了半天，怎么说老丁呢？还算靠谱吧。这么回答太苍白，什么叫靠谱？咋个靠谱法？不靠谱又是啥样子？别人连番发问，老丁老婆不说靠谱了，说顾家，这个大家都懂。或许顾家和靠谱就是老丁老婆对老丁的基本看法。认识老魏之后，老丁活泛了起来，仿佛变了一个人。老丁老婆也挺高兴的，公序良俗的社会，人需要社交，就像动物喜欢彼此闻气味。后来老丁常常陪老魏和多多聚餐，耽误了家务活。老婆从来没有抱怨，还说一个人好凑合，你只管应酬便是。总之老婆不是那种胡搅蛮缠的人，始终显得通情达理。孩子考上大学后，日子有些清冷，老丁老婆把所有精力都投入教学中，管不了老丁的情绪。

认识三傻子后，老丁常常把真实与虚伪挂在了嘴边。看到老丁的变化，老婆还感叹说，见你变了一个人，说来还得感谢那次相撞呢。

那次追尾，责任在老魏。不知道老魏咋弄的，突然来了个急刹车，害得老丁连人带自行车撞了上去。换作别人，早躺在地上装疯卖傻一回，反正一边是自行车，一边是宝马，人们都同情弱者。可老丁撞翻在地，只趴上一小会，便一个鲤鱼打挺地站了起来。最后不顾自己的擦伤，反而上前向老魏道歉。老魏知道责任在自己，急忙说，怪我走神。老丁长舒一口气想，不怪我就行。于是架起自行车，找到无人处矫正车把，准备随时离去。老魏见老丁好说话，在另外地方停好了车，又赶回来查看究竟。老丁没有注意到老魏，矫正好车把后，骑车想走。老魏却拽住了老丁，要不要送你去医院？老丁说，皮外伤，很快就会好的。老魏还是坚持要了电话，最后反复叮嘱说，感觉不舒服，一定通知我，我会负责的。老丁记下号码，头也不回骑车走了。打那之后，老魏有些忘不了老丁，这年头，遇上老丁这样的人，难。于是，一个无聊的晚上，老魏邀约老丁喝酒，老魏喝醉了酒，喊来了多多，从此，老丁加入老魏和多多的聚餐中。泡吧、洗脚，老丁参加过不少次，老丁常说，不喜欢这类活动，老魏笑，说老丁傻。来来往往中，老丁了解了老魏，这个人什么都好，唯一缺点，就是谎话连篇，为了多多，天天说瞎话，还伪装出憨厚老实的模样。可他不能对多多说出老魏的另一面，他得帮老魏打掩护、擦屁股。老丁在这种泥泞过程中，步履蹒跚。

认识三傻子之后，老丁觉得世上还有一些人是爱好文学的，譬如三傻子，活得真实有趣，他暗暗发誓，从此改变生活态度，起码做回真实的自己。

这天老丁回家晚了，见老婆已经做好了饭菜，便夹起一叨菜填进嘴里，天呀，咸得齁心。搁在过去，老丁肯定会说些感谢的话，毕竟老婆亲自下厨，不容易。可那会老丁不想说假话啦，皱皱眉头问，考验我的味蕾？老婆脸色有些难看，嘟囔道，凑合吃口，生活本来就是咸淡不均的。老丁说，这么多年，你做过几次饭菜呢？老婆不想啰唆，草草吃了饭，碗筷留给了老丁。老丁洗刷好碗筷，接着打扫了一遍卫生。忙完这一切，老丁走进卧室。这才发现老婆躺在床上抹眼泪。

那天晚上老婆穿了一条绿色的睡裙，过去老丁常说那套睡裙好看，想起说真话，老丁吧嗒吧嗒嘴，没腔没调说，绿色搁在大自然，妥妥的。置身床上，不是味。

老婆摸摸老丁的额头，发现老丁并没有发烧，便问，想找事？

老丁问，如果我每天都说假话，你感觉舒服么？

老婆看不懂老丁。

老丁说，生活需要真实，作为文化人，更不能虚伪。

见老丁露出真实可爱的一面，老婆拍拍老丁的手说，往后，吃过饭，就去散步。不想散步，就去跳广场舞。兴致来了，写篇论文，抑或写几行诗。什么都不想做，你就给花草"编辫子"，反正我不会说什么的。但我劝你，千万别说什么真话，追求什么真实，真实或许就是"过家家"时代的梦幻游戏。很久没有同房啦，老婆翻过身，手搭在了老丁的腰间。老丁知道老婆的意思，这么多年，只要老婆想温存，就会把手放在他的腰间。老丁那会突然间想起了三傻子，他想，如果三傻子把手放在腰间，会是什么感受呢？想起三傻子后，兴致全跑了，汗颜中，推开老婆的手。老婆识趣地翻到另一侧。老丁很快熟睡过去，迷迷糊糊中，老婆推醒了他，揪住他的胳膊问，什么意思？

恍惚中，老丁以为多多找茬，清醒后才知是老婆生事，老丁什么都不管啦，坐了起来，对老婆说，我最近让多多和老魏闹得心绪不宁，你们，包括你，都得学学三傻子。老丁不想隐瞒老婆，索性从凯瑟琳·霍华德说起。之后说起人世间的真情，人性的复杂，说起真实在现实面前的窘困和潦倒。一番宏论之后才说，说到底，人与人之间，真实才是难能可贵的。

老婆早不耐烦啦，什么乱七八糟的？老婆见老丁还在侃侃而谈，心一热，抓住老丁的胳膊就咬，咬完之后，一脚踹开老丁问，真实么？疼么？

胳膊上留下椭圆形牙痕，老丁揉揉那道牙痕，心想，我哪儿说错了呢？

5

第二天上午，老丁找老魏诉苦，老魏拍拍老丁的胳膊说，你他妈的是不是白痴？

老丁惆怅半天才问，什么白痴，你不懂可好？

老魏睁大了眼睛，好像见到天外来客一般，急赤白脸说，这么下去，你会害死我的。

老丁问，我怎么会害到你？

老魏指着老丁骂，你是不是有病？骂完，老魏气哼哼地开车走了。

老丁不知道老魏生哪门子气，多多说我装逼，好，就算我装，现在我不装啦，难道有错？

一个人站在熙熙攘攘的大街上，头一晕，便对着行人嚷，从明天开始，我要做一个真实的人，喂马、劈柴，关心粮食和蔬菜，一切都留下真实可信的痕迹。

行人不知老丁念叨啥，以为撞见一个精神病。北风呼呼作响，天地瞬间陷入黯淡，老丁顶着北风，踽踽向前。等他走到避风处，站下来念叨，劈柴、喂马，喂马、劈柴，最后，双手朝天，大喊，我心光明，何复其言？不知不觉间，身边围拢上很多人，大家不知道他咋啦？一个看上去还算得体的男人到底受了什么刺激呢？有个胆子大的，慢慢靠近老丁，伸出一根手指问，嗨，这是几？

老丁知道大家把他当成了傻子，苦笑地问，你说几？说完撒腿就跑，边跑边喊，我说那是"3"你可信？

顺着大街老丁跑了很久，等跑到民国风范的茶馆门前，才停下脚步。那会他想起了三傻子，于是掏出了手机。

三傻子问，你在哪儿？要不要喊上老魏和多多？

老丁说，喊他们干吗？

三傻子感觉老丁说话口气不对，解释说，每次都是老魏破费。

民国风范的茶馆装修出旧岁月的模样，来喝茶的，大多是上了岁数的老年人。不知道哪位投资商，想起这么个由头，构建出一个虚拟中的真实世界。

老丁站在门前等三傻子，见不少人在换装，很生气。有个老年人穿上了棉袍，手持老长的旱烟袋，还迈着八字步，学旧人。很多人换了服装后，在拍抖音及照相。老丁不想换装，见人扮假，上前对换装的人群说，这叫装模作样，懂么？

他的阻拦惹得一位年轻人上前，推开他问，你是喝茶的还是捣乱的？

好在那会三傻子蹦蹦跳跳地赶了来，拦住年轻人问，咋啦？

年轻人说，他捣乱，你说气人不？

三傻子说，我们喝茶的。

年轻人问，换装不？

老丁生气，换个鬼。说完拉起三傻子的手走进茶馆里。

三傻子那天穿着红裙子和马靴，浓妆艳抹，加之搭件短皮草，浑身上下充满活力。置身这等茶楼里，很快显出不伦不类。人们的目光刷刷集中到三傻子身上，见不协调，有人喊，换装去，别倒了我们的胃口。老丁抡起拳头想打人。三傻子说，算啦，不行我们也换身装束试试？老丁歇斯底里地喊，我不会扮假，更不想构建虚拟。

天空落下霰雪，当地人习惯称之为雪米粒，雪糁随着北风，闹出噼里啪啦的动静。三傻子不想喝茶啦，站起来，陌生地盯着老丁，而后说，真实需要由内而外，不在乎形式。

老丁那会好像清醒了过来，看着三傻子问，你真实么？

霰雪变成了鹅毛大雪，铜茶壶滋滋冒出热气，三傻子突然之间感觉出老丁怪怪的，什么叫真实？于是她没好声气地说，今天就说到这里。而后，"咚咚咚"走下楼去。

老丁结了账，急马三枪追出。

霰雪变成了鹅毛大雪。三傻子那团红到底淹没在人群里，茶馆的窗户四周冒出白色的雾气，老丁愣怔想，三傻子咋啦？"真实"不是她的具体写照么？

老丁不服气，憋上一口气去了单位，研究所在文化馆的下面，文化馆就在市政府对面。老丁走进办公室，见所有人还没走，上前便说，从此，我要做一个真实的人，喂马、劈柴，关心粮食和蔬菜，一切都留下真实可信的痕迹。

所长见老丁可爱的模样，呵呵笑，而后说，那好呀，真实才可爱，真实才是艺术家们最为可贵的风骨和志气。

老丁说，我憋了这么多年，我最想说的便是，为啥我们研究的课题都变成了经济与艺术形态的直接关系？为什么不能就当地传统文化的成长性以及这种文化背后的精神风貌进行一些专题研讨呢？

所长说，我也想呀，经费谁出呢？

老丁指着所长说，所以我想说，你本身就不真实，真实的领导，应该敢于说真话。

所长不想搭理老丁，其他人见老丁莫名其妙乱发议论，嘻嘻而笑。有个年轻而老于世故的小伙子，打趣问，你说要当真实的人，那么我问你，你想当所长么？想发财么？你一个星期能做几次爱？说来听听？

听到小伙子的质问，大家突然间哄堂大笑起来，弄得老丁灰头土脸的。所长拍拍老丁的肩膀说，既然你有新的想法，你就研究下"真实世界的断代和延续"，我相信你的能力。

所长一本正经，其他人知道所长心思，笑得更加开心啦，那种笑声说嘲笑和讽刺一点也不为过，老丁明白了大家的意思，失望地喊，无论如何，我能治理自己，当个真实的人，从我做起。

大家不再说话，老丁当什么模样的人，对大家一点都不重要，谁会在意一个可有可无人的情绪呢？

6

　　雪停的时候，老魏把车停进了地下室，然后从地下室直接上到多多的住处。多多的套房在九层，三室两厅一卫，中等户型的那种。老魏熟悉这里。每次老魏都喜欢把车停在地下室，而后从地下室直奔九层。

　　老魏买车时认识多多的。宝马4S店装修考究，多多远比其他车模机灵，见老魏像是真正买车的主，显得特别热情。多多说，这款车特别适合你，豪横、高端、大气。老魏本来打算买轿车的，见多多可人，临时改变了决定。老魏选择的是宝马X6, SUV型。提车走人，按说故事结束啦。可之后的售后服务，让老魏有了接触多多的机会。

　　闲谈中，老魏得知多多有过一次失败的婚姻。提起那段婚姻，多多根本不当回事，还说，就像出门跌了一跤，还说，想起来一点也不真实。基本经过简单，闪婚闪离。多多说完不真实又强调说，我离婚是认真的，也是经过深思熟虑的。

　　老魏装模作样，认真聆听。

　　多多说，那个瘦条条的男孩说，他爸爸是环保局局长，妈妈是上市企业的老总。结婚后才知道，他爸爸是环保所所长，妈妈的企业早已濒临破产。严格说来，瘦条条的男孩没有撒谎，只是扩大了某些优势条件罢了，要怪就怪多多轻信。可多多感觉瘦条条的男孩欺骗了她，辜负了她的信任。分手之后，多多并没有感到忧伤，还说，骗婚就得负责。多多那天话多，样子轻松、有趣。

　　以多多的条件，肯定会遇到无数追求者，多多不想避讳过去，每次都会说起瘦条条的男孩，说起那场对她来说好像不太真实的婚姻，可很多追求者听到她的叙述后，不再露面，多多知道有人在意她的过去。也有不计较的，大多是有家有室的人。多多不想当小三，何况她也不喜欢大叔级别的人。认识老魏后，多多感觉老魏与别人不同，起码显得厚道与实在。就说售车服务吧，老魏忒好说话，不但真实还诚恳，何况老魏也单身。

时机成熟，老魏表明了心迹。多多思考很久，才拒绝说，我们之间年龄差距大，不合适。

老魏说，爱情不分年龄。

多多苦笑，问老魏的自信来自哪里？

秋天的某一天，老魏突然掏出房子和车钥匙，低调走到多多面前说，本来不想这么世俗的，见你辛苦，就想帮帮你。多多不想收下房子和车，可想想老魏从认识她开始，没有碰过她的手，吃饭、聊天，包括她一次喝醉了，老魏依然规矩。现在不声不响买了房子和车子，足见老魏的真诚，可多多依然拒绝。那时候，老魏显出足够的耐心，喃喃说，给你时间，我相信缘分。

无数次拒绝，就把事情推到了必然的路上，有次同学聚会，多多的寒酸成了别人嘲笑的话柄，大多数女同学靠嫁富，一夜咸鱼翻身。那时候多多就想起了老魏，当然也想起了老魏说的"缘分"，老魏再次央求时，多多没有拒绝，收下了房子和车钥匙。按说，老魏应该很快提出非分要求的，可老魏什么都没做，还说给多多更多的选择机会。

过了春节，下冷雨的某一个晚上，多多忍不住好奇，小声问老魏，你确实单身？

老魏说，可不是么？

离婚多久啦？有离婚证吗？

怎么会没有呢？

多多本来想看看老魏离婚证的，想想老魏的坚守，不是一般人能做到的，多了感动，选择了信任。那晚上老魏和她都喝了酒，最后就顺其自然地滚到了一起。

之后，老魏变被动为主动，突然下床跪在地上说，多多，我错啦，欺骗了你。

得知老魏并没有离婚，多多才体会到什么叫真正的欺骗。之后，多多再也不想见老魏。

老魏不计较多多的态度，不急不缓，到了第二年情人节那天，老魏又替多多操办了一家商贸公司，主要营销烟酒，老魏找到多多说，用这个养活自己。我的欺骗，出自真爱，于你，就当又上回当而已。

经历过老魏和瘦条条的男孩，多多不知道哪个是真，哪个是假？现实是，多多赢得了同学们的尊重，她想，人生就那样吧？何况自己早已面目全非。大哭一场之后，多多开始踢打老魏，几番踢打，就算承认了现实。

多多当上总经理后，老魏并不主动约见她，一个月，两个月，到了第三年的春天，多多才感觉亏欠了老魏，那时多多才主动打电话给老魏，多多说，或许这就叫缘分。

认识老丁后，老魏经常带多多见老丁，老魏对多多说，老丁是个深刻的人。

老魏见多多这几天变了一个人，便后悔带老丁认识多多，也后悔老丁带来了三傻子，一切都变了，何况老丁口口声声要当真实的人，你说怕人不怕人？

好几天啦，多多还不让老魏看她，现在老丁嚷嚷要当真实的自己，老魏说啥都要见多多一面。他在地下车库停好车，轻手轻脚上了九楼，而后轻轻打开了多多的套房。当他走进客厅后，一抬头，发现多多正坐在沙发上嗑瓜子，地上到处都是瓜子壳，椅子上衣服凌乱，沙发上也乱七八糟的。老魏被多多的样子吓到啦，忙问，你咋啦？

多多挪挪身子，老魏顺从地坐了下去，由于不踏实，屁股只沾了半边沙发。

多多说，春天的雪，说化就化。昨天的雪早已停了，融雪过程中，改变了多多的心境。

老魏不想说雪，想说老丁。急马三枪骂，狗日的老丁，嚷嚷要做真实的自己。

多多不想说老丁，多多说，人家咋样与我们无关，我只想问，我们之间到底怎么回事？

这是个艰涩的话题，老魏说不清，就像春天不该下雪，他不该买车，多多不该有所醒悟，老丁不该认识三傻子。等等不该叠加在一起，谁能说清对错呢？老魏憨憨笑，多多不笑，她觉得自己好像突然之间被人扒光了衣服，赤身裸体似的。

多多不说话，老魏心里便发怵。确实想给多多更多的尊严，可现实不允许，装疯卖傻，拖延到现在，谁知斜杠里走出一个三傻子，惹得老丁要当真实的人，这下坏了，老丁真实就会说出真相，他肯定死无葬身之地。

多多见老魏走神，这才小声说，也许，真的出了问题。

出了什么问题呢？哪里出了问题？老魏装傻，故意发问。

多多说，两个多月啦，一直不敢确定。

老魏不知道多多为啥这般敏感，深情地看着多多，意思咋啦？多多喃喃说，到底怀没怀上呢？这种情况在预料之中，怀孕也是迟早的事，可问题是，多多一直不想要孩子，为啥又怀孕了呢？老魏搂住多多的肩膀问，你的意思呢？

多多说，不确定呢。

老魏问，好还是不好呢？

多多不想说话，好与不好，明摆着的，老魏什么意思？

老魏抬起头说，我这里肯定要留下的。

多多看看老魏，见老魏还算真诚，扭头说，我一直吃避孕药的。老魏知道多多吃避孕药，老魏不想让多多怀孕。可老魏不能说出内心感受，说出来肯定会伤害多多的。老魏压抑住所有恐慌，装出憨厚，伸手摸摸多多的肚子。

多多推开老魏的手。老魏看不出多多到底是忧伤还是高兴？见多多又陷入深思，赶紧站起来替多多泡了杯水。

老魏心里丝毫不能淡定，老丁老婆和他的老婆熟悉，真实来真实去，肯定会露出马脚的。老魏眼前摇晃出老婆的脸，那是一张人人都说福相的脸，圆圆的，看起来肥嘟嘟的脸颊两边挂着一对算盘珠般的耳坠。这么多年来，那张脸和耳坠好像随时都可以粉碎他的尊严和财产似的。打捞记忆，老魏怕那张脸，就像小时候怕癞蛤蟆。要怪就怪老魏当初太过迁就，现在好啦，公司上下到处都是老婆的人。老婆一句话，就能让公司陷入瘫痪，也能将他打入地狱。谁让自己当初找了大队书记的闺女呢，为了给多多买房买车，包括后来给多多办贸易公司，老魏不知撒了多少谎，甚至扯上了老丁。老魏对老婆说，"砸"出大世界，钱是需要的。老婆懂事，为了公司发展，老婆从来都是大方的。别小看这个大队书记的闺女，打小就知道人脉关系的重要性，何况这回还有老丁帮忙呢。老婆拿出几笔钱后，叮嘱老魏，一分钱，三瓣花，挣钱不容易。不敢想象老婆知道真实情况的后果，要么被扫地出门，要么被剥夺一切权力。更为严重的是，老婆常说，如果发现他做了腌臜人的事，咔嚓，只要一下子。老魏当然明白"咔嚓"的意思，为此股沟那里凉了很久呢。可面对多多，他不能说这些，什么都得隐瞒，瞒下去，才能相安无事。老魏昏昏沉沉的，感觉今天遇到的尽是疙瘩事，可他不能发火，也不能发牢骚，还得装出笑脸照顾多多。老魏笑着给多多削了一个苹果，还未来得及递到多多手里，口袋里的手机响了。电话是老婆打来的，老魏不敢接，可手机不听话，拼命振铃。老魏不能不接。接通电话后，老魏老婆劈头盖脸来上一句，王八羔子。王八羔子是老魏老婆的口头禅，常挂在嘴边。老婆问，王八羔子，又去了哪里？老魏知道怎么回答，这种谎话，他说了无数遍，老魏淡淡说，在文研所，老丁这里。

老魏老婆说，税务大检查，赶紧回来。

老魏说，知道了，你先应付着，这就回去。

老魏挂了电话，又看多多，意思是先去医院？还是先回去？多多不说话，老魏决定先处理好税务检查的事再说。临出门时，老魏又看看多多。发现多多眼圈红红的，又不忍心离开。可很快他又想起老婆的那张脸，只好弯腰鞠躬说，我去去就来的。

多多见老魏走了，继续嗑瓜子，新疆特产马牙瓜子，香浓酥脆。多多吐出几个瓜子壳后，顺手把瓜子撒到了地上。白生生的瓜子，像一颗颗马牙，乱糟糟地铺满地板。多多用脚踏了上去，细碎的响声，就像嘲笑似的。多多感到胸闷，站起来走向客厅前面的阳台，打开窗户后，连吸几口冷气，这才看向楼下的小区广场，下雪天，广场上有大人、有小孩，大人在堆雪人，小孩在打雪仗，也有人在清理广场上的积雪。多多关上窗户，抱紧肩胛，暖和了身子后，才拨三傻子的电话。

7

三傻子没想到老丁真的那么幼稚，友情比薄冰还脆的年代，哪里寻来真实？假亦真来真亦假，这是基本常识。想来都是亨利八世惹的事，凯瑟琳·霍华德和亨利八世结婚不到一年便出轨，可怜的凯瑟琳·霍华德，最后竟成了伦敦塔之下的孤魂。凯瑟琳·帕尔，那个没有倾国之貌的宫廷官吏之女，经历了几次失败婚姻之后，见缝插针上了位。她靠什么吸引住了亨利八世？老丁那晚为啥喊 G 大调上的圆舞曲在凯瑟琳·霍华德和凯瑟琳·帕尔之间游走？他当时想些什么呢？

说来老丁是个不错的诗人，起码在意象的组合上，有着独特的感受。老丁的问题出于认知，他无法权衡真实与善意谎言之间的缝隙。要我说，人生有很多模糊地带，这才是需要把握的。自负尚可原谅，固执等于无知。可老丁不服，拧着脖子争论，说真实本来就是完整的，生活需要真实，做人需要真实，每个人都应该把真实一面展露出来，人生才有意思。

民国茶馆争论之后，他们又争论了几次，三傻子心有不服，便在手机上写下了一首诗：

霰雪冬的尸骸

叫人疼痛的民国

困在真实的路上

服装和道具并不险恶

险恶的是虚拟出的回望

和逼真

三傻子写完后便想，这也叫作诗的话，太浅显了些，她写了又改，改了又写。很快便想起了民国的苏雪林、陆小曼和凌淑华，她想，她们的人生真实吗？

手机"嘀"了一声，三傻子回过神，看看是多多发来的信息，三傻子想，多多为啥老找我？是不是还在介意老丁？她不想回复信息，面对敏感而多疑的人，最好以沉默应对。她的思绪又回到了民国，她想起那些拍抖音的人，想，只怕那些人骨子里并不想回望，他们要的或许只是一些念想，包括现代人的一种惆怅和情绪。电话顽固地振起了铃。三傻子摁下了通话键。多多嗓音沙哑，还未说清一句话便哽咽起来，多多说，我一直在想一个问题。

一个问题和多个问题有多大区别呢？三傻子想。三傻子的沉默，让多多不再犹豫，她大声问，你说，我到底需要什么？

需要什么？谁知道呢？倘若刚来时就知道目标，何来恁多弯路呢？三傻子不想说她的过去，她虽说年轻，经历同样伤痕累累。认识老丁后，三傻子想折叠起过往，至少那些过往今天看来，早已不值一提。庆幸的是她的过往没有多多那般曲折，有的只是情绪飘浮不定。

三傻子一直不说话，多多那里有点急，忙问，在听么？

在听。三傻子说。

我想结束这种状态，可我没有勇气。

三傻子说，勇气是自己给的。说完，三傻子发现，她也需要结束这种状态，起码不该跟老丁走得这么近，他是他，我是我。他追逐真实，那是他的权利。就职和恋爱路上始终磕磕绊绊，倦了累了，回到家乡。可孤独就像一盏灯，一直悬挂在头顶。老丁那晚喊出的 G 大调上游走的凯瑟琳·霍华德和帕尔之语，让三傻子惊讶，这种地方，还有如此性情之人，鼓起勇气走上前，只想问那个男人如何看待王权时代女人的呻吟。老丁一直不回答她的问题，始终在说诗，诗歌是个好东西，它能发泄心中的隐痛，也能表达心里的疼痛。她这里才表达完观点，老丁那里早已激动不已，说遇到了知音。

多多听得出三傻子在敷衍，话语间多了急切和凌乱，多多说，老丁要当真实的人，老魏说会伤害到我们。实际从这个冬天开始，我就一直落泪，不为老魏，也不为寒冷，不知为啥，就是莫名其妙地伤心。

这个老丁，你当你的真实，何必到处嚷嚷呢？他总喜欢用自己的态度，去改变别人的认知，甚至以为自己无所不能。三傻子不再乱想了，问多多，需要我做什么？

多多说，我这里无所谓，老魏怕呀。

三傻子说，让他怕去，也许这才是你真实生活的开始。

多多哽咽起来，感觉出来她特别痛苦，冷静下来，多多才说，你和老丁的生活状态才叫人羡慕，我他妈的不像人。

今天的多多，不像前几天认识的多多，过去自己把多多定格为成一种类型，现在看来，多多还算清醒。

由多多她又想起了自己，大学毕业的前几年，遇到无数诱惑，可自己战胜了欲望和虚荣，她对自己说，钱财固然重要，绝对不是快乐的源泉。虽说眼下生活不甚满意，可人轻松快乐。胡乱想下去，三傻子的思维出现了短暂的混乱，面对多多的挣扎，怎么能如此漫不经心？调整情绪，三傻子说，蜻蜓纠结于一天的长度，蝗虫见不到冬天的寒冷，活在时光的刻度中，活出自己，都是胜利。

这样的话，多多似懂非懂，这就是三傻子的可爱之处吧，从偶尔写诗开始，她总能说出一些莫名其妙的话，甚至到了晦涩难懂的地步。

多多很快开始诉说自己的焦虑，多多说，每月都来的例假，这个月停了，本来没有什么，可不知道为啥这般委屈？

三傻子一直在找关键词，多多的凌乱来自例假的停止，三傻子清了清嗓子说，焦虑也容易改变生理状况。

多多问，你在哪儿？我想见你。

三傻子说，在家呀，如果无着无落，就来叙叙。

多多说，你不拒绝，我好高兴呢。

三傻子"呵呵"挂了电话，慌忙收拾屋间。四十多平方米的公寓房，挤下床和餐厨，太过拥挤和凌乱，这个单身公寓唯一让她满意的就是通风和阳光，无事的时候，她喜欢坐在阳台上看书，瞌睡的时候，就那么闭上眼睛。实际她当过实体企业的文案策划人、也做过旅游项目的推广人，她就像一只吸食花粉的蜜蜂，从一只花朵迅速飞到另一只花朵，其间夹杂的丑陋和诱惑。可她选择了为干净而生。她想，宁愿站着死，也不能躺下活。一路走来，真累呀，就说直播带货吧，粉们不喜欢她的理智，说直播间需要放松和玩笑，包括风情。功利和污浊，让她难受，可没有办法，她只能在现实中寻找一种妥协，向外更向内，她需要和自己和解。老丁不同，不食人间烟火一般追逐纯粹，纯粹的真实在哪里？有天三傻子实在忍无可忍，只好大声说，活着需要大米，大米的价值大于真实。老丁不相信这话是她说出口的，气得直摇头，三傻子索性不管不顾说，你我风马牛不相及，各活各的。

多多敲门时，三傻子迅速打开了门。

多多的眼睛猩红，下巴还生了个火疖，浑身上下充斥着混乱气息。多多放下包，坐在单个沙发上，三傻子坐在一边的凳子上，见多多颤抖，站起来替多多张罗茶水。多多没想到三傻子住得这么拥挤，对比中，多多又添了另外一种感叹，想想过去，她也是这般过来的，对比三傻子，她属于半路逃逸。对比中，多了惭愧。来之前，真的有太多的话想对三傻子说，见到这般拘束的空间，什么都不想说了，埋头嗫嗫喝茶。

三傻子有些奇怪，说好说话的，却又沉默不语，这个多多，就是怪呢，沉默半刻，三傻子只好问，这个月才停的？

多多答非所问，住这里不委屈？

委屈？为啥委屈？

三傻子的回答，让多多陷入更深的沉默，许久才说，我委屈得很。

三傻子呵呵笑着说，不说这些了，不说好吗？

多多说，那就不说吧，就这么坐会。

太阳终于晃了出来，快到中午了，不可能一直这么坐下去。三傻子见时辰不早了，主动说，不行我做点菜，我俩凑合下？

多多说，不，我带你去酒店吃。

三傻子笑。

多多便在手机上寻找合适的餐厅。

就在那时，多多的手机响了，老魏打来的，老魏压低声音说，坏了，这回真的坏了。

什么意思？

老丁老婆惹事啦？

到底发生了什么？

老魏突然挂了电话，多多听到的全是嘟嘟的声音。

8

老丁顶着雪从民国风范的大茶馆走回家后，便给植物"写诗"，他把文竹的辫子解开，又重新辫接，结果茎叶全弄断了。他把发财树上的小红灯笼全部摘下，挂上了一只只纸鹤，感觉不合适，又挂上几颗苹果，感觉还不是心中寻找的那个味，最后气得把发财树的一个枝丫折断了。今天咋啦，弄啥啥不成。他开始做菜，那是他轻车熟路的厨艺，可炒了四道菜，不是咸就是淡，他一直走神。

老婆开门进屋时，见他正在发呆。进屋放包，才出来，见老丁不知何时摸出一把双剪刀，"咔咔"响个不停。

老婆上前夺过剪刀，大声问，上午你去了哪里？

哪也没去。

我可找了老魏。

老魏？

老魏说，没什么三傻子。

你想说什么？

如实说来，省得我找来找去的。

老丁还沉浸在气恼的情绪中，当真实的自己，老魏不理解，三傻子也不认同，那好，我自己改变自己。他吸口气，一五一十地说了认识三傻子的经过，老丁说，其实爱情需要忠诚，感情更需真挚，一个国王，六个王后。好吧，不说亨利八世，说古代的皇帝，三宫六院，还有多少真感情？人与人之间，纯洁最为重要，我至今相信纯洁的爱情。

眼前的老丁才是不真实的人，这种话，这种观点，十足骗人，纯洁还找三傻子？还拿到床上对比？老婆二话不说，丢下老丁，再次出门。

路上的雪开始融化，灰烬和污浊显露了出来，老丁不知老婆出门干啥？只好跟着老婆下楼，见老婆歪歪扭扭走出小区，情急之下才喊，饭都做好啦，你去哪里？

老丁老婆不管不顾，打的而去。

老丁想，她干啥？为啥这般生气？

老丁老婆找老魏老婆，什么多多，老魏老婆肯定不知道，需要告诉她一声。

找到老魏老婆，老丁老婆说，你知道老丁的，他是实在人，认识老魏后，居然变了一个人，现在不仅认识了三傻子，还认识了多多，当然多多是老魏的人。

你说啥？多多？老魏的人？多多是男是女呀？

老丁老婆说，我说不清楚，你问老魏便是。

老魏老婆见老丁老婆负气而去，这就喊来了老魏。老魏样子轻松，油滑地问，什么狗屁事，这般严肃？

老魏老婆不想啰唆，直接问，说说多多怎么回事？

多多？老魏一个激灵，很快调整出最佳状态，打岔说，什么多多少少的，是多了钱，还是少了斤两呢？

老魏老婆一直看老魏的眼神。她知道老魏爱撒谎，可眼睛不会。老魏知道，这时候需要镇定，更需要坚强，他迎着老婆的目光，眼睛眨都不眨一下，表现出的全是坦然和镇定。老婆满腔怒火很快堆积到肥嘟嘟的脸上，她一直在等待老魏眨眼或者哪怕片刻之间的游离。

可老魏一直底气十足，还大声问，多多少少，到底遇到了什么屁事？

老魏老婆看不出半点破绽，骂骂咧咧，直接开问，王八羔子，养了小的？

老魏感觉出老婆还不敢肯定，露出无辜的神情说，小的？怎么可能？我对天发誓，不，你说怎么发誓，我知道，肯定是老丁老婆，对吧？这个女人你是知道的，不要看她是人民教师，却满嘴谎话呢？当然也不能怪他，要怪就怪老丁，老丁跟我根本没认识任何女人，这个家伙，最近发癔症，一直说寻找说谎话的刺激，奶奶的，他胡乱嚼舌，何必牵涉你我呢？

老魏老婆二话不说，猛地夺过老魏手机。老魏没有防备，想夺回手机已无可能，只能眼睁睁由着老婆查证。老魏老婆查了半天，通讯录里没有查到老丁老婆说的多多，再次抬头问，多多到底怎么回事？

老魏笃定老婆没有可靠的证据，长出一口气想，幸亏把多多的号码存为老丁。而老丁的号码，改存为丁伟明，否则，给一百张嘴也说不清。没查出多多，老魏老婆依然警惕，虽把手机递给了老魏，嘴里却警告说，别玩花样。老魏赶紧放松情绪说，我什么时候玩过花样呢？

老魏老婆又看看老魏，这个男人一直不真实，无风不起浪，何况老丁老婆亲口说的，于是再次警告说，王八羔子，别让我逮住把柄。

看来老魏的镇定，起到了效果，起码打消了老婆的一些疑虑。

老魏低估了他老婆的智慧，老婆没有急于发作，心里一直在盘算寻找证据，老婆不是听风就是雨的人，做事理性而缜密。老魏见老婆走人，走到阳台上喘大气，见四周无人，这才返回自己办公室，反锁上门，立即给多多打电话。

说了这边情况，老魏又打开了反锁的门，老婆不发火，不代表没有警觉。老魏看看手表，再次反锁上门，打电话给老丁。

老丁接通电话便说，没说什么嘛，只是说了实话。

老魏气得浑身战栗，老丁呀，脑子让驴踢啦？你说多多，是不是想害死我呀？老魏压住火气交代说，从现在开始，你一口咬定，就说你们夫妻之间为了制造生活乐趣，胡编乱说的。反正你是诗人，说啥别人也不会当回事。当然你也可以用其他办法，替我打好圆场。总之，你得全力以赴打消你老婆的疑虑，更不能牵带上我。

交代完，老魏气哼哼地挂了电话。

老丁老婆再次回了家，进门后，没有说话，直接躺在了床上。老丁发现，老婆好像伤心透了，眼泪早滚在了腮帮的两边。看来真的出了问题，咋办？老丁吞吞吐吐走到老婆的床前，而后小声劝，起来吃饭呀。

老婆翻身而起，痛彻心扉地喊，我还对别人说你顾家和靠谱呢，没想到，你也学老魏去找女人。现在不是什么真实问题了，也不是亨利八世的猖狂，谁也解决不了他的现实问题。安抚好老婆的唯一办法，就是让老婆打消疑虑。要么继续撒谎，当一个虚假的人；要么继续真实，弄得鸡飞狗跳。老丁不想这么快败下阵来，他想，唐·吉珂德大战风车还有个过程呢。对，不管不顾，坚持下去，我这里不怕的，至于老魏那里会酿成什么后果？他不敢想象下去，假如因为自己的真实，改变了老魏的生活，是不是有点对不起老魏？算了，往回走，继续当个谎话连篇的家伙吧。不行，人活着必须真实，老魏受惩罚，自作自受，我这里问心无愧。可眼下，老婆痛不欲生，让人心疼。算了，还是听从三傻子的建议，找个模糊地带吧。打定主意后，老丁心中涌出一阵痛，就像一阵风，困在心口，哐哐不定。老丁后悔，为啥就撞上了老魏的车，为啥跟他去了酒吧认识了三傻子？现在一切都变了，往回走，多么艰难呀，何况三傻子和多多都是活生生的人。可不能害老魏呀，老魏虽然千百面孔，对我还算真实，为了老魏和多多，委屈自己不算错。想到这里，老丁流出泪水想，假如撒谎也算一剂中药的话，就当给老魏治病。于是他上前几步，拉起老婆的手问，你是不是教书教傻啦？老婆睁大了眼睛。老丁没得正形说，一句玩笑话，你就受不了啦？多少年的夫妻啦，居然会怀疑我？

老婆在想老丁说出的每一个字。

老丁沉吟说，天越来越冷，单调和繁复早已让我失去了激情。

有人说，一片树叶长出毛刺刺的两面，一面是尘埃，一面是阳光和春天。可我不想当尘埃，我想承接阳光和蓝天。所以，专门虚构出多多和三傻子，就算逗个乐子。

老丁老婆下了床，愣怔看着老丁。

老丁说，我要当真实的自己不假，可我又没说，虚构不是一种真实？没想到你倒昏庸得可以，还找老魏和他老婆。

老丁老婆糊涂了，哪句话是真哪句话是假？为啥前番那般说，这番又否认？才认识老魏多久呀，咋就变得这么不可捉摸？过去的老丁，两点一线，什么都是清清楚楚的。现在呢，出尔反尔，模样虚伪。老丁老婆一直看着老丁，希望找出老丁过去的影子。审视下去，老丁开始心虚。老丁毕竟不是老魏，脸上很快呈现出不自然，那种不自然，颤颤巍巍，若隐若现。

老丁老婆基本上有了答案，随后追问，为什么又矢口否认？

老丁提气，说起了一句诗歌般语言，在食盐中练习打坐，我想模糊自己。

老丁老婆打断了老丁的吟诵，突然说，带我见见三傻子，哪怕她是一种虚构。

老丁知道这是老婆的套路，他得继续用诗歌打断老婆的猜想，可大段诗歌才背出头，老婆突然间发疯一般撕扯老丁，最后再次抱住老丁的胳膊，死命咬了下去。

钻心的疼，就像一根根刺，万箭穿心。老丁咬牙想，谁让我撒谎呢？就算对撒谎的一种惩罚吧。老丁咬牙忍受着，不说话也不挣扎，直到头上冒出虚汗，还是没有吭声。

老丁老婆终于松开了口，而后抱住老丁说，可不能骗我。

老丁说，昨天晚上是真实，今天也是。

老丁老婆糊涂了，不知道熟悉的老丁为啥变得这般陌生？抬头又看看老丁的眼神。发现老丁的眼神露出的全是凄凉和绝望，看到这种眼神，老丁老婆陷入更深的困惑中，惶恐不宁地坐上了餐桌。老丁端出四道菜，给老婆盛上饭。老丁老婆一声不吭开始往嘴里填饭，一口又一口。老丁跟着老婆一起往嘴里填饭。米饭堵住了俩人嘴。

9

老魏挂了老丁电话，情绪镇定了许多，这才决定下楼去食堂吃饭。老魏从生产 PUC 塑料管子起家，赚得盆满钵满之后，才开始稳扎稳打的。城市化进程，带动了各种建材业，老魏抓住了机会。后来，老魏老婆坚持网络销售，又弥补了实体销售的不足。短短十几年时间，公司的生产、销售两旺，之后承办的三产服务业也跟着扩大了规模。企业走到今天，老魏当初没想到，别人同样没有想到。只有老魏老婆说，早想到啦。老魏老婆的自信来自经她一手调教出来的部门经理和分公司的销售经理们，现在这批中层管理人员几乎不听老魏的，看她的眼色办事。到了餐厅，老魏发现，老婆并没有在固定餐桌上吃饭，老魏知道，老婆心里肯定打鼓，只是暂时没有抓住把柄。没有看见老婆，老魏表面上装出镇定，心里一直打鼓。一个人慢腾腾走到餐桌边。服务员随之送上餐盘。才坐定，几个副总陆陆续续端着餐盘坐到他的旁边。三个副总，一个是老婆的表弟，一个是老婆的姨弟，还有一个是老婆的侄儿，他们三个围定老魏，老魏觉得这家公司好像不是他的。过去用餐，他们不会到老魏这张餐桌，今天突然聚拢过来，肯定老婆说了什么。老魏不想说话，也不想看谁一眼，提气保持淡定。吃到半道，几位实在忍不住啦，这才你一言我一语地说了起来。

一个说，家大业大，须得厚德载物。一个说，一个人不可能十全十美，知错能改，善莫大焉。一个说，守业比创业难，知福惜福才能永葆福气。什么意思？七拐八绕的。老魏不想接话，沉默是金。看来老婆想通过他们三个暗示他、提醒他。奶奶的，这个时候什么都不说才是安全的。老魏装聋作哑，只字不提饭前发生的事情。最后老婆表弟急眼了，不再旁敲侧击，直白问，多多怎么回事？

什么多多少少的？

老婆姨弟说，有啥的话，尽快消灭罪证。听上去有些关心。

老魏站起来生气地说，说啥呢？谁让你们这么跟我说话的？

老魏放下碗去找老婆，这会见老婆一个人坐在餐厅的另一头吃饭。食堂规模很大，可以容纳四五百人，里面还有大小不一的十几间包厢，老魏和老婆从来不搞特殊，一直坚持跟员工们一起在大餐厅吃饭。今天员工们不知道董事长夫妻为啥不坐在一起。老魏走向老婆时，员工们的目光跟着老魏移动。当老魏坐下后，旁边的员工都侧起了耳朵。老魏知道很多人看着他，他得跟平时一样。当他淡定坐下后，才小声对老婆说，何必跟他们乱说。

老魏老婆放下碗，小声警告，是主动交代，还是让我带人调查？

老魏问，交代啥？

老魏老婆说，无风不起浪，何况老丁老婆是个实在人。

老魏不想在餐厅争论，幽默地说，记得你说的"咔嚓"。

老魏老婆笑了一下，提醒说，趁我还信任，自己说清楚。

问题是能说么？也说不清楚。老魏不能表现出心虚，继续装出无辜模样，拍拍老婆的手说，借我几个胆子哦？

老魏老婆扒完最后一口饭，放下碗才说，你说我能不能相信你呢？

老魏说，我咋知道呢？我只知道老丁无事找事。

10

多多和三傻子点好了菜，突然间俩人都没了胃口。端起果汁互碰了下，俩人的神情都流露出了忧伤。只是她们忧伤的原因不同。多多看看牛排和羊排，问三傻子，你是如何抵御住那种诱惑的？

三傻子叼根青菜塞进嘴里，怎么回答呢？得问自己要什么？

多多受不了内心的煎熬，打破沉默说，老丁老婆为啥找老魏的老婆？

三傻子不知道老丁家发生了什么，以老丁性格，说什么都算正常，第一次聚餐，他拔腿就走，民国风范的茶馆里，他的表现也有些离谱。老丁要当真实的自己，说出多多，想必正常。

听三傻子这么分析，多多心里忐忑起来，过去老魏交代，他在家，绝对不能打电话。一切都是自作自受。每每提出分手，要彻底结束一切的时候，老魏就会装出可怜，给出承诺。造成今天这样的结果不能全怪老魏，自己更有错。多多后悔自己最后失去了定力，主动躺在了床上。她想如果当初一直坚持拒绝，后来毅然而去，还会这样吗？世上没有如果，比起瘦条条男孩，老魏的欺骗更加伤人。多多拿起一块牛排，不声不吭地啃了起来，多多想，即便老魏老婆找到我，大不了摊牌，我早受够了。多多啃到半道，看看三傻子，发现三傻子眼睛居然湿湿的。多多慌忙问，你咋啦？难受什么？

三傻子喝一口果汁说，人呀，一晃，就成了现在这副模样。多多听到三傻子感叹岁月，咂摸几下嘴才说，谁说不是呢。

三傻子那会想到了过往，她的过往，就是一句话，不愿意将就。第一个男友，大学同学，为了去哪座城市，发生了分歧，彼此不愿意妥协，爽快分手。第二个男友，那个嘴角有个痦子的大龄男孩，会笑，会做事，可情商几乎为零，几乎连牵手都不会，更别说体恤她的内心寒凉啦。两次失恋之后，再次遇见的都是居心不良的人，感到绝望，才逃回家乡。三傻子想，也许孤独和寂寞，就是与生俱来的东西。三傻子总结自己过往曾对老丁说，正是因为经历了太多的真实，才向往虚构，虚构是一种理想，带上金边光环的那种。三傻子继续说，三傻子的名字就是一种虚构，也是一种向往和重生。三傻子呵呵笑，笑完继续说，傻子是人人都不在意的家伙，这个世界装傻子难，难得糊涂更难。老丁不赞同三傻子的观点，坚持说，真实和纯洁永远高高在上，遇见你，我更相信真实的光泽度。这个老丁，确实让人敬重，可回到现实，不说头破血流，起码会弄得一地鸡毛。我没有出现前，他是老魏和多多的挡箭牌和借口，现在呢？打破了一种平衡，多多说他装逼，惹得他要当真实的自己，那么事情来啦，接着扯带出多多，惹得老魏一家鸡犬不宁。三傻子胡思乱想时，见多多放下了手中的牛排，拼命用纸巾擦手，三傻子笑笑，而后问多多，你在想什么？

　　多多边擦手边想，想什么呢？就像下雪后，才知道大地的污浊，见到你，才感受到自己的龌龊，说完，多多又陷入深思，如果真怀了老魏的孩子，这么没头没脑的，对孩子负责么？明摆着老魏不可能离婚，单身妈妈如何向孩子交代呢？为啥弄成这样？图老魏的钱还是真情？当初，为了瘦条条男孩的不真实，一拍两散。现在呢？面对更多的不真实，到底留恋什么？多多思绪万千，最后多了自责，于是小声对三傻子说，也许老丁是对的，挑破这一切，对我才算真实。

三傻子呵呵说，你能这么想不错。说完，她莞尔一笑，扬扬手中的刀叉，意思，吃呀，吃饱了再说

多多戴上一只手套，拿起一根椒盐羊排。靠近嘴边时，马上又放下了羊排，她说，我想给老魏打个电话，问问他到底怎么想的？

三傻子鼓励说，打呀。

多多犹豫起来，三傻子又改口说，何必呢？他怎么想的重要么？重要的是你怎么想的？

我怎么想的呢？好像陷入泥潭中。

三傻子问，想知道我的真实姓名么？

多多笑，而后说，这个名字蛮好的。

三傻子不笑，沉思一会说，我问过老丁，既然追逐真实，为啥不问我的真实姓名呢？你猜老丁怎么说？他说，对我来说三傻子就是真实，生活中的名字也许才是虚构。说到这里，三傻子多了恶作剧心思，对多多说，看我怎么捉弄老丁，我这就打他的电话。

11

老丁手机振铃时，正赶上老婆放下饭碗。老丁心虚，刚才还否认三傻子是一种虚构，问题来了，虚构的三傻子如何会打来电话？老丁不敢接，却又不能不接。忍了很久，在老婆的眼皮子底下，老丁接通了电话，言不由衷说，几点？哪儿？谁主持的会？

三傻子哈哈大笑，而后故意问，这就是你追逐的真实？

老丁说，知道啦，我一定出席。

三傻子忍不住爆出粗口，去你娘的真实。随即挂了电话。

老婆听到通知开会，不再说话，可老丁知道，一切都完了，在三傻子那里，他的真实成了笑柄。老丁有些着急，也有些挣扎，

等他洗刷好碗筷，躺在床上时才说，或许，我真的错了。老婆问，哪儿错了？老丁感觉说漏了嘴，便说，不该信口开河。

老丁那边还在纠结，三傻子这边开始啃吃起羊排，等她把羊肉吃干净，放下骨头后，才对多多说，打老魏的电话，就在这时。

多多问，后果呢？

难道还有后果么？

多多没有设想过这种结局，她曾设想过无数种结果，就是没有想到要拍屁股走人，那样的话，付出代价也忒多了吧？多多不想打电话，一直不吭声。

本来多多想找三傻子说说心里憋屈的，现在好啦，一肚子话不知道怎么说啦，都让老丁搞砸了。

埋完单，走到外面，多多喘口气，才抬头看天。太阳晃眼，树枝上的雪沫乱溅，多多看看三傻子，突然泣不成声说，我做不到。

三傻子喃喃地说，最好检查下身体，要想变回过去，赶紧处理喽。

多多不说话，眼神恍如一只麻雀，用沾满尘土的翅膀，在漏风的巢里，一直梳理羽毛。

三傻子那会想，该说的，我可都说了。

12

三天后，冰冻彻底融化干净了，在阳光下抚慰下，那场雪没有留下任何痕迹。老魏三天一直没有出门。老婆无处不在的眼线让他始终惴惴不安。得知老婆上午离开了公司，老魏才敢联系老丁，他想让老丁告诉多多，最好躲几天。正想打电话时，接到老婆表弟的电话，作为老婆的嫡系，跟他说话一点也不客气，他说，给你三天时间消灭了罪证没有？

老魏没想到老婆真的会调查？这个家伙的提醒，倒还讲点义气。我这里替多多买车买房、办理公司的痕迹无处不在，如何经得起一帮人的调查？这个肥脸婆看来真的坚持找证据啦？还是起了不良之心？老魏不想打老丁电话啦，直接打了多多的。他提溜起一口气，想好好劝劝多多。振铃时间很长，一直无人接听。又打，还是无人接听。多多去了哪里？是不是让老婆逮住啦？急死人啦，老魏喝口茶，开始给多多发信息，说了这边的为难，恳请多多谅解。之后，才开始打老婆的电话，老婆始终不接电话。老魏更慌张，看来问题大啦，我这里不能坐以待毙，得找多多去。

车跑得飞快，顺着高架下到熟悉的街道，之后，很快找到熟悉的小区，等他如期打开多多的套房时，多多不在屋里。去了哪里？难道她觉察出风声走啦？多多是个精明的人，知道怎么做。转而一想，不对，她怀孕了，不可能掐断一切。房间衣服确实拿走了，其他东西还在，到底去了哪里呢？商场？医院？抑或哪里？再次拨打电话、发信息，多多始终没有回应。老婆那里也不接听电话，到底发生了什么？怎么感觉大祸临头似的。他不能在多多这里耽搁下去，得先找老婆，后找多多。开门，坐电梯到地下车库，等他驶出地下车库，走出小区大门不久，他看到老丁骑着自行车，弓着身子，一直奋力向前。老丁为啥出现在这里？干什么去？他不想撵上去骂顿老丁。看老丁有些着急，自行车骑得飞快。就生了疑心想，我倒要看看这家伙干啥？于是决定尾随老丁。

尾随一条街，见老丁拐入一条胡同，无法追随，只好停下车，打老丁的电话，振铃很久，老丁不接，想必老丁正在骑车，没有听到。他转念开始打老婆的。老婆总算接听了电话，老婆说，王八羔子，你等着。

他争辩，我等着什么？

老婆骂，狗日的，问你自己。

我做了什么呢？老魏用无辜的口气反问。

老婆不再说话，突然就挂了电话。

老魏心里更加慌乱啦，看来老婆查到了什么，那些东西好查，有他身份证和银行卡就行。想到这些，老魏浑身发冷，很快想到了离婚官司，想到了净身出户，脊背发凉，老魏才意识到眼下的老婆肯定心存杂念啦。那么问题来了，假如让老婆找到把柄，是不是一切都完了？眼下能救自己的还是老丁，他是事情的始作俑者，只有他才能打消老婆的疑虑。这个老丁，到底咋啦，为啥不接电话？

一次次打下去，老丁终于接听了电话。

老魏问，你在哪？

老丁说，我错了，不该恍惚。

什么狗屁恍惚？我这里出事啦？不是小事，是大事，都是你害的。

老丁说，我在找三傻子，现在人去楼空，她肯定伤心透了。

什么三傻子？她伤心什么？

我发誓做回真实，到底失信啦。

你他妈的到底说什么？你现在要做的跟我一起去找我家的肥脸婆，她已经开始着手调查多多啦。找到证据，我死定啦。你得帮我打消她的疑虑，帮我证明清白。

那是你的事情，凭什么帮你？

不是你他妈的说了真话，何来这场风波？

老丁也急眼啦，哇哇地喊，有本事你别做，你那里失去的充其量只是钱财，我这里陷入的是人格和品质。

什么乱七八糟的，你在哪？我这就去找你。

老丁不说在哪？立即挂了电话。

老魏气得高声骂了句，王八羔子，这不是扯淡嘛。

老魏只好打多多电话，想问多多到底去了哪里？

多多电话却关机啦，这个多多，到底咋啦？

老丁挂了老魏的电话，就往民国风范的茶馆那里赶，他想，三傻子会不会独自一人去了民国风范的茶馆？接到三傻子电话，不该借故说开会，真实和谎言只有一步之遥。现在看来，三傻子肯定失望了，想呀，一个口口声声要当真实的人，居然信口雌黄说开会。要怪就怪自己太想帮帮老魏，不想让老婆生气。现在，让我陷入一种失信和失真的境地，惭愧死啦。

民国茶馆的仿古建筑在春阳的照耀下，显得格外干净，老丁停好自行车后想，为啥这么多中老年人还在痴迷模仿，见一群人模仿起了军官和太太，老丁突然有些失态，站下来大声喊，扮假到底有多大的快乐？

所有人都看向老丁，前番那个年轻人又走上前，推搡几下老丁问，是不是欠揍？

老丁不知道哪里来的不舒服，对着年轻人就是一拳，嘴里还大声喊，我早受够了。

年轻人喊来了保安，保安叫来了警察。老丁依然不依不饶，喋喋不休地说，扮假就是对真实不负责，对人格的侮辱。

到了派出所，警察觉得老丁有些不正常，想伸出手指问他是几的？见老丁又不像精神出问题的人，于是问老魏是否有单位。老魏说有，并说出单位名称。警察便打了电话过去找所长，所长哈哈大笑说，你说丁伟明吗？他最近一直发誓要当真实的人，怎么会出手打人呢？所长表示失望，叮嘱派出所说，对于老丁，还有可爱之处，调解处理，批评教育交给我。警察听从了文研所长的建议，调解的结果，让老丁支付给年轻人一千元医药费，外加赔礼道歉。

走出派出所，年轻人轻视地指指老丁对随从的保安说，不看他写诗，我是不会这般罢休的。春天的雨说下就下啦，老丁看着年轻人和保安离去，这才将双臂举向天空，他的双臂伸展得就像两根笔直的树干，连一点弯曲也没有，随后，老丁神经质一般喊出，劈柴、喂马，喂马、劈柴。雨丝残弱如风，双臂承接到的好像不是雨丝而是若有若无的细雾。很快，老丁脸上落满了雨滴和泪珠，样子悲凉极啦。就在那会，他的电话响了，是三傻子打来的，他激动得浑身战栗，赶紧接听了电话。三傻子声音还算正常，解释说，刚才有事，没有及时接听。之后，三傻子淡淡说，这三天，我一直跟多多在一起。忘了告诉你，我在帮多多，至于去了哪里？你不要追问就是啦。我还是那句话，你是你，我是我。我们之间就算对真实和纯洁一次致敬，对我来说，最好就此别过。

老丁说，我想解释的是，我确实想把真实举过天空。

三傻子笑，笑完之后说，记住我叫李月红，很土气的名字，不过它一直跟随我。

三傻子说完这句话，就把电话挂了，老丁口中接连念叨几句"李月红"，心中升腾出无数感叹。无限惆怅时，老魏又打来了电话。老魏有些失常，不管不顾地大喊，这帮王八蛋，早盯上我的钱财啦。不行，我不能俯首就擒，你得给我证明，得帮我。

老丁情绪依然不够稳定，听老魏乱喊乱叫，便学着三傻子的腔调说，对我来说，认识你，就算一次注目，于我而言，就此别过。说完老丁便掐了电话。